Várias Histórias

Clássicos Ateliê

Direção
Ivan Teixeira (*in memoriam*) e Paulo Franchetti

Machado de Assis

ᴄ℈ Várias Histórias ℈ᴏ

Apresentação e Notas
José De Paula Ramos Jr.

Ilustrações
Sérgio Kon

Direitos reservados e protegidos pela Lei 9.610 de 19.2.1998.
É proibida a reprodução total ou parcial sem autorização,
por escrito, da editora.

1ª edição, 2009
1ª reimpressão, 2016
2ª edição, 2018
3ª edição, 2023

Dados Internacionais de Catalogação na Publicação (CIP)
(Câmara Brasileira do Livro, SP, Brasil)

Assis, Machado de, 1839-1908.
Várias Histórias / Machado de Assis; apresentação e notas José De Paula Ramos Jr.; ilustrações Sérgio Kon. – Cotia, SP: Ateliê Editorial, 2023.

ISBN: 978-65-5580-094-4

1. Contos brasileiros I. Ramos Júnior, José De Paula. II. Kon, Sérgio. III. Título.

23-142255 CDD-B869.3

Índices para catálogo sistemático:
1. Contos: Literatura brasileira 869.3
Aline Graziele Benitez – Bibliotecária – CRB-1/3129

Direitos reservados à
ATELIÊ EDITORIAL
Estrada da Aldeia de Carapicuíba, 897
06709-300 – Cotia – SP – Brasil
Tel.: 4702-5915
www.atelie.com.br | contato@atelie.com.br
facebook.com/atelieeditorial | blog.atelie.com.br
2023

Impresso no Brasil
Foi feito o depósito legal

og Sumário 80

Histórias para Ler e Pensar – *José De Paula Ramos Jr.* 7
Nota sobre o Texto da Presente Edição....................15

VÁRIAS HISTÓRIAS

[Advertência de M. de A.]...............................21
A Cartomante..23
Entre Santos 49
Uns Braços..67
Um Homem Célebre 87
A Desejada das Gentes................................103
A Causa Secreta 119
Trio em Lá Menor 137
Adão e Eva...151
O Enfermeiro 161
O Diplomático 177
Mariana 193

Conto de Escola 207
Um Apólogo 221
D. Paula 225
Viver! 239
O Cônego ou Metafísica do Estilo 251

Notas 261
Bibliografia 285

⊗ Histórias para Ler e Pensar ⊘

José De Paula Ramos Jr.

O LUGAR SOCIAL DO NARRADOR

A vida de Machado de Assis (1839-1908) é das mais surpreendentes de quantas podem ser assim consideradas na história do Brasil. Mulato de origem pobre, alcançou a celebridade e o respeito de seus contemporâneos. Alto funcionário da burocracia imperial, fundador e presidente da Academia Brasileira de Letras, jornalista e polígrafo excepcional, foi reconhecido em vida como o maior artista brasileiro. A fama de Machado transcende a sua morte física, perpetuando-se espiritualmente na obra que legou. Hoje e cada vez mais, ele é internacionalmente reconhecido como um dos grandes contistas e romancistas da literatura universal. Para Harold Bloom, importante crítico literário norte-americano, o autor de *Dom Casmurro* inclui-se entre os grandes gênios literários de todos os tempos*, o que considera um "mila-

---

* Harold Bloom, *Genius: A Mosaic of One Hundred Exemplary Creative Minds*, New York, Warner Books, 2002.

gre", perante os preconceitos da sociedade escravocrata oitocentista, que houve de vencer, na condição de mestiço.

Os vocábulos "negro", "branco" e "mulato" expressam noções muito vagas, pois não identificam a imensa diversidade de referentes étnicos que eles escamoteiam. Do ponto de vista biológico, o ser humano, com toda sua diversidade, pertence a uma só espécie. Assim, a noção de "raças humanas" configura um constructo ideológico. Todavia, a etnologia europeia do século XIX não só considerara as "raças humanas" como uma evidência, assimilara também como verdade científica a noção de que há raças superiores e inferiores, na linha do pensamento de Gobineau*, segundo a qual o branco europeu estaria no patamar mais alto da escala racial enquanto o amarelo asiático e o negro africano seriam posicionados em níveis inferiores; mulatos, cafuzos e outros mestiços seriam degenerações que ocupariam o ponto mais baixo da hierarquia rácica. Tais ideias, de modo peculiar e complexo, tiveram acolhimento no Brasil, onde, aliás, Gobineau viveu, entre 1869 e 1870, na condição de embaixador da França. Duvidava-se que a civilização pudesse vingar num país com população constituída por maioria de negros e mestiços. Numa sociedade preconceituosa como a do Brasil oitocentista, oficialmente escravista até 1888, época em que Machado de Assis, descendente de escravos, encontrava-se em plena maturidade artística e superava sua humilde condição social de origem, o sucesso do escritor tem significado dissonante, embora não fosse um caso único**.

---

* Conde Joseph-Arthur Gobineau, *Essai sur l'inégalité des races humaines* (1853-1855).
** A política oficial favorecia a ocupação de cargos de destaque por negros e mestiços livres e talentosos, como é o caso de Gonçalves Dias, André Rebouças e muitos outros. Isso não invalidava, porém, a convicção da intelectualidade brasileira sobre a superioridade racial branca, apesar das divergências quanto à ortodoxia gobineauniana.

O lugar social de onde o artista Machado de Assis inventa seu universo ficcional pressupõe não só a experiência do processo problemático e contraditório de ascensão a camadas superiores da sociedade elitista e preconceituosa, mas também a trajetória intelectual contida nesse movimento. Em outros termos, a formação intelectual de Machado (suas ideias, valores e convicções) desenvolveu-se em meio às vicissitudes da vida prática, no campo da luta cotidiana por respeito. Essa particularidade biográfica deu a ele a possibilidade de entender como ninguém as estruturas da sociedade brasileira e o comportamento de seus tipos humanos mais representativos. Machado de Assis tornou-se fino investigador da interioridade psicológica individual e agudo construtor de personagens complexas e fascinantes.

As personagens machadianas sintetizam comportamentos marcados pela particularidade social brasileira do século XIX e pela universalidade humana, na medida em que esta se configura, no espírito do artista, como atualização e variação de certas constantes determinadas história e culturalmente. Ou seja, a universalidade humana se revela, em suas incontáveis manifestações, como categoria histórica que se efetiva na prática individual e social, no interior desta ou daquela cultura. A observação perspicaz, que, num processo de reflexão permanente, apreende a estrutura, os movimentos e o sentido, ou sem-sentido, dos fenômenos sociais e psicológicos, torna-se obra de arte ao ser transposta para a forma de discurso ficcional, que inventa caracteres e situações enredadas, portadores de uma considerável gama de significados inscritos no próprio discurso e que podem ser apreendidos por meio da identificação dos mecanismos geradores de sentido, como a ironia, a alegoria, o paradoxo, a digressão, a enunciação fragmentária e tantos outros, próprios do tratamento artístico machadiano da linguagem verbal.

Conhecer o lugar social de onde o autor se pronuncia permite também entender melhor a desencantada visão de mundo machadiana e, até mesmo, o seu estilo evasivo, mas contundente. Para R. Magalhães Júnior, é evidente que Machado detestava a sociedade em que vivia*, mas como mulato assimilado soubera acomodar-se a ela sem renunciar ao pensamento crítico, que nunca deixa de manifestar em sua obra. Assim, esta poderia ser de leitura desagradável não só para as camadas superiores, mas também para as inferiores, pelas aniquilantes imagens construídas a propósito de umas e outras, não fosse a elegância enganosa com que aborda as questões mais delicadas e comprometedoras.

Não se deve confundir ficção com realidade, mas é necessário admitir que a obra ficcional de Machado de Assis estabelece certas relações entre ambas. Os contos e romances do autor não devem ser vistos como reflexos da realidade, mas, mais propriamente, como construções de realidades ficcionais. Estas, por sua vez, são discursos cifrados que se abrem ao trabalho de análise e se reintegram no de leitura crítica que possa revelar um certo conhecimento ou interpretação da realidade exterior neles contidos. Agora, trata-se de um pronunciamento cujo âmbito de validade está em si mesmo, isto é, no próprio discurso, uma vez que sua verdade refere-se aos elementos nele circunscritos. No entanto, essa verdade imaginária nasce da observação da realidade e sugere a comparação de uma com a outra. Assim, o verossímil (a ficção artística) torna-se uma medida para verificação do verídico (a vida real). E essa medição é desfavorável ao segundo, uma vez que o instrumento de verificação, de modo mediado, contém o desencanto em relação ao mundo, tal qual ele se apre-

---

* R. Magalhães Júnior, *Vida e Obra de Machado de Assis*, Rio de Janeiro, Civilização Brasileira; Brasília, INL, 1981, 4 vols.

sentava em sua configuração histórica. É o que se convenciona chamar de pessimismo machadiano.

Toda a amargura contida nas páginas machadianas maduras, porém, é apresentada de modo difuso, evasivo e bem-humorado, de modo a amortecer a crítica ácida por meio de narradores aliciantes, mas não-confiáveis, que sabem esquivar-se de situações embaraçosas mudando de assunto, disfarçando-o ao fragmentá-lo, fazendo piada, cometendo disparates, dando saltos, buscando distrair o leitor e (nem sempre) captar sua simpatia. Machado inventa narradores que fisgam o interlocutor desavisado no anzol da cumplicidade. Esse interlocutor é também uma categoria ficcional, ou seja, trata-se de um suposto leitor, inserido na narrativa como personagem a quem o enunciador (narrador) se dirige. É o chamado leitor (ou interlocutor) incluso, a quem a enunciação digressiva interpela.

O narrador machadiano parece acomodar-se aos valores e práticas dominantes da sociedade inventada, assim como o homem Machado de Assis houve de acomodar-se aos da sociedade real. Mas esse narrador, com seu procedimento elusivo, age como hipócrita para encenar a hipocrisia das relações sociais e, assim, desmascará-las.

Atribuído ao narrador machadiano, o vocábulo "hipócrita" contém o significado usual de fingido, enganador ou velhaco, mas também o de sua origem grega *hupokrités*, ator de teatro ou, ainda, aquele "que dá uma resposta, [espécie de] intérprete de um sonho, de uma visão; adivinho, profeta*". Na Antiguidade grega, a interpretação de sinais visava ao fim prático de orientação para a vida do indivíduo e da cidade, e era fundamentada na peculiar devoção dos gregos antigos. O discurso do narrador machadiano é manifestação da imaginação artística da vida, um sinal que contém

---

* *Dicionário Eletrônico Houaiss de Língua Portuguesa.*

uma interpretação da própria vida, sendo o espírito místico grego substituído pelo espírito cético e crítico de mestiço brasileiro.

Com suas negaças, o narrador ilude o leitor desavisado (fictício ou real), quando parece compartilhar seus valores e práticas, como o homem Machado fez ou fingiu fazer na vida real. Por outro lado, não deixa de manifestar ao leitor crítico o desmascaramento da hipocrisia que permeia as relações sociais (fictícias ou reais), cujo caráter ridículo e melancólico decorre da contradição entre valores supostamente autênticos e práticas inautênticas* (quer na ficção, quer na realidade).

De certo modo, a obra literária de Machado de Assis imita os movimentos do homem, mestiço assimilado, mas crítico, que, se contemporizou com a sociedade detestável, também a satirizou radicalmente em sua arte. Essa dialética de conformismo e resistência crítica pode ser observada na narrativa machadiana, cuja natureza híbrida se explicita em várias instâncias, como, por exemplo, na combinação de elementos "clássicos" e "barrocos": por um lado, elegância, sobriedade, clareza, concisão, realismo; por outro, sinuosidade, desregramento, fragmentação ironicamente prolixa, fantasia. Mas o narrador machadiano é a instância que revela de modo mais claro a homologia que tentamos estabelecer entre a estratégia de vida e a tática da arte de Machado de Assis. De modo análogo ao homem, o narrador é, também, miscigenado, espiritualmente mestiço na mistura de hipocrisia malandra, com que dribla os preconceitos, ajustando-se aparentemente a eles, e descaramento cruel, próprio da atitude filosófica cínica, que despreza as convenções sociais e sua moralidade de fachada com um sorriso de desencanto nos lábios.

---

* Conforme o pensador húngaro G. Lukács, o herói problemático do romance moderno busca valores autênticos, por meios inautênticos, num mundo degradado.

VÁRIAS HISTÓRIAS

A primeira edição de *Várias Histórias*, quinto livro de contos de Machado de Assis, foi publicada pela editora Laemmert em 1896. Em vida do autor, a obra ainda apareceu em segunda edição pela editora Garnier em 1903, e em terceira (*idem*, reprodução da segunda) no ano de 1904.

Trata-se de uma seleção de dezesseis contos, muitos dos quais são obrigatórios em qualquer antologia do autor nesse gênero de narrativa curta: "A Cartomante", "A Causa Secreta", "Trio em Lá Menor", "Um Apólogo", "D. Paula", "O Cônego ou Metafísica do Estilo", entre outros.

Os contos do livro podem ser divididos em dois grupos. Há os que respeitam os limites, digamos, naturais no interior da ficção; há os que os transcendem. Os primeiros podem ser chamados de "veristas"; os outros, de "fantasistas". Estes são os que comportam o maravilhoso ou fantástico; aqueles, os que se circunscrevem dentro dos limites da realidade mimetizada. Ambos estão comprometidos com a estética do Realismo, embora de modo muito peculiar e, até certo ponto, independente. Em *Várias Histórias*, o chamado realismo machadiano manifesta-se nessas duas vertentes, interessado na transfiguração artística da vida moral de personagens representativas da sociedade carioca do século XIX.

Os contos de "realismo verista" são: "A Cartomante"; "Uns Braços"; "Um Homem Célebre"; "A Desejada das Gentes"; "A Causa Secreta"; "Trio em Lá Menor"; "O Enfermeiro"; "O Diplomático"; "Mariana"; "Conto de Escola"; "D. Paula". Por sua vez, os contos de "realismo fantasista" são: "Entre Santos"; "Adão e Eva"; "Um Apólogo"; "Viver!"; "O Cônego ou Metafísica do Estilo". Onze narrativas "veristas" e cinco "fantasistas".

Nesta edição, cada conto será sucedido por análises em que se destacam elementos relevantes para a leitura crítica e a formulação de hipóteses interpretativas.

Nota sobre o Texto da Presente Edição

O texto de *Várias Histórias,* estabelecido na edição que ora se apresenta ao leitor, tem por base o da 1ª edição (Laemmert, 1896). Recorri à edição de Adriano da Gama Kury (citada na Bibliografia) para aconselhar-me quanto a certos problemas, sobretudo de pontuação. A ortografia foi normalizada segundo os padrões vigentes no Brasil. As palavras "áugur", "biscouto", "calefrio", "cousa(s)", "dous", "doudo" e "noute" deram lugar, respectivamente, às formas correntes "áugure", "biscoito", "calafrio", "coisa(s)", "dois", "doido" e "noite".

As notas explicativas encontram-se no final do livro. Uma vez que uma palavra ou expressão tenha recebido em sua primeira entrada alguma observação quanto ao vocabulário, evitou-se a repetição da mesma em outras ocorrências.

CB Várias Histórias 80

MACHADO DE ASSIS

Varias historias

> Mon ami, faisons toujours des
> conte... Le temps se passe, et le
> conte de la vie s'achève, sans qu'on
> s'en aperçoive.
>
> DIDEROT.

LAEMMERT & C., EDITORES
Rio de Janeiro — S. Paulo
1896

Frontispício com a epígrafe de Diderot.

ଓଃ [Advertência de M. de A.] ଃଠ

As várias histórias que formam este volume foram escolhidas entre outras, e podiam ser acrescentadas, se não conviesse limitar o livro às suas trezentas páginas. É a quinta coleção que dou ao público[1]. As palavras de Diderot[2] que vão por epígrafe no rosto desta coleção servem de desculpa aos que acharem excessivos tantos contos. É um modo de passar o tempo. Não pretendem sobreviver como os do filósofo. Não são feitos daquela matéria, nem daquele estilo que dão aos de Mérimée[3] o caráter de obras-primas, e colocam os de Poe[4] entre os primeiros escritos da América. O tamanho não é o que faz mal a este gênero de

1. As quatro coleções anteriores são: *Contos Fluminenses* (1870), *Histórias da Meia-noite* (1873), *Papéis Avulsos* (1882) e *Histórias sem Data* (1884).
2. Denis Diderot (1713-1784), filósofo enciclopedista francês, também autor de obras literárias.
3. Prosper Mérimée (1803-1870), expoente do romantismo francês, mestre na arte da narrativa curta.
4. Edgar Allan Poe (1809-1849), escritor norte-americano, notável mestre do conto.

histórias, é naturalmente a qualidade; mas há sempre uma qualidade nos contos, que os torna superiores aos grandes romances, se uns e outros são medíocres: é serem curtos.

M. de A.

☙ A Cartomante ❧

Hamlet observa a Horácio que há mais coisas no céu e na terra do que sonha a nossa filosofia[1]. Era a mesma explicação que dava a bela Rita ao moço Camilo, numa sexta-feira de novembro de 1869, quando este ria dela, por ter ido na véspera consultar uma cartomante; a diferença é que o fazia por outras palavras.

– Ria, ria. Os homens são assim; não acreditam em nada. Pois saiba que fui, e que ela adivinhou o motivo da consulta, antes mesmo que eu lhe dissesse o que era. Apenas começou a botar as cartas, disse-me: "A senhora gosta de uma pessoa..." Confessei que sim, e então ela continuou a botar as cartas, combinou-as, e no fim declarou-me que eu tinha medo de que você me esquecesse, mas que não era verdade...

– Errou! interrompeu Camilo, rindo.

– Não diga isso, Camilo. Se você soubesse como eu tenho andado, por sua causa. Você sabe; já lhe disse. Não ria de mim, não ria...

Camilo pegou-lhe nas mãos, e olhou para ela sério e fixo. Jurou que lhe queria muito, que os seus sustos pareciam de criança;

em todo o caso, quando tivesse algum receio, a melhor cartomante era ele mesmo. Depois, repreendeu-a; disse-lhe que era imprudente andar por essas casas. Vilela podia sabê-lo, e depois...

– Qual saber! tive muita cautela, ao entrar na casa.
– Onde é a casa?
– Aqui perto, na rua da Guarda Velha; não passava ninguém nessa ocasião. Descansa; eu não sou maluca.

Camilo riu outra vez:
– Tu crês deveras nessas coisas? perguntou-lhe.

Foi então que ela, sem saber que traduzia Hamlet em vulgar, disse-lhe que havia muita coisa misteriosa e verdadeira neste mundo. Se ele não acreditava, paciência; mas o certo é que a cartomante adivinhara tudo. Que mais? A prova é que ela agora estava tranquila e satisfeita.

Cuido que ele ia falar, mas reprimiu-se. Não queria arrancar-lhe as ilusões. Também ele, em criança, e ainda depois, foi supersticioso, teve um arsenal inteiro de crendices, que a mãe lhe incutiu e que aos vinte anos desapareceram. No dia em que deixou cair toda essa vegetação parasita, e ficou só o tronco da religião, ele, como tivesse recebido da mãe ambos os ensinos, envolveu-os na mesma dúvida, e logo depois em uma só negação total. Camilo não acreditava em nada. Por quê? Não poderia dizê-lo, não possuía um só argumento; limitava-se a negar tudo. E digo mal, porque negar é ainda afirmar, e ele não formulava a incredulidade; diante do mistério, contentou-se em levantar os ombros, e foi andando.

Separaram-se contentes, ele ainda mais que ela. Rita estava certa de ser amada; Camilo, não só o estava, mas via-a estremecer e arriscar-se por ele, correr às cartomantes, e, por mais que a repreendesse, não podia deixar de sentir-se lisonjeado. A casa do encontro era na antiga rua dos Barbonos, onde morava uma coprovinciana de Rita. Esta desceu pela rua das Mangueiras, na direção de Botafogo, onde residia; Camilo desceu pela da Guarda Velha, olhando de passagem para a casa da cartomante.

Vilela, Camilo e Rita, três nomes, uma aventura, e nenhuma explicação das origens. Vamos a ela. Os dois primeiros eram amigos de infância. Vilela seguiu a carreira de magistrado. Camilo entrou no funcionalismo, contra a vontade do pai, que queria vê-lo médico; mas o pai morreu, e Camilo preferiu não ser nada, até que a mãe lhe arranjou um emprego público. No princípio de 1869, voltou Vilela da província, onde casara com uma dama formosa e tonta; abandonou a magistratura e veio abrir banca de advogado. Camilo arranjou-lhe casa para os lados de Botafogo, e foi a bordo recebê-lo.

– É o senhor? exclamou Rita, estendendo-lhe a mão. Não imagina como meu marido é seu amigo; falava sempre do senhor.

Camilo e Vilela olharam-se com ternura. Eram amigos deveras. Depois, Camilo confessou de si para si que a mulher do Vilela não desmentia as cartas do marido. Realmente, era graciosa e viva nos gestos, olhos cálidos, boca fina e interrogativa. Era um pouco mais velha que ambos: contava trinta anos, Vilela vinte e nove e Camilo vinte e seis. Entretanto, o porte grave de Vilela fazia-o parecer mais velho que a mulher, enquanto Camilo era um ingênuo na vida moral e prática. Faltava-lhe tanto a ação do tempo, como os óculos de cristal, que a natureza põe no berço de alguns para adiantar os anos. Nem experiência, nem intuição.

Uniram-se os três. Convivência trouxe intimidade. Pouco depois morreu a mãe de Camilo, e nesse desastre, que o foi, os dois mostraram-se grandes amigos dele. Vilela cuidou do enterro, dos sufrágios e do inventário; Rita tratou especialmente do coração, e ninguém o faria melhor.

Como daí chegaram ao amor, não o soube ele nunca. A verdade é que gostava de passar as horas ao lado dela; era a sua enfermeira moral, quase uma irmã, mas principalmente era mulher e bonita. *Odor di femmina*[2]: eis o que ele aspirava nela, e em volta dela, para incorporá-lo em si próprio. Liam os mesmos livros, iam juntos a teatros e passeios. Camilo ensinou-lhe as damas e o xadrez e jogavam às noites; – ela mal, – ele, para lhe ser agradável, pouco menos mal. Até aí as coisas. Agora a ação da pessoa, os olhos teimosos de Rita, que procuravam muita vez os dele, que os consultavam antes de o fazer ao marido, as mãos frias, as atitudes insólitas. Um dia, fazendo ele anos, recebeu de Vilela uma rica bengala de presente, e de Rita apenas um cartão com um vulgar cumprimento a lápis, e foi então que ele pôde ler no próprio coração; não conseguia arrancar os olhos do bilhetinho. Palavras vulgares; mas há vulgaridades sublimes, ou, pelo menos, deleitosas. A velha caleça de praça[3], em que pela primeira vez passeaste com a mulher amada, fechadinhos ambos, vale o carro de Apolo[4]. Assim é o homem, assim são as coisas que o cercam.

Camilo quis sinceramente fugir, mas já não pôde. Rita, como uma serpente, foi-se acercando dele, envolveu-o todo, fez-lhe estalar os ossos num espasmo, e pingou-lhe o veneno na boca[5]. Ele ficou atordoado e subjugado. Vexame, sustos, remorsos, desejos, tudo sentiu de mistura; mas a batalha foi curta e a vitória delirante. Adeus, escrúpulos! Não tardou que o sapato se acomodasse ao pé, e aí foram ambos, estrada fora, braços dados, pisando folgadamente por cima de ervas e pedregulhos, sem padecer nada mais que algumas saudades, quando estavam ausentes um do outro. A confiança e estima de Vilela continuavam a ser as mesmas.

Um dia, porém, recebeu Camilo uma carta anônima, que lhe chamava imoral e pérfido, e dizia que a aventura era sabida de todos. Camilo teve medo, e, para desviar as suspeitas, começou a rarear as visitas à casa de Vilela. Este notou-lhe as ausências. Camilo respondeu que o motivo era uma paixão frívola de rapaz[6]. Candura gerou astúcia. As ausências prolongaram-se, e as visitas cessaram inteiramente. Pode ser que entrasse também nisso um pouco de amor-próprio, uma intenção de diminuir os obséquios do marido, para tornar menos dura a aleivosia do ato[7].

Foi por esse tempo que Rita, desconfiada e medrosa, correu à cartomante para consultá-la sobre a verdadeira causa do procedimento de Camilo. Vimos que a cartomante restituiu-lhe a confiança, e que o rapaz repreendeu-a por ter feito o que fez. Correram ainda algumas semanas. Camilo recebeu mais duas ou três cartas anônimas, tão apaixonadas, que não podiam ser advertência da virtude, mas despeito de algum pretendente; tal foi a opinião de Rita, que, por outras palavras malcompostas, formulou este pensamento: – a virtude é preguiçosa e avara, não gasta tempo nem papel; só o interesse é ativo e pródigo[8].

Nem por isso Camilo ficou mais sossegado; temia que o anônimo fosse ter com Vilela, e a catástrofe viria então sem remédio. Rita concordou que era possível.

– Bem, disse ela; eu levo os sobrescritos para comparar a letra com a das cartas que lá aparecerem; se alguma for igual, guardo-a e rasgo-a...

Nenhuma apareceu; mas daí a algum tempo Vilela começou a mostrar-se sombrio, falando pouco, como desconfiado. Rita deu-se pressa em dizê-lo ao outro, e sobre isso deliberaram. A opinião dela é que Camilo devia tornar à casa deles, tatear o marido, e pode ser até que lhe ouvisse a confidência de algum negócio particular. Camilo divergia; aparecer depois de tantos meses era confirmar a suspeita ou denúncia. Mais valia acautelarem-se, sacrificando-se por algumas semanas. Combinaram os meios de se corresponderem, em caso de necessidade, e separaram-se com lágrimas.

No dia seguinte, estando na repartição, recebeu Camilo este bilhete de Vilela: "Vem já, já, à nossa casa; preciso falar-te sem demora". Era mais de meio-dia. Camilo saiu logo; na rua, advertiu que teria sido mais natural chamá-lo ao escritório; por que em casa? Tudo indicava matéria especial, e a letra, fosse realidade ou ilusão, afigurou-se-lhe trêmula. Ele combinou todas essas coisas com a notícia da véspera.

– Vem já, já, à nossa casa; preciso falar-te sem demora – repetia ele com os olhos no papel.

Imaginariamente, viu a ponta da orelha de um drama, Rita subjugada e lacrimosa, Vilela indignado, pegando da pena e escrevendo o bilhete, certo de que ele acudiria, e esperando-o para matá-lo. Camilo estremeceu, tinha medo: depois sorriu amarelo, e em todo caso repugnava-lhe a ideia de recuar, e foi andando. De caminho, lembrou-se de ir a casa; podia achar algum recado de Rita, que lhe explicasse tudo. Não achou nada, nem ninguém. Voltou à rua, e a ideia de estarem descobertos parecia-lhe cada vez mais verossímil; era natural uma denúncia anônima, até da própria pessoa que o ameaçara antes; podia ser que Vilela conhecesse agora tudo. A mesma suspensão das suas visitas, sem motivo aparente, apenas com um pretexto fútil, viria confirmar o resto.

Camilo ia andando inquieto e nervoso. Não relia o bilhete, mas as palavras estavam decoradas, diante dos olhos, fixas; ou então, – o que era ainda pior, – eram-lhe murmuradas ao ouvido, com a própria voz de Vilela. "Vem já, já, à nossa casa; preciso falar-te sem demora." Ditas assim, pela voz do outro, tinham um tom de mistério e ameaça. Vem, já, já, para quê? Era perto de uma hora da tarde. A comoção crescia de minuto a minuto. Tanto imaginou o que se iria passar, que chegou a crê-lo e vê-lo. Positivamente, tinha medo. Entrou a cogitar em ir armado, considerando que, se nada houvesse, nada perdia, e a precaução era útil. Logo depois rejeitava a ideia, vexado[9] de si mesmo, e seguia, picando[10] o passo, na direção do largo da Carioca, para entrar num tílburi[11]. Chegou, entrou e mandou seguir a trote largo.

– Quanto antes, melhor, pensou ele; não posso estar assim...

Mas o mesmo trote do cavalo veio agravar-lhe a comoção. O tempo voava, e ele não tardaria a entestar[12] com o perigo. Quase no fim da rua da Guarda Velha, o tílburi teve de parar; a rua estava atravancada com uma carroça, que caíra. Camilo, em si mesmo, estimou o obstáculo, e esperou. No fim de cinco minutos, reparou que ao lado, à esquerda, ao pé do tílburi, ficava a casa da cartomante, a quem Rita consultara uma vez, e nunca ele desejou tanto crer na lição das cartas. Olhou, viu as janelas fechadas, quando todas as outras estavam abertas e pejadas de curiosos do incidente da rua. Dir-se-ia a morada do indiferente Destino.

Camilo reclinou-se no tílburi, para não ver nada. A agitação dele era grande, extraordinária, e do fundo das camadas morais emergiam alguns fantasmas de outro tempo, as velhas crenças, as superstições antigas. O cocheiro propôs-lhe voltar à primeira travessa, e ir por outro caminho; ele respondeu que não, que esperasse. E inclinava-se para fitar a casa... Depois fez um gesto incrédulo: era a ideia de ouvir a cartomante, que lhe passava ao longe, muito longe, com vastas asas cinzentas; desapareceu, reapareceu, e tornou a esvair-se no cérebro; mas daí a pouco moveu outra vez as asas, mais perto, fazendo uns giros concêntricos... Na rua, gritavam os homens, safando[13] a carroça:

– Anda! agora! empurra! vá! vá!

Daí a pouco estaria removido o obstáculo. Camilo fechava os olhos, pensava em outras coisas; mas a voz do marido sussurrava-lhe às orelhas as palavras da carta: "Vem, já, já..." E ele via as contorções do drama e tremia. A casa olhava para ele. As pernas queriam descer e entrar... Camilo achou-se diante de um longo véu opaco... pensou rapidamente no inexplicável de tantas coisas. A voz da mãe repetia-lhe uma porção de casos extraordinários, e a mesma frase do príncipe de Dinamarca reboava-lhe[14] dentro: "Há mais coisas no céu e na terra do que sonha a nossa filosofia..." Que perdia ele, se...?

Deu por si na calçada, ao pé da porta; disse ao cocheiro que esperasse, e rápido enfiou pelo corredor, e subiu a escada. A luz era pouca, os degraus comidos dos pés, o corrimão pegajoso; mas ele não viu nem sentiu nada. Trepou e bateu. Não aparecendo ninguém, teve ideia de descer; mas era tarde, a curiosidade fustigava-lhe o sangue, as fontes latejavam-lhe; ele tornou a bater uma, duas, três pancadas. Veio uma mulher; era a cartomante. Camilo disse que ia consultá-la, ela fê-lo entrar. Dali subiram ao sótão, por uma escada ainda pior que a primeira e mais escura. Em cima, havia uma salinha, mal aluminiada por uma janela, que dava para o telhado dos fundos. Velhos trastes, paredes sombrias, um ar de pobreza, que antes aumentava do que destruía o prestígio.

A cartomante fê-lo sentar diante da mesa, e sentou-se do lado oposto, com as costas para a janela, de maneira que a pouca luz de fora batia em cheio no rosto de Camilo. Abriu uma gaveta e tirou um baralho de cartas compridas e enxovalhadas[15]. Enquanto as baralhava, rapidamente, olhava para ele, não de rosto, mas por baixo dos olhos. Era uma mulher de quarenta anos, italiana, morena e magra, com grandes olhos sonsos[16] e agudos. Voltou três cartas sobre a mesa, e disse-lhe:

– Vejamos primeiro o que é que o traz aqui. O senhor tem um grande susto...

Camilo, maravilhado, fez um gesto afirmativo.

– E quer saber, continuou ela, se lhe acontecerá alguma coisa ou não...

– A mim e a ela, explicou vivamente ele.

A cartomante não sorriu; disse-lhe só que esperasse. Rápido pegou outra vez das cartas e baralhou-as, com os longos dedos finos, de unhas descuradas; baralhou-as bem, transpôs os maços, uma, duas, três vezes; depois começou a estendê-las. Camilo tinha os olhos nela, curioso e ansioso.

– As cartas dizem-me...

Camilo inclinou-se para beber uma a uma as palavras. Então ela declarou-lhe que não tivesse medo de nada. Nada aconteceria nem a um nem a outro; ele, o terceiro, ignorava tudo. Não obstante, era indispensável muita cautela; ferviam invejas e despeitos. Falou-lhe do amor que os ligava, da beleza de Rita... Camilo estava deslumbrado. A cartomante acabou, recolheu as cartas e fechou-as na gaveta.

– A senhora restituiu-me a paz ao espírito, disse ele estendendo a mão por cima da mesa e apertando a da cartomante.

Esta levantou-se, rindo.

– Vá, disse ela; vá, *ragazzo innamorato*...[17]

E de pé, com o dedo indicador, tocou-lhe na testa[18]. Camilo estremeceu, como se fosse a mão da própria sibila[19], e levantou-se também. A cartomante foi à cômoda, sobre a qual estava um prato com passas, tirou um cacho destas, começou a despencá-las e comê-las, mostrando duas fileiras de dentes que desmentiam as unhas. Nessa mesma ação comum, a mulher tinha um ar particular. Camilo, ansioso por sair, não sabia como pagasse; ignorava o preço.

– Passas custam dinheiro, disse ele afinal, tirando a carteira. Quantas quer mandar buscar?

– Pergunte ao seu coração, respondeu ela.

Camilo tirou uma nota de dez mil-réis, e deu-lha. Os olhos da cartomante fuzilaram. O preço usual era dois mil-réis.

– Vejo bem que o senhor gosta muito dela... E faz bem; ela gosta muito do senhor. Vá, vá tranquilo. Olhe a escada, é escura; ponha o chapéu...

A cartomante tinha já guardado a nota na algibeira[20], e descia com ele, falando, com um leve sotaque. Camilo despediu-se dela embaixo, e desceu a escada que levava à rua, enquanto a cartomante, alegre com a paga, tornava acima, cantarolando uma barcarola[21]. Camilo achou o tílburi esperando, a rua estava livre. Entrou e seguiu a trote largo.

Tudo lhe parecia agora melhor, as outras coisas traziam outro aspecto, o céu estava límpido e as caras joviais. Chegou a rir dos seus receios, que chamou pueris; recordou os termos da carta de Vilela e reconheceu que eram íntimos e familiares. Onde é que ele lhe descobrira a ameaça? Advertiu também que eram urgentes, e que fizera mal em demorar-se tanto; podia ser algum negócio grave e gravíssimo.

– Vamos, vamos depressa, repetia ele ao cocheiro.

E consigo, para explicar a demora ao amigo, engenhou qualquer coisa; parece que formou também o plano de aproveitar o incidente para tornar à antiga assiduidade... De volta com os planos, reboavam-lhe na alma as palavras da cartomante. Em verdade, ela adivinhara o objeto da consulta, o estado dele, a existência de um terceiro; por que não adivinharia o resto? O presente que se ignora vale o futuro. Era assim, lentas e contínuas, que as velhas crenças do rapaz iam tornando ao de cima, e o mistério empolgava-o com as unhas de ferro. Às vezes queria rir, e ria de si mesmo, algo vexado; mas a mulher, as cartas, as palavras secas e afirmativas, a exortação: – Vá, vá, *ragazzo innamorato*; e no fim, ao longe, a barcarola da despedida, lenta e gra-

ciosa, tais eram os elementos recentes, que formavam, com os antigos, uma fé nova e vivaz.

A verdade é que o coração ia alegre e impaciente, pensando nas horas felizes de outrora e nas que haviam de vir. Ao passar pela Glória[22], Camilo olhou para o mar, estendeu os olhos para fora, até onde a água e o céu dão um abraço infinito, e teve assim uma sensação do futuro, longo, longo, interminável.

Daí a pouco chegou à casa de Vilela. Apeou-se, empurrou a porta de ferro do jardim e entrou. A casa estava silenciosa. Subiu os seis degraus de pedra, e mal teve tempo de bater, a porta abriu-se, e apareceu-lhe Vilela.

– Desculpa, não pude vir mais cedo; que há?

Vilela não lhe respondeu: tinha as feições decompostas; fez-lhe sinal, e foram para uma saleta interior. Entrando, Camilo não pôde sufocar um grito de terror: – ao fundo, sobre o canapé[23], estava Rita morta e ensanguentada. Vilela pegou-o pela gola, e, com dois tiros de revólver, estirou-o morto no chão.

* * *

Síntese Crítica

Camilo é o protagonista da história. É nele que o narrador mais se detém, quer no desenho do perfil moral, quer nas apreciações sobre o caráter, quer, ainda, na pintura da ação, ou seja, respectivamente, nos procedimentos descritivos, dissertativos e narrativos.

O pai de Camilo é caracterizado somente por sua vontade (contrariada) de ver o filho médico. Apesar de sumaríssima, essa disposição caracterológica permite supor que tivesse afinidade com o espírito progressista do século XIX. Assim, ao desejar para o filho uma formação profissional associada à ciência, o pai estaria circunscrito no universo da cultura civilizada.

A mãe compartilha o espírito prático do marido, como indicia o empenho em arranjar para o filho um posto de funcionário público; associa-se também à cultura civilizada por intermédio da devoção católica, na medida em que esta religião seria guardiã da moralidade estruturada na sociedade burguesa do século XIX. A mãe de Camilo, porém, combina esses elementos com um "arsenal de crendices" que a vincula ao chamado "pensamento mágico". Ambas as culturas, a civilizada e a primitiva, convivem no mundo espiritual da mãe, que as transmite ao filho. Ao contrariar a vontade do pai, Camilo se afasta do que havia de mais moderno em seu tempo, o espírito calculista ou racional, para se colocar como herdeiro da cultura híbrida da mãe, dita "atrasada" em virtude do conteúdo irracionalista.

Aos vinte anos, Camilo torna-se cético quanto a essa herança, embora isso não ocorra por convicção de pensamento, mas por acomodação. Como ressalta o narrador:

> Camilo não acreditava em nada. Por quê? Não poderia dizê-lo, *não possuía um só argumento*; limitava-se a negar tudo. E digo mal, porque negar é ainda afirmar, e ele não formulava a incredulidade; diante do mistério, *contentou-se em levantar os ombros*, e foi andando [grifos meus].

Nessa passagem, grifaram-se duas expressões que denunciam, respectivamente, o espírito e a atitude do protagonista. O fato de não possuir argumentos marca o distanciamento da personagem em relação à reflexão teórica ou racional; o "levantar de ombros" perante a questão significa um não querer saber dela, índice do comportamento acomodatício, que se coaduna à alma ociosa. Trata-se de um jovem inexperiente, sem vontade, cético, mas sem ideias ou opiniões. Tornara-se funcionário público por empenho da mãe, quando esta notara que o filho "preferiu não ser nada". Presume-se que, não fosse pela iniciativa materna, Camilo continuaria indolente. Percebe-se a fraqueza e desfibramento de seu caráter, flexível sob a ação de mulheres: da mãe e, depois, de Rita e da cartomante.

A influência das mulheres é decisiva na construção da vida moral do protagonista, caracterizada pela passividade. Marcadas por essa índole, suas ações são automatismos, convenções sociais que tendem a nada modificar. A iniciativa de Rita, porém, provoca em Camilo uma resposta que agride valores prestigiados: amizade, respeito à instituição familiar e domínio de impulsos psicofisiológicos. Ao desrespeitar as convenções por meio da traição e do adultério, formas de comportamento entendidas como imorais, ele se põe à margem do mundo civilizado.

Rita é o instrumento que faz irromper o "selvagem" em Camilo. Ao compará-la a uma serpente, o narrador explicita a conexão com a imagem de bestialidade:

> Camilo quis sinceramente fugir, mas já não pôde. Rita, como uma serpente, foi-se acercando dele, envolveu-o todo, fez-lhe estalar os ossos num espasmo, e pingou-lhe o veneno na boca. Ele ficou atordoado e subjugado. Vexame, sustos, remorsos, desejos, tudo sentiu de mistura; mas a batalha foi curta e a vitória delirante. Adeus, escrúpulos!

A "vitória", no caso, é de Rita e, também, do substrato "primitivo" de Camilo. Ele abandona a consciência moral ao praticar o amor interdito, mas, hipocritamente, age como se a respeitasse, mantendo clandestino seu relacionamento com a amante por temer as consequências da transgressão, caso ela viesse à tona. Ele estabelece com a moralidade uma relação de fachada, mascarando sua atitude.

Ao saber que a amante consultara uma vidente, Camilo a ridiculariza e ela se justifica ao afirmar "que havia muita coisa misteriosa e verdadeira neste mundo", traduzindo para linguagem comum a famosa frase de Hamlet, com que o conto se inicia:

> Hamlet observa a Horácio que há mais coisas no céu e na terra do que sonha a nossa filosofia*.

A figura da cartomante introduz um motivo crucial nesse conto de Machado de Assis, o da subsistência de crenças e práticas típicas do "pensamento selvagem" no interior da sociedade brasileira do século XIX, que se adaptava ao modelo de civilização burguesa europeia. Em "A Cartomante", esse motivo leva ao questionamento da própria ideia de cultura civilizada. Se não, vejamos.

UM BRASILEIRO TÍPICO

Na caracterização do protagonista, reúnem-se traços que constroem a imagem de um típico brasileiro do Segundo Império. Na condição de funcionário público, Camilo circunscreve-se nas camadas médias da sociedade oitocentista. Estas cresceram à sombra do patrocínio do Estado, cuja intervenção é marcada pela categoria do favor exemplificada na nomeação de Camilo

---

* No conto, a frase não é literalmente reproduzida, como em William Shakespeare, *Hamlet,* em *Obra Completa*, Rio de Janeiro, Nova Aguilar, 1995, vol. 1, p. 550: "Há mais coisas no céu e na terra, Horácio, do que pode sonhar tua filosofia".

ao serviço público não por mérito, mas por empenho da mãe. O favor dos poderosos e influentes constituía não desprezível via de acesso ao serviço público, que, por sua vez, representava grande parte do mercado de trabalho para as classes médias. O sucesso na carreira dependia, também, mais do favor que do mérito. Várias obras da literatura brasileira registram esse traço tão marcante na sociedade oitocentista, como é o caso de *O Noviço*, comédia de Martins Pena. A categoria do favor, de que Camilo é beneficiário, é típica da cultura paternalista do Brasil imperial, cujo projeto de criação de uma sociedade entre aristocrática e burguesa foi conduzido de modo a conciliar modernização e práticas conservadoras. Agora, desde os tempos do Império até hoje, o funcionalismo público é marcado pela fama (nem sempre justa) de ineficiência e abrigo de incompetentes. Machado traz essa opinião para o interior de seu conto ao atribuir ao narrador aquele enunciado venenoso sobre Camilo, que "preferiu não ser nada, até que a mãe lhe arranjou um emprego público".

Profissionalmente, Camilo não era nada; espiritualmente, não acreditava em nada; mas seu ceticismo, como vimos, decorre da ausência de pensamento, assim como sua função pública decorre da ausência de profissão (e do empenho da mãe). Camilo constitui um caráter marcado pela preguiça, pelo espírito acomodatício e, sobretudo, pela indefinição que o torna propenso à degeneração dos valores morais. Como se sabe, essa imagem corresponde à ideia de que os brasileiros constituem uma "raça" indefinida, incapaz de criar uma civilização conforme ao modelo da sociedade europeia, supostamente detentora de qualidades opostas às da referida imagem. Ao atribuir ao protagonista de "A Cartomante" tais caracteres tradicionalmente imputados aos brasileiros, Machado de Assis reveste as ações de Camilo de um sentido cultural que encontra homologia na realidade histórica, no contexto ideológico da sociedade brasileira do Segundo Império.

MISTÉRIO ENGANOSO

Quando o passivo Camilo é levado a agir, sua ação se distingue não pelo comportamento civilizado, que respeita a moralidade instituída, mas pela atitude que pode ser chamada de "selvagem", na medida em que essa noção se associa à ideia de irracionalidade. De fato, Camilo sucumbe à sedução de Rita, associada à noção de bestialidade pela imagem da serpente, e afronta a razão ética, que exigiria respeito aos valores instituídos. Abandona-se ao apelo da sensualidade interdita, tornando inautêntica a sua civilidade. Desta, só restara a máscara, a aparência enganosa. Quando Vilela passa a "mostrar-se sombrio, falando pouco, como desconfiado", Rita informa essa mudança de comportamento a Camilo; os amantes, já assustados pelas cartas anônimas ameaçadoras, decidem interromper os encontros por algumas semanas. No dia seguinte a essa resolução, porém, Camilo recebe o bilhete em que Vilela exigia a presença imediata do primeiro: "Vem já, já, à nossa casa; preciso falar-te sem demora".

A caminho da casa de Vilela, o comborço é tomado por uma comoção crescente, sua imaginação pinta cenas terríveis e o medo se apodera de seu espírito. Uma carroça caída atravanca a rua e o tílburi em que ia Camilo para em frente à casa da cartomante de que Rita falara. Nesse momento, "do fundo das camadas morais [de Camilo] emergiam alguns fantasmas de outro tempo, as velhas crenças, as superstições antigas". Em outras palavras, elementos de cultura primitiva, "selvagem", que a mãe lhe transmitira na infância e que ele havia envolto na incredulidade, gritam-lhe a frase de Hamlet e ele resolve consultar a cartomante. Enquanto o cocheiro esperava, Camilo

[...] enfiou pelo corredor, e subiu a escada. A luz era pouca, os degraus comidos dos pés, o corrimão pegajoso; mas ele não viu nem sentiu nada. Trepou e bateu. Não aparecendo ninguém, teve ideia de descer; mas era tarde, a curiosidade fustigava-lhe o sangue, as fontes latejavam-lhe; ele tornou a bater uma, duas, três pancadas. Veio uma mulher; era a cartomante. Camilo disse que ia consultá-la, ela fê-lo entrar. Dali subiram ao sótão, por uma escada ainda pior que a primeira e mais escura. Em cima, havia uma salinha, mal alumiada por uma janela, que dava para o telhado dos fundos. Velhos trastes, paredes sombrias, ar de pobreza, que antes aumentava do que destruía o prestígio.

A cartomante fê-lo sentar diante da mesa, e sentou-se do lado oposto, com as costas para a janela, de maneira que a pouca luz batia em cheio no rosto de Camilo. Abriu uma gaveta e tirou um baralho de cartas compridas e enxovalhadas. Enquanto as baralhava, rapidamente, olhava para ele, não de rosto, mas por baixo dos olhos. Era uma mulher de quarenta anos, italiana, morena e magra, com grandes olhos sonsos e agudos. Voltou três cartas sobre a mesa, e disse-lhe:

– Vejamos primeiro o que é que o traz aqui. O senhor tem um grande susto...

A partir desse ponto, Camilo está entregue à credulidade irracional, "selvagem". Ele não desconfia que as palavras da cartomante poderiam ser perfeitamente resultantes de uma simples observação do semblante transtornado que ele evidenciava, e não de algum dom divinatório que ela possuísse. Aliás, o narrador registra claramente que a cartomante "olhava para ele, não de rosto, mas por baixo dos olhos", ou seja, numa atitude dissimulada, típica de quem está disposto a iludir.

Na sequência, Camilo deixa entrever que o susto era causado pelo medo de que sua relação clandestina fosse descoberta e daí resultasse algum mal para si ou para a amante. Mas ele não se apercebe disso, pois está ofuscado pelo mistério.

A imagem de ofuscamento é cuidadosamente construída pela arte de Machado, que dissemina índices de obscuridade ao longo da descrição do ambiente: o corredor sombrio, por onde subia a primeira escada gasta e ensebada; a segunda escada, mais estreita e mal iluminada; a salinha do sótão fechado. A cartomante senta-se de costas para a luz filtrada pelos vãos da janela; o consulente senta-se de frente para a cartomante, de modo que "a pouca luz de fora batia em cheio no rosto de Camilo". Com o rosto envolto na penumbra, ela podia vê-lo bem enquanto ele a via mal. A diminuição da acuidade visual de Camilo é correlata à redução de sua racionalidade crítica. Pelas escadas estreitas, Camilo ascende a um espaço misterioso, ao qual a razão não tem acesso, para receber a palavra reveladora de seu destino por meio de práticas supostamente mágicas.

A credulidade "selvagem" faz com que Camilo estremeça ao ser tocado na testa pela cartomante, quando esta dissipava o medo do cliente e dizia, misturando português e italiano: "Vá, *ragazzo innamorato...*". Esse toque vale por um sinal de proteção sagrada, na medida em que Camilo o sente "como se fosse a mão da própria sibila". O vocábulo "sibila", entre os gregos antigos, designava certas sacerdotisas do deus Apolo, dotadas de poder divinatório; modernamente, tem os significados de profetisa, feiticeira ou bruxa, que se associam ao universo da cultura "selvagem". Uma "fé nova e vivaz" no mistério devolve a paz de espírito a Camilo, que, com a rua livre, vai "a trote largo" à casa de Vilela.

A caminho,

[...] tudo lhe parecia agora melhor, as outras coisas traziam outro aspecto, o céu estava límpido e as caras joviais. Chegou a rir dos seus receios, que chamou pueris; recordou os termos da carta de Vilela e reconheceu que eram íntimos e familiares. Onde é que ele lhe descobrira a ameaça? Advertiu também que eram urgentes, e que fizera mal em demorar-se tanto; podia ser algum negócio grave e gravíssimo.

Camilo rira de Rita quando esta consultara a cartomante a propósito de receios insensatos; agora, ele ria de seus próprios receios sensatos, absorvido na mesma crença irracional que o faz interpretar os sinais inquietantes de modo favorável, como inspiradores de "uma sensação de futuro, longo, longo, interminável." Ao chegar à casa de Vilela, porém, encontra a amante "morta e ensanguentada" e é assassinado com dois tiros de revólver pelo amigo e marido traído.

O desfecho do conto é abrupto; o narrador nada comenta, limitando-se a apresentar a cena trágica na rápida sucessão de poucos movimentos que ironizam a ingenuidade crédula de Camilo. Terminada a leitura do último parágrafo do conto, uma reavaliação dos fatos pode ser feita.

O final trágico desmente a previsão da cartomante, que, assim, pode ser vista como charlatã, uma mistificadora. Essa perspectiva já estava contida na enunciação, conforme foi ressaltado anteriormente. A atmosfera de mistério do espaço sombrio em que ela se move, seus movimentos estudados e sua predição mostram-se falsos, legitimando a hipótese de um embuste irresponsável, sustentado pela ingênua credulidade alheia. De fato, a inautenticidade das encenações místicas da cartomante é sugerida claramente na observação do narrador sobre sua reação ao dinheiro – seus olhos "fuzilaram" quando Camilo a remunera com "uma nota de dez mil-réis", cinco vezes o preço usual de uma consulta. Revela-se, assim, o caráter mercantil, que torna suspeita a atividade da cartomante.

MISTÉRIO PARA BOM ENTENDEDOR

Seguisse a razão, categoria histórica que, na época, implicava respeito à moral burguesa instituída, o fim de Camilo poderia ser outro. Ao que parece, o seu mal foi o de ter substituído a razão pelo irracionalismo. No entanto, não é bem assim, pois mesmo circunscrito na esfera do pensamento "selvagem", seria possível evitar o desenlace funesto. Nessa perspectiva, se Camilo considerasse com cuidado os acontecimentos, poderia entendê-los como sinais obstrutores. É o caso das cartas anônimas ameaçadoras, o da mudança de comportamento e o do bilhete ríspido, imperativo, de Vilela. A carroça tombada na rua, impedindo a passagem, pode ser também interpretada, do ponto de vista supersticioso, como sinal para que Camilo desistisse de ir à casa de Vilela. Há, ainda, a barcarola cantada pela cartomante, gênero de canção que se associa, tradicionalmente, ao adeus dado aos amantes que partiam para a guerra, além do olhar fuzilante e do gesto de mão, com o indicador apontado para a cabeça de Camilo, como se fosse o cano de um revólver.

As fantasias assustadas de Camilo sinalizam o perigo, bem como os devaneios ternos, especialmente aquele em que, já próximo à casa de Vilela, ao contemplar a paisagem vista da Glória ("a água [do mar] e o céu dão um abraço infinito"), tem uma sensação de "futuro, longo, longo, interminável", que se pode interpretar como uma premonição de morte. Note-se que o espaço onde se dá essa visão tem como referente o outeiro da Glória, no Rio de Janeiro, por onde Camilo passava a caminho de seu triste fim – um lugar elevado, cujo nome é cheio de ressonâncias místicas, uma vez que o vocábulo "Glória" pode ser associado aos significados de santidade, beatitude celeste e Céu, como registram os dicionários. Nessa medida, a sugestão de infinito sentida por Camilo reveste-se de uma aura sagrada e contém um suposto saber divinatório da catástrofe fatal.

Ao fazer essas referências, o narrador parece não descartar a possibilidade de um saber fundamentado em práticas misteriosas, irracionais, apesar do fiasco da cartomante. Ela pode ter falhado, mas, ainda assim, não deixa de ser um elo na cadeia do mistério não institucionalizado, que comporta crenças, ritos e métodos de ação característicos da cultura arcaica. Esta subsiste nos bastidores da moderna cultura burguesa e, talvez, possa conter uma forma de conhecimento válido. O narrador não se pronuncia a favor dessa possibilidade, nem contra, mas seu enunciado, sutilmente, levanta a questão, que se expressa na frase de Hamlet.

O assassinato de Camilo parece ironizar a credulidade arcaica arraigada na cultura brasileira, supostamente responsável pela destruição ou inviabilidade da civilização, mas a possibilidade de um saber efetivo fundamentado no mistério sugere que a ironia limita-se à falha de Camilo, incapaz de perceber e compreender corretamente o conjunto de sinais obstrutores.

LIÇÕES DE "A CARTOMANTE"

O conto não demonstra a ilegitimidade do pensamento "selvagem", nem que o fracasso de uma possível civilização brasileira seria fatal, por abrigar formas de cultura arcaica no interior do processo de modernização europeizante. Mesmo porque essas formas são tão brasileiras quanto europeias. O fenômeno histórico da chamada modernidade, caracterizado pela universalização do modelo burguês de cultura e de civilização, fundamentado na racionalidade, no saber positivo de cunho materialista e na ideologia do progresso, não deixa de ser contaminado por formas da cultura "selvagem". A Europa exportou sua modernidade para o Brasil; veio com ela o resíduo vivo de sua cultura arcaica. Ambas são sintetizadas na figura da cartomante dinheirista, que não é italiana por acaso. Essa imagem mostra como a cultura europeia exportada para o Brasil é revestida de um caráter híbrido, em que o arcaico e o moderno encontram-se entrelaçados. Vimos que, nesse caso, tal combinação mostra-se inautêntica, mas, nem por isso, deixa de representar a mestiçagem espiritual da cultura europeia transplantada para o Brasil no século XIX. Assim, a mescla de pensamento "selvagem" e racionalidade moderna não é só característica da cultura brasileira, mas tem um caráter universal.

Como vimos, as ações de Camilo são impregnadas de sentido histórico, na medida em que é a imagem ficcional de um brasileiro típico do Segundo Império. Seu insucesso não representa o fracasso da civilização europeia burguesa no Brasil; antes, revela que essa civilização pode tornar impostura formas autênticas da cultura arcaica, que subsistem na modernidade, europeia ou brasileira (resguardadas as devidas diferenças entre ambas), ao corrompê-las mediante a sua mercantilização. Ao dar ouvidos à falsa sibila europeia é que Camilo se perde. A própria ideia de cultura civilizada é, assim, questionada, pois fica evidente que ela não passa de uma construção mental, uma ideologia, uma vez que deforma a realidade ao subtrair do seu interior a subsistência de crenças e práticas típicas do "pensamento selvagem", enquanto, na prática, essa cultura dita civilizada absorve elementos arcaicos, submetendo-os à modelagem capitalista do mundo dos negócios em que o importante é o dinheiro. Em vista disso, a sibila italiana age aqui no Brasil, como agiria lá na Europa, motivada pela concupiscência monetária, aproveitando-se da concupiscência sensual de Camilo.

O conto ensina que o "pensamento selvagem" existe, é universal e pode constituir uma forma de conhecimento válida ou falível como outra qualquer; ensina, também, que ele se insere no cotidiano da sociedade burguesa, em contradição com a ideologia racional, materialista, científica e positiva dessa sociedade. O conto ensina, ainda, que a cultura burguesa torna inautêntica a prática da cultura "selvagem" ao torná-la uma prática mercantil. Tudo isso está contido na história de Camilo, cujo fim trágico não decorre de uma suposta incapacidade de o brasileiro adaptar-se à civilização burguesa europeia, mesmo porque esta noção é uma construção ideológica problemática. O espírito "selvagem", universal, sobrevive em toda parte por onde a civilização burguesa europeia se expandiu e na própria Europa, onde surgiu, e poderia porventura constituir, por meio de métodos misteriosos, um saber válido para a vida, não fosse a falsificação que sofre sob a ação deformadora da ideologia burguesa.

É importante ressaltar que, quanto à validade do pensamento "selvagem", o conto não se pronuncia a favor nem contra; limita-se a construir um enredo de eventos que resguardam a possibilidade de um saber efetivo constituído por práticas arcaicas, fazendo eco à frase de Hamlet sobre o mistério, que é o *leitmotiv* do conto. Embora o motivo do mistério se associe à noção de fantástico, é necessário entender que o conto em questão articula um enunciado verista, pois se limita à mímese da lógica da natureza e do discurso racional, sem manifestações maravilhosas. O mistério, o fantástico e o maravilhoso circunscrevem-se no conto como motivos e temas na perspectiva do realismo verista.

Por fim, é ainda necessário observar que, no âmbito da narrativa, o ideal civilizado burguês mostra-se particularmente frágil no Brasil não porque, no momento de uma crise moral de família, envolvendo adultério, crenças e superstições dão a última palavra, mas sim em razão da cultura patriarcal aristocrática, que, historicamente, vigorou no Brasil e ainda persiste nos dias atuais, embora atenuada. Segundo essa cultura, maridos traídos eram vistos com benevolência pelos tribunais brasileiros, que, geralmente, inocentavam-nos de crimes de morte contra esposas e amantes destas, acatando a tese de "legítima defesa da honra". Hoje, não se aceita facilmente essa tese, mas, no tempo em que se passa a narrativa, em torno de 1869, sim.

Não é possível saber se Vilela seria ou não inocentado dos crimes cometidos; pode-se presumir que sim, mas isso não interessa ao conto. O que interessa é registrar que, no Brasil oitocentista, o pronunciamento definitivo quanto a um caso de amor clandestino não se dava segundo os valores da racionalidade burguesa, mas segundo a noção de honra, no âmbito da sociedade patriarcal, aristocrática e escravista do país.

Resulta disso tudo que a história de Camilo constitui uma imagem do Brasil oitocentista, com sua cultura híbrida, vacilante entre o arcaico e o moderno, o "selvagem" e o civilizado, sofrendo com a falsificação que este impõe àquele, num contexto em que a tradição patriarcal se sobrepõe à cultura e à civilização da modernidade burguesa, desveladas em sua dimensão ideológica por intermédio da transfiguração artística machadiana.

☙ Entre Santos ❧

Quando eu era capelão de S. Francisco de Paula (contava um padre velho) aconteceu-me uma aventura extraordinária.

Morava ao pé da igreja[1], e recolhi-me tarde, uma noite. Nunca me recolhi tarde que não fosse ver primeiro se as portas do templo estavam bem fechadas. Achei-as bem fechadas, mas lobriguei[2] luz por baixo delas. Corri assustado à procura da ronda[3]; não a achei, tornei atrás e fiquei no adro[4], sem saber que fizesse. A luz, sem ser muito intensa, era-o demais para ladrões; além disso notei que era fixa e igual, não andava de um lado para outro, como seria a das velas ou lanternas de pessoas que estivessem roubando. O mistério arrastou-me; fui a casa buscar as chaves da sacristia (o sacristão tinha ido passar a noite em Niterói), benzi-me primeiro, abri a porta e entrei.

O corredor estava escuro. Levava comigo uma lanterna e caminhava devagarinho, calando o mais que podia o rumor dos sapatos. A primeira e a segunda porta que comunicam com a igreja estavam fechadas; mas via-se a mesma luz e, porventura, mais intensa que do lado da rua. Fui andando, até que dei com

a terceira porta aberta. Pus a um canto a lanterna, com o meu lenço por cima, para que me não vissem de dentro, e aproximei-
-me a espiar o que era.

Detive-me logo. Com efeito, só então adverti que viera inteiramente desarmado e que ia correr grande risco aparecendo na igreja sem mais defesa que as duas mãos. Correram ainda alguns minutos. Na igreja a luz era a mesma, igual e geral, e de uma cor de leite que não tinha a luz das velas. Ouvi também vozes, que ainda mais me atrapalharam, não cochichadas nem confusas, mas regulares, claras e tranquilas, à maneira de conversação. Não pude entender logo o que diziam. No meio disto, assaltou-
-me uma ideia que me fez recuar. Como naquele tempo os cadáveres eram sepultados nas igrejas, imaginei que a conversação podia ser de defuntos. Recuei espavorido, e só passado algum tempo, é que pude reagir e chegar outra vez à porta, dizendo a mim mesmo que semelhante ideia era um disparate. A realidade ia dar-me coisa mais assombrosa que um diálogo de mortos[5]. Encomendei-me a Deus, benzi-me outra vez e fui andando, sorrateiramente, encostadinho à parede, até entrar. Vi então uma coisa extraordinária.

Dois dos três santos do outro lado, S. José e S. Miguel (à direita de quem entra na igreja pela porta da frente), tinham descido dos nichos[6] e estavam sentados nos seus altares. As dimensões não eram as das próprias imagens, mas de homens. Falavam para o lado de cá, onde estão os altares de S. João Batista e S. Francisco de Sales. Não posso descrever o que senti. Durante algum tempo, que não chego a calcular, fiquei sem ir para diante nem para trás, arrepiado e trêmulo. Com certeza, andei beirando o abismo da loucura, e não caí nele por misericórdia divina. Que perdi a consciência de mim mesmo e de toda outra realidade que não fosse aquela, tão nova e tão única, posso afirmá-lo; só assim se explica a temeridade com que, dali a algum tempo, entrei mais pela igreja, a fim de olhar também para o lado oposto. Vi aí a mesma coisa: S. Francisco de Sales e S. João, descidos dos nichos, sentados nos altares e falando com os outros santos.

Tinha sido tal a minha estupefação que eles continuaram a falar, creio eu, sem que eu sequer ouvisse o rumor das vozes. Pouco a pouco, adquiri a percepção delas e pude compreender que não tinham interrompido a conversação; distingui-as, ouvi claramente as palavras, mas não pude colher desde logo o sentido. Um dos santos, falando para o lado do altar-mor, fez-me voltar a cabeça, e vi então que S. Francisco de Paula, o orago[7] da igreja, fizera a mesma coisa que os outros e falava para eles, como eles falavam entre si. As vozes não subiam do tom médio e, contudo, ouviam-se bem, como se as ondas sonoras tivessem recebido um poder maior de transmissão. Mas, se tudo isso era espantoso, não menos o era a luz, que não vinha de parte nenhuma, porque os lustres e castiçais estavam todos apagados; era como um luar, que ali penetrasse, sem que os olhos pudessem ver a lua; comparação tanto mais exata quanto que, se fosse realmente luar, teria deixado alguns lugares escuros, como ali acontecia, e foi num desses recantos que me refugiei.

Já então procedia automaticamente. A vida que vivi durante esse tempo todo, não se pareceu com a outra vida anterior e posterior. Basta considerar que, diante de tão estranho espetáculo, fiquei absolutamente sem medo; perdi a reflexão, apenas sabia ouvir e contemplar.

Compreendi, no fim de alguns instantes, que eles inventariavam e comentavam as orações e implorações daquele dia. Cada um notava alguma coisa. Todos eles, terríveis psicólogos, tinham penetrado a alma e a vida dos fiéis, e desfibravam os sentimentos de cada um, como os anatomistas escalpelam um cadáver[8]. S. João Batista e S. Francisco de Paula, duros ascetas[9],

mostravam-se às vezes enfadados e absolutos. Não era assim S. Francisco de Sales; esse ouvia ou contava as coisas com a mesma indulgência[10] que presidira ao seu famoso livro da *Introdução à Vida Devota*.

Era assim, segundo o temperamento de cada um, que eles iam narrando e comentando. Tinham já contado casos de fé sincera e castiça[11], outros de indiferença, dissimulação e versatilidade; os dois ascetas estavam a mais e mais anojados[12], mas S. Francisco de Sales recordava-lhes o texto da Escritura: muitos são os chamados e poucos os escolhidos[13], significando assim que nem todos os que ali iam à igreja levavam o coração puro. S. João abanava a cabeça.

– Francisco de Sales, digo-te que vou criando um sentimento singular em santo: começo a descrer dos homens.

– Exageras tudo, João Batista, atalhou o santo bispo, não exageremos nada. Olha – ainda hoje aconteceu aqui uma coisa que me fez sorrir, e pode ser, entretanto, que te indignasse. Os homens não são piores do que eram em outros séculos; descontemos o que há neles ruim, e ficará muita coisa boa. Crê isto e hás de sorrir ouvindo o meu caso.

– Eu?

– Tu, João Batista, e tu também, Francisco de Paula, e todos vós haveis de sorrir comigo; e, pela minha parte, posso fazê-lo, pois já intercedi e alcancei do Senhor aquilo mesmo que me veio pedir esta pessoa.

– Que pessoa?

– Uma pessoa mais interessante que o teu escrivão, José, e que o teu lojista, Miguel...

– Pode ser, atalhou S. José, mas não há de ser mais interessante que a adúltera que aqui veio hoje prostrar-se a meus pés. Vinha pedir-me que lhe limpasse o coração da lepra da luxúria[14]. Brigara ontem mesmo com o namorado, que a injuriou torpemente, e passou a noite em lágrimas. De manhã, determinou abandoná-lo e veio buscar aqui a força precisa para sair das garras do demônio. Começou rezando bem, cordialmente; mas pouco a pouco vi que o pensamento a ia deixando para remontar aos primeiros deleites. As palavras, paralelamente, iam ficando sem vida. Já a oração era morna, depois fria, depois inconsciente[15]; os lábios, afeitos à reza, iam rezando; mas a alma, que eu espiava cá de cima, essa já não estava aqui, estava com o outro[16]. Afinal persignou-se, levantou-se e saiu sem pedir nada.

– Melhor é o meu caso.

– Melhor que isto? perguntou S. José, curioso.

– Muito melhor, respondeu S. Francisco de Sales, e não é triste como o dessa pobre alma ferida do mal da terra, que a graça do Senhor ainda pode salvar. E por que não salvará também a esta outra? Lá vai o que é.

Calaram-se todos, inclinaram-se os bustos, atentos, esperando. Aqui fiquei com medo; lembrou-me que eles, que veem tudo o que se passa no interior da gente, como se fôssemos de vidro, pensamentos recônditos, intenções torcidas, ódios secretos, bem podiam ter-me lido já algum pecado ou gérmen de pecado. Mas não tive tempo de refletir muito; S. Francisco de Sales começou a falar.

– Tem cinquenta anos o meu homem, disse ele; a mulher está de cama, doente de uma erisipela[17] na perna esquerda. Há cinco dias vive aflito porque o mal agrava-se e a ciência não responde pela cura. Vede, porém, até onde pode ir um preconceito público. Ninguém acredita na dor do Sales (ele tem o meu nome), ninguém acredita que ele ame outra coisa que não seja dinheiro, e logo que houve notícia da sua aflição, desabou em todo o bairro um aguaceiro de motes e dichotes[18], nem faltou quem acreditasse que ele gemia antecipadamente pelos gastos da sepultura.

– Bem podia ser que sim, ponderou S. João.

– Mas não era. Que ele é usurário e avaro[19] não o nego; usurário, como a vida, e avaro, como a morte. Ninguém extraiu nunca tão implacavelmente da algibeira dos outros o ouro, a prata, o papel e o cobre; ninguém os amuou[20] com mais zelo e prontidão. Moeda que lhe cai na mão dificilmente torna a sair; e tudo o que lhe sobra das casas mora dentro de um armário de ferro, fechado a sete chaves. Abre-o às vezes, por horas mortas, contempla o dinheiro alguns minutos, e fecha-o outra vez depressa; mas nessas noites não dorme, ou dorme mal. Não tem filhos. A vida que leva é sórdida[21]; come para não morrer, pouco e ruim. A família compõe-se da mulher e de uma preta escrava, comprada com outra, há muitos anos, e às escondidas, por serem de contrabando[22]. Dizem até que nem as pagou, porque o vendedor faleceu logo sem deixar nada escrito. A outra preta morreu há pouco tempo; e aqui vereis se este homem tem ou não o gênio da economia[23]; Sales libertou o cadáver...

E o santo bispo calou-se para saborear o espanto dos outros.

– O cadáver?

– Sim, o cadáver. Fez enterrar a escrava como pessoa livre e miserável, para não acudir às despesas da sepultura. Pouco embora, era alguma coisa. E para ele não há pouco; com pingos d'água é que se alagam as ruas[24]. Nenhum desejo de representação[25], nenhum gosto nobiliário[26]; tudo isso custa dinheiro, e ele diz que o dinheiro não lhe cai do céu. Pouca sociedade[27], nenhuma recreação de família. Ouve e conta anedotas da vida alheia, que é regalo gratuito.

– Compreende-se a incredulidade pública, ponderou S. Miguel.

– Não digo que não, porque o mundo não vai além da superfície das coisas. O mundo não vê que, além de caseira eminente[28], educada por ele, e sua confidente de mais de vinte anos, a mulher deste Sales é amada deveras pelo marido. Não te espantes, Miguel; naquele muro aspérrimo brotou uma flor descorada e sem cheiro, mas flor. A botânica sentimental tem dessas anomalias. Sales ama a esposa; está abatido e desvairado com a ideia de a perder. Hoje de manhã, muito cedo, não tendo dormido mais de duas horas, entrou a cogitar no desastre próximo[29]. Desesperando da terra, voltou-se para Deus; pensou em nós, e especialmente em mim, que sou o santo do seu nome. Só um milagre podia salvá-la; determinou vir aqui. Mora perto, e veio correndo. Quando entrou trazia o olhar brilhante e esperançado; podia ser a luz da fé, mas era outra coisa muito particular, que vou dizer. Aqui peço-vos que redobreis de atenção.

Vi os bustos inclinarem-se ainda mais; eu próprio não pude esquivar-me ao movimento e dei um passo para diante. A narração do santo foi tão longa e miúda, a análise tão complicada, que não as ponho aqui integralmente, mas em substância.

– Quando pensou em vir pedir-me que intercedesse pela vida da esposa, Sales teve uma ideia específica de usurário, a de prometer-me uma perna de cera. Não foi o crente, que simboliza desta maneira a lembrança do benefício; foi o usurário que pensou em forçar a graça divina pela expectação do lucro. E não foi só a usura que falou, mas também a avareza; porque em verdade, dispondo-se à promessa, mostrava ele querer deveras a vida da mulher – intuição de avaro; – despender é documentar: só se quer de coração aquilo que se paga a dinheiro, disse-lho a consciência pela mesma boca escura. Sabeis que pensamentos tais não se formulam como outros, nascem das entranhas do caráter e ficam na penumbra da consciência. Mas eu li tudo nele, logo que aqui entrou alvoroçado, com o olhar fúlgido de esperança; li tudo e esperei que acabasse de benzer-se e rezar.

– Ao menos, tem alguma religião, ponderou S. José.

— Alguma tem, mas vaga e econômica. Não entrou nunca em irmandades e ordens terceiras[30], porque nelas se rouba o que pertence ao Senhor; é o que ele diz para conciliar a devoção com a algibeira. Mas não se pode ter tudo; é certo que ele teme a Deus e crê na doutrina.

— Bem, ajoelhou-se e rezou.

— Rezou. Enquanto rezava, via eu a pobre alma, que padecia deveras, conquanto a esperança começasse a trocar-se em certeza intuitiva. Deus tinha de salvar a doente, por força, graças à minha intervenção, e eu ia interceder; é o que ele pensava, enquanto os lábios repetiam as palavras da oração. Acabando a oração, ficou Sales algum tempo olhando, com as mãos postas; afinal falou a boca do homem, falou para confessar a dor, para jurar que nenhuma outra mão, além da do Senhor, podia atalhar o golpe. A mulher ia morrer... ia morrer... ia morrer... E repetia a palavra, sem sair dela. A mulher ia morrer. Não passava adiante. Prestes a formular o pedido e a promessa, não achava palavras idôneas, nem aproximativas, nem sequer dúbias, não achava nada, tão longo era o descostume de dar alguma coisa. Afinal saiu o pedido; a mulher ia morrer, ele rogava-me que a salvasse, que pedisse por ela ao Senhor. A promessa, porém, é que não acabava de sair. No momento em que a boca ia articular a primeira palavra, a garra da avareza mordia-lhe as entranhas e não deixava sair nada. Que a salvasse... que intercedesse por ela...

No ar, diante dos olhos, recortava-se-lhe a perna de cera, e logo a moeda que ela havia de custar. A perna desapareceu, mas ficou a moeda, redonda, luzidia, amarela, ouro puro, completamente ouro, melhor que o dos castiçais do meu altar, apenas dourados. Para onde quer que virasse os olhos, via a moeda, girando, girando, girando. E os olhos a apalpavam, de longe, e transmitiam-lhe a sensação fria do metal e até a do relevo do cunho. Era ela mesma, velha amiga de longos anos, companheira do dia e da noite, era ela que ali estava no ar, girando, às tontas; era ela que descia do teto, ou subia do chão, ou rolava no altar, indo da Epístola ao Evangelho, ou tilintava nos pingentes do lustre.

Agora a súplica dos olhos e a melancolia deles eram mais intensas e puramente voluntárias. Vi-os alongarem-se para mim, cheios de contrição, de humilhação, de desamparo; e a boca ia dizendo algumas coisas soltas, – Deus, – os anjos do Senhor, – as bentas chagas, – palavras lacrimosas e trêmulas, como para pintar por elas a sinceridade da fé e a imensidade da dor. Só a promessa da perna é que não saía. Às vezes, a alma, como pessoa que recolhe as forças, a fim de saltar um valo[31], fitava longamente a morte da mulher e rebolcava-se[32] no desespero que ela lhe havia de trazer; mas, à beira do valo, quando ia a dar o salto, recuava. A moeda emergia dele e a promessa ficava no coração do homem.

O tempo ia passando. A alucinação crescia, porque a moeda, acelerando e multiplicando os saltos, multiplicava-se a si mesma e parecia uma infinidade delas; e o conflito era cada vez mais trágico. De repente, o receio de que a mulher podia estar expirando, gelou o sangue ao pobre homem e ele quis precipitar-se. Podia estar expirando... Pedia-me que intercedesse por ela, que a salvasse...

Aqui o demônio da avareza sugeria-lhe uma transação nova, uma troca de espécie, dizendo-lhe que o valor da oração era superfino e muito mais excelso[33] que o das obras terrenas. E o Sales, curvo, contrito, com as mãos postas, o olhar submisso, desamparado, resignado, pedia-me que lhe salvasse a mulher. Que lhe salvasse a mulher, e prometia-me trezentos, – não menos, – trezentos padre-nossos e trezentas ave-marias. E repetia enfático: trezentos, trezentas, trezentos... Foi subindo, chegou a quinhentos, a mil padre-nossos e mil ave-marias.

Não via esta soma escrita por letras do alfabeto, mas em algarismos, como se ficasse assim mais viva, mais exata, e a obrigação maior, e maior também a sedução. Mil padre-nossos, mil ave-marias. E voltaram as palavras lacrimosas e trêmulas, as bentas chagas, os anjos do Senhor... 1000 – 1000 – 1000. Os quatro algarismos foram crescendo tanto, que encheram a igreja de alto a baixo, e com eles, crescia o esforço do homem, e a confiança também; a palavra saía-lhe mais rápida, impetuosa, já falada, mil, mil, mil, mil... Vamos lá, podeis rir à vontade, concluiu S. Francisco de Sales.

E os outros santos riram efetivamente, não daquele grande riso decomposto dos deuses de Homero[34], quando viram o coxo Vulcano[35] servir à mesa, mas de um riso modesto, tranquilo, beato e católico.

Depois, não pude ouvir mais nada. Caí redondamente no chão. Quando dei por mim era dia claro... Corri a abrir todas as portas e janelas da igreja e da sacristia, para deixar entrar o sol, inimigo dos maus sonhos.

* * *

Síntese Crítica

Com o romance *Memórias Póstumas de Brás Cubas* (1881), Machado de Assis introduziu na literatura brasileira, em grande estilo, a tradição luciânica, também praticada na forma breve do conto, como é o caso de "Entre Santos". Essa narrativa é estruturada segundo o modelo da "forma simples" conhecida como caso, isto é, o relato de um conjunto de ações ou de um acontecimento, que implica uma avaliação*. A sátira menipeia

---

* André Jolles, *Formas Simples*, São Paulo, Cultrix, 1976, p. 159.

é um gênero literário sério-cômico, cujo nome se deve a seu suposto inventor, o filósofo cínico Menipo de Gadara (primeira metade do século III a.C.). A obra de Menipo se perdeu, mas as características do gênero praticado por ele podem ser rastreadas nas obras de seus seguidores.

TRADIÇÃO LUCIÂNICA

O escritor Luciano nasceu na cidade de Samósata, em 120 d.C., na antiga Síria. Modernamente, a cidade chama-se Samsat e pertence ao território da Turquia. Samósata foi importante conexão entre Ocidente e Oriente no tempo de Luciano, filho de família pobre que pôde estudar, adquirindo formidável cultura clássica. Foi famoso retórico* na Ásia Menor, em Roma, na Gália e em Atenas, onde viveu cerca de vinte anos, entre 160 e 180, aproximadamente. Na velhice, foi alto funcionário do Império romano no Egito. Não se sabe ao certo o ano de sua morte; estima-se que tenha ocorrido entre 185 e 190 d.C.

Notável conhecedor de literatura e de filosofia, familiarizado com as correntes de pensamento influentes em sua época, particularmente com as ideias de Platão, dos estoicos, dos epicuristas e da escola cínica, Luciano foi, fundamentalmente, um cético, que não acreditava na intervenção divina no mundo e duvidava dos homens. Como escritor, deixou uma obra considerável, em que se destacam as sátiras. Prosador admirável pelo estilo elegante e pelo brilho divertido de sua inteligência, consagrou o gênero literário conhecido como "sátira menipeia".

---

* Uma espécie de intelectual da Antiguidade greco-romana, especialista no estudo da linguagem verbal e de seus mecanismos.

Grande responsável pela ressurreição e difusão do gênero, cerca de quatro séculos após a morte de Menipo, Luciano transforma o filósofo cínico em personagem de várias obras. Ao consagrar a sátira menipeia, dando-lhe *status* de alta literatura, inaugurou uma tradição de notável presença na literatura ocidental, a que são filiadas obras e autores como *Gargântua e Pantagruel*, de Rabelais, *Dom Quixote*, de Cervantes, e *Viagens de Gulliver*, de Jonathan Swift, entre outras. Por isso, a prática da sátira menipeia, em qualquer época e com toda a sua diversidade, circunscreve-se na chamada tradição luciânica.

O "CASO" DOS SANTOS E A SÁTIRA MENIPEIA

O caso extraordinário ocorrido com o jovem capelão de São Francisco de Paula, narrado por ele quando já se tornara um "padre velho", é enunciado de modo a provocar uma pergunta sobre a validade da experiência fantástica vivenciada no passado. Ela ocorreu de fato? Não seria uma alucinação sofrida em virtude de algum desequilíbrio qualquer? Essa questão, instigada pela ênfase do narrador sobre o caráter assombroso da ocorrência, abre-se ao leitor da história. O próprio narrador sugere a dúvida sobre a experiência que vivenciara ao considerar sua excepcionalidade: "A vida que vivi durante esse tempo todo não se pareceu com a outra vida anterior ou posterior". Essa dúvida, porém, não é resolvida, pois o que importa não é se o leitor acredita ou deixa de acreditar no maravilhoso do acontecimento. Ao narrador, interessa relatar o fato, que, por sua vez, contém outros "casos"; especialmente, dois: o da adúltera e o do avarento. São estes, e principalmente o segundo, que convidam ao julgamento conveniente a essa "forma simples".

A instância de julgamento, nesses casos, não é o leitor, mas os santos; não está, portanto, fora do âmbito literário, mas dentro dele, pois é um elemento da narrativa, que se efetiva no diálogo das personagens fantásticas.

Quanto à adúltera, os santos externam um juízo provisoriamente condenatório, pois ela persevera no pecado de que tinha intenção de livrar-se. Provisoriamente, porque ela ainda poderia ser salva pela graça de Deus, conforme observa São Francisco de Sales.

O caso do avarento é o mais importante. Sua natureza sério-cômica envolve um sofrimento e desperta o riso. A dor sincera de Sales é percebida como tal pela onisciência de seu santo padroeiro, mas a sociedade a entende como falsa, por fiar-se na "superfície das coisas", nas aparências que forjaram a fama de avarento imputada ao suplicante. Ao relatar a luta interior do sovina, São Francisco de Sales procede como crítico anatômico da alma humana (segundo o comentário do narrador), que conhece os meandros dela e percebe como a ação do homem decorre de seu caráter. Como vimos, Sales deseja ardentemente a cura da mulher deveras amada. Esgotadas as possibilidades da medicina, recorre a Deus, por meio do santo de seu nome. Implora por um milagre e, para consegui-lo, lança mão do recurso que melhor conhece: a negociação pecuniária.

Nesse ponto, a intertextualidade com as sátiras menipeias de Luciano é evidente. A forma dialogal do conto de Machado recupera a mesma forma usada por Luciano nos *Diálogos dos Mortos**, em que Menipo é personagem. Com efeito, a expressão "diálogo de mortos" é empregada pelo narrador, de modo a explicitar o caráter paródico do relato.

---

* Luciano, *Diálogos dos Mortos*, tradução, introdução e notas de Henrique G. Murachco, São Paulo, Edusp/Palas Athena, 1996.

A natureza híbrida da sátira menipeia é outra característica fundamental do gênero. Já dissemos que esse mistura a índole séria com o caráter cômico. Luciano, assim como Machado, trata de assuntos graves, como as dores e mazelas dos seres humanos, mas, ao abordá-las do ponto de vista crítico e humorístico, ironiza o que há de ridículo no comportamento, nas instituições, nas crenças e nas ideias dos mesmos. Em "Entre Santos", o hibridismo mostra-se, também, no próprio discurso, que miscigena a forma do diálogo com a "forma simples" do caso, para estruturar a narrativa do conto.

Humor, ironia, intertextualidade, paródia, uso do fantástico como meio de avaliar a realidade transfigurada na ficção são procedimentos característicos da sátira menipeia evidentes nesse conto de Machado, cujo tema também é caro à tradição luciânica: a compra de favores divinos. Ao desenvolvê-lo, Machado retoma a crítica de Luciano aos estoicos, que acreditavam na intervenção divina no mundo, atualizando-a como crítica à sobrevivência dessa crença no catolicismo oitocentista. E essa atualização é crucial, pois apresenta o ato de barganha como decorrente da fé católica combinada à avareza de Sales. Ora, a figura do usurário pode ser vista como uma alegoria que aponta para a sociedade burguesa, tal como se configurou no Brasil oitocentista, com a peculiar mistura de escravismo e cupidez de lucro. Não fosse pelo escravismo, Sales seria estereótipo do burguês acabado, que não cultiva "nenhum gosto nobiliário" porque "isso custa dinheiro". É importante observar que o escravismo, embora subsistisse em contradição com o liberalismo burguês, tal como defendido então pela Inglaterra, foi praticado segundo regras capitalistas, ao reduzir o homem escravo à condição reificada de mercadoria. A ambição de dinheiro faz com que Sales veja o mundo e a própria esfera do sagrado na perspectiva do homem de negócios. Sua alma se reduz ao culto do dinheiro, que se torna o valor de referência perante todos os demais valores. Sales "pensou em forçar a graça divina pela expectação do lucro". Para Sales, "só se quer de coração aquilo que se paga a dinheiro" e os santos seriam tão ambiciosos quanto ele. Julga os outros e os santos por si, entendendo o dinheiro como valor universal e até transcendental.

A hesitação de Sales em formular sua promessa ao santo decorre, certamente, da dificuldade de o avarento despender a quantia necessária para a perna de cera, mas também de certo pudor em tratar de dinheiro com o padroeiro, lembrando que a perna de cera, na imaginação do usurário, é substituída pela moeda de ouro, evocada obsessivamente até provocar a alucinação em que Sales vê, interiormente, a multiplicação fantástica da moeda. A tradição cristã, católica, prescreve que se deve dar a César o que é de César e a Deus o que é de Deus, ou seja, as coisas materiais são diferentes das espirituais. Esse importante detalhe cultural não é especificado com toda clareza no conto, ficando na penumbra, mas pode ser detectado na própria hesitação de Sales e, principalmente, na sua ideia de substituir o bem material (a moeda de ouro substitutiva da perna de cera) pelo espiritual: a promissória de milhares de rezas.

A imagem de Sales, a repetir "mil, mil, mil, mil...", tem algo de demoníaco, fazendo lembrar a figura de Satanás na tentação de Jesus no deserto. Todavia, o fervor e a humildade, expressos em "palavras lacrimosas e trêmulas, as bentas chagas, os anjos do Senhor", mostram a sinceridade da fé na providência divina, supostamente interessada em transações comerciais envolvendo benefícios miraculosos.

O riso dos santos decorre da estranha mistura de astúcia e tolice, avareza e prodigalidade, satanismo e beatitude, que é sintetizada na figura do usurário penitente. O riso dos santos equivale ao riso cínico de Menipo, que zomba da humanidade com certa melancolia.

APOLOGIA ENVENENADA

Resta ainda perguntar como fica o "caso" de Sales, já que essa "forma simples" embutida no conto implica, segundo André Jolles*, uma avaliação. Vimos que a instância de avaliação desse caso machadiano é o arbítrio dos santos, especificamente de São Francisco de Sales. Nessa medida, o caso de Sales tem solução feliz, uma vez que o patrono ou padroeiro age em favor da solicitação, como se lê na seguinte passagem: "já intercedi e alcancei do Senhor aquilo mesmo que me veio pedir esta pessoa".

A resolução do santo, favorável a um homem carregado de tantos pecados, na perspectiva do catolicismo, é compatível com a piedade cristã, especialmente porque, apesar de seus terríveis defeitos, Sales sentia amor verdadeiro pela mulher, e o amor é uma virtude cristã capital. Além disso, tal resolução decorre do temperamento tolerante de São Francisco de Sales, que abstrai os defeitos para ver o que há de bom no homem. O amor teria resgatado a humanidade do usurário e justificaria a deliberação do santo.

Visto assim, o caso conteria um elogio ao catolicismo e às virtudes cristãs. Porém, há algum veneno nessa apologia à piedade católica, pois, ao acatar o pleito de Sales, São Francisco valida a negociação do avarento. Se pensarmos desse modo, fica evidente que, no interior da narrativa, o catolicismo acomoda-se ao comércio de bens espirituais e o estimula, ao reforçar a crença nos discursos que enfatizam a eficácia dessa prática.

* *Op. cit.*

☙ Uns Braços ❧

Inácio estremeceu, ouvindo os gritos do solicitador[1], recebeu o prato que este lhe apresentava e tratou de comer, debaixo de uma trovoada de nomes, malandro, cabeça de vento, estúpido, maluco[2].

– Onde anda que nunca ouve o que lhe digo? Hei de contar tudo a seu pai, para que lhe sacuda a preguiça do corpo com uma boa vara de marmelo, ou um pau; sim, ainda pode apanhar, não pense que não. Estúpido! maluco![3]

– Olhe que lá fora é isto mesmo que você vê aqui, continuou, voltando-se para d. Severina, senhora que vivia com ele maritalmente, há anos. Confunde-me os papéis todos, erra as casas, vai a um escrivão em vez de ir a outro, troca os advogados: é o diabo! É o tal sono pesado e contínuo. De manhã é o que se vê; primeiro que acorde é preciso quebrar-lhe os ossos... Deixe; amanhã hei de acordá-lo a pau de vassoura!

D. Severina tocou-lhe no pé, como pedindo que acabasse. Borges espeitorou[4] ainda alguns impropérios[5], e ficou em paz com Deus e os homens.

Não digo que ficou em paz com os meninos, porque o nosso Inácio não era propriamente menino. Tinha quinze anos feitos e bem feitos. Cabeça inculta, mas bela, olhos de rapaz que sonha, que adivinha, que indaga, que quer saber e não acaba de saber nada. Tudo isso posto sobre um corpo não destituído de graça[6], ainda que malvestido. O pai é barbeiro na Cidade Nova, e pô-lo de agente, escrevente, ou que quer que era, do solicitador Borges, com esperança de vê-lo no foro[7], porque lhe parecia que os procuradores de causas ganhavam muito. Passava-se isto na rua da Lapa, em 1870.

Durante alguns minutos não se ouviu mais que o tinir dos talheres e o ruído da mastigação. Borges abarrotava-se de alface e vaca[8]; interrompia-se para virgular a oração com um golpe de vinho[9] e continuava logo, calado.

Inácio ia comendo devagarinho, não ousando levantar os olhos do prato, nem para colocá-los onde eles estavam no momento em que o terrível Borges o descompôs. Verdade é que seria agora muito arriscado. Nunca ele pôs os olhos nos braços de d. Severina que se não esquecesse de si e de tudo.

Também a culpa era antes de d. Severina em trazê-los assim nus, constantemente. Usava mangas curtas em todos os vestidos de casa, meio palmo abaixo do ombro; dali em diante ficavam-lhe os braços à mostra. Na verdade, eram belos e cheios, em harmonia com a dona, que era antes grossa que fina, e não perdiam a cor nem a maciez por viverem ao ar; mas é justo explicar que ela os não trazia assim por faceira[10], senão porque já gastara todos os vestidos de mangas compridas. De pé, era muito vistosa; andando, tinha meneios engraçados; ele, entretanto, quase que só a via à mesa, onde, além dos braços, mal poderia mirar-lhe o busto. Não se pode dizer que era bonita; mas também não era feia. Nenhum adorno; o próprio penteado consta de mui pouco; alisou os cabelos, apanhou-os, atou-os e fixou-os no alto da cabeça com o pente de tartaruga que a mãe lhe deixou. Ao pescoço, um lenço escuro; nas orelhas, nada. Tudo isso com vinte e sete anos floridos e sólidos.

Acabaram de jantar. Borges, vindo o café, tirou quatro charutos da algibeira, comparou-os, apertou-os entre os dedos, escolheu um e guardou os restantes. Aceso o charuto, fincou os cotovelos na mesa e falou a d. Severina de trinta mil coisas que não interessavam nada ao nosso Inácio; mas, enquanto falava, não o descompunha e ele podia devanear à larga.

Inácio demorou o café o mais que pôde. Entre um e outro gole, alisava a toalha, arrancava dos dedos pedacinhos de pele imaginários, ou passava os olhos pelos quadros da sala de jantar, que eram dois, um S. Pedro e um S. João, registros trazidos de festas e encaixilhados em casa. Vá que disfarçasse com S. João, cuja cabeça moça alegra as imaginações católicas; mas com o austero S. Pedro era demais. A única defesa do moço Inácio é que ele não via nem um nem outro; passava os olhos por ali como por nada. Via só os braços de d. Severina, – ou porque sorrateiramente olhasse para eles, ou porque andasse com eles impressos na memória.

– Homem, você não acaba mais? bradou de repente o solicitador.

Não havia remédio; Inácio bebeu a última gota, já fria, e retirou-se, como de costume, para o seu quarto, nos fundos da casa. Entrando, fez um gesto de zanga e desespero e foi depois encostar-se a uma das duas janelas que davam para o mar. Cinco minutos depois, a vista das águas próximas e das montanhas ao longe restituía-lhe o sentimento confuso, vago, inquieto, que lhe doía e fazia bem, alguma coisa que deve sentir a planta, quando abotoa[11] a primeira flor. Tinha vontade de ir embora e de ficar. Havia cinco semanas que ali morava, e a vida era sempre a mesma, sair de manhã com o Borges, andar por audiências e cartórios, correndo, levando papéis ao selo, ao distribuidor, aos escrivães, aos oficiais de justiça. Voltava à tarde, jantava e recolhia-se ao quarto, até a hora da ceia; ceava e ia dormir. Borges não lhe dava intimidade na família, que se compunha apenas de d. Severina, nem Inácio a via mais de três vezes por dia, durante as refeições. Cinco semanas de solidão, de trabalho sem gosto, longe da mãe e das irmãs; cinco semanas de silêncio, porque ele só falava uma ou outra vez na rua; em casa, nada.

– Deixe estar, – pensou ele um dia – fujo daqui e não volto mais.

Não foi; sentiu-se agarrado e acorrentado pelos braços de d. Severina. Nunca vira outros tão bonitos e tão frescos. A educação que tivera não lhe permitia encará-los logo abertamente, parece até que a princípio afastava os olhos, vexado. Encarou-os pouco a pouco, ao ver que eles não tinham outras mangas, e assim os foi descobrindo, mirando e amando. No fim de três semanas eram eles, moralmente falando, as suas tendas de repouso. Aguentava toda a trabalheira de fora, toda a melancolia da solidão e do silêncio, toda a grosseria do patrão, pela única paga de ver, três vezes por dia, o famoso par de braços.

Naquele dia, enquanto a noite ia caindo e Inácio estirava-se na rede (não tinha ali outra cama), d. Severina, na sala da frente, recapitulava o episódio do jantar e, pela primeira vez, desconfiou alguma coisa. Rejeitou a ideia logo, uma criança! Mas há ideias que são da família das moscas teimosas: por mais que a gente as sacuda, elas tornam e pousam. Criança? Tinha quinze anos; e ela advertiu que entre o nariz e a boca do rapaz havia um princípio de rascunho de buço. Que admira que começasse a amar? E não era ela bonita? Esta outra ideia não foi rejeitada, antes afagada e beijada. E recordou então os modos dele, os esquecimentos, as distrações, e mais um incidente, e mais outro, tudo eram sintomas, e concluiu que sim.

– Que é que você tem? disse-lhe o solicitador, estirado no canapé, ao cabo de alguns minutos de pausa.

– Não tenho nada.

– Nada? Parece que cá em casa anda tudo dormindo! Deixem estar, que eu sei de um bom remédio para tirar o sono aos dorminhocos...

E foi por ali, no mesmo tom zangado, fuzilando ameaças, mas realmente incapaz de as cumprir, pois era antes grosseiro que mau. D. Severina interrompia-o que não, que era engano, não estava dormindo, estava pensando na comadre Fortunata. Não a visitavam desde o Natal: por que não iriam lá uma daquelas noites? Borges redarguia que andava cansado, trabalhava como um negro[12], não estava para visitas de parola[13]; e descompôs a comadre, descompôs o compadre, descompôs o afilhado, que não ia ao colégio, com dez anos! Ele, Borges, com dez anos, já sabia ler, escrever e contar, não muito bem, é certo, mas sabia. Dez anos! Havia de ter um bonito fim: – vadio, e o côvado e meio[14] nas costas. A tarimba é que viria ensiná-lo.

D. Severina apaziguava-o com desculpas, a pobreza da comadre, o caiporismo[15] do compadre, e fazia-lhe carinhos, a medo, que eles podiam irritá-lo mais. A noite caíra de todo; ela ouviu o *tlic* do lampião do gás da rua, que acabavam de acender, e viu o clarão dele nas janelas da casa fronteira. Borges, cansado do dia, pois era realmente um trabalhador de primeira ordem, foi fechando os olhos e pegando no sono, e deixou-a só na sala, às escuras, consigo e com a descoberta que acabava de fazer.

Tudo parecia dizer à dama que era verdade; mas essa verdade, desfeita a impressão do assombro, trouxe-lhe uma complicação moral, que ela só conheceu pelos efeitos, não achando meio de discernir o que era. Não podia entender-se nem equilibrar-se, chegou a pensar em dizer tudo ao solicitador, e ele que mandasse embora o fedelho. Mas que era tudo? Aqui estacou: realmente, não havia mais que suposição, coincidência e possivelmente ilusão. Não, não, ilusão não era. E logo recolhia os indícios vagos, as atitudes do mocinho, o acanhamento, as distrações, para rejeitar a ideia de estar enganada. Daí a pouco (capciosa natureza!), refletindo que seria mau acusá-lo sem fundamento, admitiu que se iludisse, para o único fim de observá-lo melhor e averiguar bem a realidade das coisas.

Já nessa noite, d. Severina mirava por baixo dos olhos os gestos de Inácio; não chegou a achar nada, porque o tempo do chá era curto e o rapazinho não tirou os olhos da xícara. No dia seguinte pôde observar melhor, e nos outros otimamente. Percebeu que sim, que era amada e temida, amor adolescente e virgem, retido pelos liames sociais e por um sentimento de inferioridade que o impedia de reconhecer-se a si mesmo. D. Severina compreendeu que não havia recear nenhum desacato, e concluiu que o melhor era não dizer nada ao solicitador; poupava-lhe um desgosto, e outro à pobre criança. Já se persuadia bem que ele era criança, e assentou de o tratar tão secamente como até ali, ou ainda mais. E assim fez; Inácio começou a sentir que ela fugia-lhe com os olhos, ou falava-lhe áspero, quase tanto como o próprio Borges. De outras vezes, é verdade que o tom da voz saía brando e até meigo, muito meigo; assim como o olhar, geralmente esquivo, tanto errava por outras partes, que, para descansar, vinha pousar na cabeça dele; mas tudo isso era curto.

— Vou-me embora, repetia ele na rua como nos primeiros dias.

Chegava a casa e não se ia embora. Os braços de d. Severina fechavam-lhe um parêntesis no meio do longo e fastidioso período da vida que levava, e essa oração intercalada trazia uma ideia original e profunda, inventada pelo céu unicamente para ele. Deixava-se estar e ia andando. Afinal, porém, teve de sair, e para nunca mais; eis aqui como e por quê.

D. Severina tratava-o desde alguns dias com benignidade. A rudeza da voz parecia acabada, e havia mais do que brandura, havia desvelo e carinho. Um dia recomendava-lhe que não apanhasse ar, outro que não bebesse água fria depois do café quente, conselhos, lembranças, cuidados de amiga e mãe, que lhe lançaram na alma ainda maior inquietação e confusão. Inácio chegou ao extremo de confiança de rir um dia à mesa, coisa que jamais fizera; e o solicitador não o tratou mal dessa vez, porque era ele que contava um caso engraçado, e ninguém pune a outro pelo aplauso que recebe. Foi então que d. Severina viu que a boca do mocinho, graciosa estando calada, não o era menos quando ria.

A agitação de Inácio ia crescendo, sem que ele pudesse acalmar-se nem entender-se. Não estava bem em parte nenhuma. Acordava de noite, pensando em d. Severina. Na rua, trocava de esquinas, errava as portas, muito mais que dantes, e não via mulher, ao longe ou ao perto, que lha não trouxesse à memória. Ao entrar no corredor da casa, voltando do trabalho, sentia sempre algum alvoroço, às vezes grande, quando dava com ela no topo da escada, olhando através das grades de pau da cancela, como tendo acudido a ver quem era.

Um domingo, – nunca ele esqueceu esse domingo, – estava só no quarto, à janela, virado para o mar, que lhe falava a mesma linguagem obscura e nova de d. Severina. Divertia-se em olhar para as gaivotas, que faziam grandes giros no ar, ou pairavam em cima d'água, ou avoaçavam[16] somente. O dia estava lindíssimo. Não era só um domingo cristão; era um imenso domingo universal[17].

Inácio passava-os todos ali no quarto ou à janela, ou relendo um dos três folhetos que trouxera consigo, contos de outros tempos, comprados a tostão, debaixo do passadiço[18] do largo do Paço. Eram duas horas da tarde. Estava cansado, dormira mal a noite, depois de haver andado muito na véspera; estirou-se na rede, pegou em um dos folhetos, a *Princesa Magalona*, e começou a ler. Nunca pôde entender por que é que todas as heroínas dessas velhas histórias tinham a mesma cara e talhe de d. Severina, mas a verdade é que os tinham[19]. Ao cabo de meia hora, deixou cair o folheto e pôs os olhos na parede, donde, cinco minutos depois, viu sair a dama dos seus cuidados. O natural era que se espantasse; mas não se espantou. Embora com as pálpebras cerradas, viu-a desprender-se de todo, parar, sorrir e andar para a rede. Era ela mesma; eram os seus mesmos braços.

É certo, porém, que d. Severina, tanto não podia sair da parede, dado que houvesse ali porta ou rasgão, que estava justamente na sala da frente ouvindo os passos do solicitador que descia as escadas. Ouviu-o descer; foi à janela vê-lo sair e só se recolheu quando ele se perdeu ao longe, no caminho da rua das Mangueiras. Então entrou e foi sentar-se no canapé. Parecia fora do natural, inquieta, quase maluca; levantando-se, foi pegar na jarra que estava em cima do aparador e deixou-a no mesmo lugar; depois caminhou até à porta, deteve-se e voltou, ao que parece, sem plano. Sentou-se outra vez, cinco ou dez minutos. De repente, lembrou-se que Inácio comera pouco ao almoço e tinha o ar abatido, e advertiu que podia estar doente; podia ser até que estivesse muito mal.

Saiu da sala, atravessou rasgadamente o corredor e foi até o quarto do mocinho, cuja porta achou escancarada. D. Severina parou, espiou, deu com ele na rede, dormindo, com o braço para fora e o folheto caído no chão. A cabeça inclinava-se um pouco do lado da porta, deixando ver os olhos fechados, os cabelos revoltos e um grande ar de riso e de beatitude.

D. Severina sentiu bater-lhe o coração com veemência e recuou. Sonhara de noite com ele; pode ser que ele estivesse sonhando com ela. Desde madrugada que a figura do mocinho andava-lhe diante dos olhos, como uma tentação diabólica. Recuou ainda, depois voltou, olhou dois, três, cinco minutos, ou mais. Parece que o sono dava à adolescência de Inácio uma expressão mais acentuada, quase feminina, quase pueril. Uma criança! disse ela a si mesma, naquela língua sem palavras que todos trazemos conosco. E esta ideia abateu-lhe o alvoroço do sangue e dissipou-lhe em parte a turvação dos sentidos.

– Uma criança!

E mirou-o lentamente, fartou-se de vê-lo, com a cabeça inclinada, o braço caído; mas, ao mesmo tempo que o achava criança, achava-o bonito, muito mais bonito que acordado, e uma dessas ideias corrigia ou corrompia a outra. De repente estremeceu e recuou assustada: ouvira um ruído ao pé, na saleta do engomado; foi ver, era um gato que deitara uma tigela ao chão. Voltando devagarinho a espiá-lo, viu que dormia profundamente. Tinha o sono duro a criança! O rumor que a abalara tanto, não o fez sequer mudar de posição. E ela continuou a vê-lo dormir, – dormir e talvez sonhar.

Que não possamos ver os sonhos uns dos outros! D. Severina ter-se-ia visto a si mesma na imaginação do rapaz; ter-se-ia visto diante da rede, risonha e parada; depois inclinar-se, pegar-lhe nas mãos, levá-las ao peito, cruzando ali os braços, os famosos braços. Inácio, namorado deles, ainda assim ouvia as palavras dela, que eram lindas, cálidas, principalmente novas, – ou, pelo menos, pertenciam a algum idioma que ele não conhecia, posto que o entendesse. Duas, três e quatro vezes a figura esvaía-se, para tornar logo, vindo do mar ou de outra parte, entre gaivotas, ou atravessando o corredor, com toda a graça robusta de que era capaz. E tornando, inclinava-se, pegava-lhe outra vez das mãos e cruzava ao peito os braços, até que, inclinando-se, ainda mais, muito mais, abrochou[20] os lábios e deixou-lhe um beijo na boca.

Aqui o sonho coincidiu com a realidade, e as mesmas bocas uniram-se na imaginação e fora dela. A diferença é que a visão não recuou, e a pessoa real tão depressa cumprira o gesto, como fugiu até à porta, vexada e medrosa. Dali passou à sala da frente, aturdida[21] do que fizera, sem olhar fixamente para nada. Afiava o ouvido, ia até o fim do corredor, a ver se escutava algum rumor que lhe dissesse que ele acordara, e só depois de muito tempo é que o medo foi passando. Na verdade, a criança tinha o sono duro; nada lhe abria os olhos, nem os fracassos contíguos, nem os beijos de verdade. Mas, se o medo foi passando, o vexame ficou e cresceu. D. Severina não acabava de crer que fizesse aquilo; parece que embrulhara os seus desejos na ideia de que era uma criança namorada que ali estava sem consciência nem imputação[22]; e, meia mãe, meia amiga, inclinara-se e beijara-o. Fosse como fosse, estava confusa, irritada, aborrecida, mal consigo e mal com ele. O medo de que ele podia estar fingindo que dormia apontou-lhe na alma e deu-lhe um calafrio.

Mas a verdade é que dormiu ainda muito, e só acordou para jantar. Sentou-se à mesa lépido. Conquanto achasse d. Severina calada e severa e o solicitador tão ríspido como nos outros dias, nem a rispidez de um, nem a severidade da outra podiam dissipar-lhe a visão graciosa que ainda trazia consigo, ou amortecer-lhe a sensação do beijo. Não reparou que d. Severina tinha um xale que lhe cobria os braços; reparou depois, na segunda-feira, e na terça-feira, também, e até sábado, que foi o dia em que Borges mandou dizer ao pai que não podia ficar com ele; e não o fez zangado, porque o tratou relativamente bem e ainda lhe disse à saída:

– Quando precisar de mim para alguma coisa, procure-me.

– Sim, senhor. A sra. d. Severina...

– Está lá para o quarto, com muita dor de cabeça. Venha amanhã ou depois despedir-se dela.

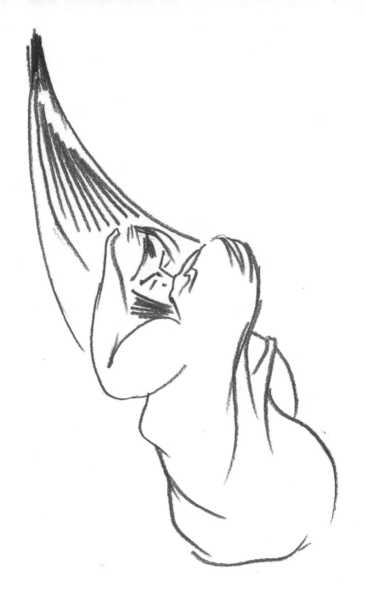

Inácio saiu sem entender nada. Não entendia a despedida, nem a completa mudança de d. Severina, em relação a ele, nem o xale, nem nada. Estava tão bem! falava-lhe com tanta amizade! Como é que, de repente... Tanto pensou que acabou supondo de sua parte algum olhar indiscreto, alguma distração que a ofendera; não era outra coisa; e daqui a cara fechada e o xale que cobria os braços tão bonitos... Não importa; levava consigo o sabor do sonho. E através dos anos, por meio de outros amores, mais efetivos e longos, nenhuma sensação achou nunca igual à daquele domingo, na rua da Lapa, quando ele tinha quinze anos. Ele mesmo exclama às vezes, sem saber que se engana:

– E foi um sonho! um simples sonho!

* * *

Síntese Crítica

"Uns Braços" é exemplo modelar de conto realista de análise ou construção psicológica. Seu assunto é a sensualidade reprimida de um adolescente, Inácio, e de uma jovem mulher, dona Severina, não propriamente casada, mas concubina de Borges, um pequeno-burguês carioca do Segundo Império, solicitador profissional, espécie de despachante judicial.

Borges é personagem plana*, sem densidade psicológica, típico representante de uma classe média que se formou em torno da necessidade de manter um regime jurídico que regulasse as relações sociais da nova nação. Algumas peculiaridades desse estrato social incipiente no Brasil oitocentista são indicadas por certos si-

---

* As noções de personagens planas e redondas foram introduzidas por E. M. Forster. *Aspects of the Novel*, London, Penguin Books, 1990 (1ª ed., 1927).

nais, como a alimentação ("Borges abarrotava-se de alface e vaca"), os modos grosseiros, o uso de redes de dormir e o concubinato.

A alimentação do Brasil oitocentista era, em geral, deficiente em proteínas animais. O fato de Borges consumir carne de vaca indica que ele pertence a um estrato social privilegiado, mas destituído de qualquer refinamento, como sugere a escolha lexical do narrador: a locução verbal "abarrotar-se", implica a ideia de demasia, oposta à de comportamento comedido ou bem-educado. O modo como Borges insulta Inácio, seu aprendiz e agregado, indica, além do temperamento rude, um comportamento autoritário, típico da cultura patriarcal e escravista brasileira, praticado eventualmente pela classe média no trato com subalternos. Na casa de Borges, dorme-se em rede, aspecto sugestivo da permanência de costumes coloniais e da dificuldade de adaptação a novos usos, como o hábito urbano de dormir em camas. No Brasil oitocentista, o casamento oficial era comum para as elites, mas incomum para as demais camadas da sociedade. O concubinato de Borges caracteriza a fragilidade da família de classe média nos idos de 1870.

Esses sinais tecem uma rede de imagens que ambienta a narrativa no contexto cultural da pequena burguesia carioca oitocentista, marcado pela precariedade moral.

O SONO DURO DA CRIANÇA

Nesse ambiente, Inácio sente-se constrangido. Planeja fugir, mas suporta a humilhação dos maus tratos, o trabalho aborrecido e a solidão só para poder contemplar, furtivamente, os belos braços de dona Severina.

Inácio provoca a fúria de Borges por causa das trapalhadas no serviço. O solicitador atribui as frequentes distrações do aprendiz a uma característica fisiológica do rapaz, o "sono pesado e contínuo". Essa característica é, de fato, um traço decisivo do perfil espiritual de Inácio, tanto que é insistentemente reiterada e dá ensejo ao acontecimento crucial da narrativa: a coincidência de um beijo sonhado com um real.

Inácio é uma personagem típica. Trata-se de um adolescente de origem humilde, sonhador, sem experiência de vida, perturbado pelos sentimentos estranhos que vivencia interiormente e que não compreende. O narrador faz uso de uma comparação botânica para caracterizar o "sentimento confuso, vago, inquieto, que lhe doía e fazia bem, alguma coisa que deve sentir a planta, quando abotoa a primeira flor".

O processo de descoberta do amor de Inácio por dona Severina é configurado não só pela metáfora da flor, mas também pelo desenho minucioso da confusão interior do rapaz e pela referência a certas circunstâncias determinantes de seu comportamento – a educação dada a ele pelo pai, marcada pelo sentimento de inferioridade social, e a timidez característica do jovem ao relacionar-se com adultos estranhos aos quais se liga por relação de dependência. Os braços de dona Severina deixam-no fascinado, mas "a educação que tivera não lhe permitia encará-los logo abertamente"; embora atraído, via-se "retido pelos liames sociais e por um sentimento de inferioridade que o impedia de reconhecer-se a si mesmo". Inácio tem fantasias conscientes e inconscientes com dona Severina. Ele devaneia, fica obcecado, sofre alucinações, sonha e recalca as pulsões do desejo, mas não as elimina.

Comparado a Borges, Inácio é personagem redonda, isto é, complexa. O primeiro não passa da caracterização típica; sabe-se pouco de sua vida interior, além daquilo que se pode deduzir de seu comportamento e de algumas poucas observações do narrador. O segundo, em certa medida, é também personagem típica, mas ultrapassa essa condição porque lhe é atribuída uma vida moral específica, que singulariza os traços gerais de seu caráter, submisso exteriormente às convenções sociais, mas interiormente transgressor sob o influxo do forte apelo da natureza. Este aspecto, aliás, fica evidente nos momentos em que a paisagem estimula a sensualidade de Inácio, como na passagem crucial em que sonha com dona Severina, cuja imagem se associa às ondas do mar: "Duas, três e quatro vezes a figura [de dona Severina] esvaía-se, para tornar logo, vindo do mar [...]". O particular conflito psicológico de Inácio revela, assim, sua universalidade, pois, em última instância, trata-se do conflito entre cultura e natureza, respectivamente entendidas como forças repressoras e libertadoras.

DONA SEVERINA EM TRÊS DIMENSÕES

Esse mesmo conflito é vivenciado por dona Severina, na perspectiva da mulher, o que implica, ao menos, três instâncias de significado que correspondem às três dimensões apresentadas pela personagem, que é, a um só tempo, típica, redonda e simbólica.

Primeiramente, é possível distinguir na construção dessa personagem traços culturais que se associam ao perfil de uma dona de casa pequeno-burguesa do Segundo Império. Ou seja, elementos culturais extraliterários tornam-se matéria de literatura e são artisticamente transfigurados de modo a tecer o universo moral típico de uma mulher com aquele perfil. Mas a situação familiar de dona Severina é precária, pois não é esposa legítima de Borges. Embora o casamento regular fosse raro à época, quase que limitado a camadas mais abastadas da sociedade oitocentista, isso não elimina a fragilidade da situação, sobretudo pelo caráter patriarcal, para não dizer machista, dessa sociedade em que a mulher é relegada à posição de subalterna ao homem.

Dona Severina faz o possível para dar à sua situação a aparência de uma união regular, comportando-se como as esposas legítimas de seu tempo, de acordo com o respectivo modelo de moralidade. Nunca sai à rua, espaço que ela pressente ou contempla de dentro de casa, ouvindo o ruído do lampião de gás ao ser aceso nos postes de iluminação ou, do "topo da escada, olhando através das grades de pau da cancela". Esforça-se para atenuar a grosseria do companheiro, por exemplo, tocando-lhe delicada e discretamente os pés sob a mesa para que ele parasse de gritar com Inácio, zelando pela harmonia no espaço doméstico. Ela dá a Borges cuidados de dona de casa e de amante, sempre vigilante, sempre atenta para preservar a aparência de regularidade burguesa, mas, simultaneamente, aristocrática, na medida em que se combinam modelos comportamentais de ambas as categorias sociais históricas, no contexto do Rio de Janeiro oitocentista: a paz doméstica burguesa e o primado patriarcal. Por essas razões, dona Severina pode ser vista como personagem típica.

Todavia, consciente da fragilidade de seu estado civil, ela se mantém em constante estado de alerta, o que é explicitado na observação do narrador, segundo a qual, quando Borges estava irritado, dona Severina "fazia-lhe carinhos, a medo, que eles podiam irritá-lo mais". Ressalte-se que o temor da personagem, decorrente de sua precariedade conjugal, faz com que ela seja mais rigorosa no zelo da concórdia doméstica do que as esposas legítimas. Seu comportamento de mulher reclusa, que vive no lar e para ele, submissa ao companheiro, os escrúpulos morais que sente ao convencer-se de que era amada por Inácio e, até mesmo, a atitude final de levar Borges a despedir o rapaz e simular uma indisposição para não o ver partir, tudo isso indicia o receio de ver sua situação familiar ameaçada.

Por outro lado, observa-se que a ameaça sentida e temida por dona Severina estava menos fora do que dentro de si mesma. Por meio de motivos da narrativa, como o da reclusão da mulher, percebe-se a solidão que cerca dona Severina, cuja vida doméstica é regulada pela rotina do companheiro – as três refeições diárias, as minguadas conversas à noite e as escassas visitas ao compadre, à comadre e ao afilhado. Como mulher livre de baixa condição no Brasil oitocentista, ela se aferra a um comportamento severo, cumprindo cotidianamente o sentido de seu nome, para sentir-se respeitável perante a sociedade dominada por preconceitos que, originários da elite, contagiavam a opinião das camadas inferiores contíguas.

A "complicação moral" de dona Severina evidencia-se, sobretudo, no momento em que a severidade comportamental fraqueja. É quando ela se sente atraída por Inácio ao notar o amor silencioso do rapaz. Isso a deixa desequilibrada e dividida:

[...] chegou a pensar em dizer tudo ao solicitador, e ele que mandasse embora o fedelho. Mas que era tudo? [...] Daí a pouco (capciosa natureza!), refletindo que seria mau acusá-lo sem fundamento, admitiu que se iludisse, para o único fim de observá-lo melhor e averiguar bem a realidade das coisas.

Ao fazer isso, certifica-se de "que era amada e temida", compreende que "não havia recear nenhum desacato, e concluiu que o melhor era não dizer nada ao solicitador; poupava-lhe um desgosto, e outro à pobre criança". Assim, ela pode ter o gosto de sentir-se atraente e lisonjeada por aquele amor. Procura convencer-se de que Inácio é uma criança para poder admirar sua beleza adolescente, que já desenhava um sinal de buço sob o nariz. Passa a comportar-se de modo contraditório, ora tratando Inácio com aspereza próxima à de Borges, ora com meiguice, dispensando cuidados de mãe ao rapaz. Ao sonhar uma noite com o mocinho, fica "fora do normal, inquieta, quase maluca". A figura de Inácio "andava-lhe diante dos olhos como uma tentação diabólica". No momento crucial, em que contempla Inácio a dormir na rede, na ausência de Borges, ainda luta contra a sedução. "Uma criança!", repete para si mesma, mas não se contém e beija os lábios do rapaz. Seguem-se a isso os sentimentos de vexame e de medo que a fazem retraída, "calada e severa". O uso do xale a cobrir-lhe os braços daí em diante e a cautelosa intervenção junto ao marido para que Inácio fosse despedido completam o retrato moral de dona Severina, cujos movimentos interiores são minuciosamente construídos e articulados pelo narrador, de modo a compor uma personagem de rica individualidade. Por isso, ela é personagem típica, mas não é plana; a individualidade de caráter complexo, contraditório e imprevisível a caracteriza como personagem redonda.

Mas há ainda que observar a dimensão simbólica dessa personagem, insinuada na observação do narrador de que o domingo em que o conto atinge o clímax "não era só um domingo cristão; era um domingo universal", além da consideração de que Inácio "não via mulher, ao longe ou ao perto, que lha [dona Severina] não trouxesse à memória". Além do mais, para o rapaz, "todas as heroínas dessas velhas histórias [da literatura] tinham a mesma cara e talhe de D. Severina", ou seja, dona Severina sintetiza a imagem da mulher universal, do eterno feminino.

Essa universalidade, porém, constitui um desvio dos padrões cristãos que regulavam o comportamento da mulher na sociedade brasileira oitocentista na medida em que a imagem de dona Severina se associa à da natureza, sobretudo ao mar, "que lhe falava [a Inácio] a mesma linguagem obscura e nova de D. Severina". O encontro das duas imagens, da mulher arquetípica e do mar, amalgamadas pela fantasia amorosa de Inácio, parece evocar a figura de Afrodite, a deusa grega da beleza e do amor. Trata-se, portanto, de um amor que diverge da noção cristã para situar-se na esfera de significado da noção pagã greco-latina, em que o amor é entendido não como pura espiritualidade, mas como manifestação que implica a união corpórea, nem sempre obediente aos padrões de comportamento socialmente instituídos.

É verdade que, no caso de Inácio e dona Severina, essa união não passou de um beijo, como daqueles dos poemas de Álvares de Azevedo em que um dos amantes está inconsciente enquanto o outro está desperto, embora, no caso de "Uns Braços", seja o homem que, passivo, durma e sonhe, enquanto a mulher está acordada e age; é também verdade que, nesse caso, a moralidade burguesa, patriarcal e cristã, dá a última palavra, como se constata nas autorrecriminações de dona Severina e em suas atitudes posteriores ao beijo, que culminam no afastamento de Inácio.

A narrativa nos leva a contemplar a imagem da fragilidade de instituições, valores e comportamentos do Brasil imperial, e a questionar o caráter supostamente absoluto da moralidade em parte aristocrática e patriarcal (ciosa da honra e do privilégio masculino), em parte burguesa, no que contém de racionalidade, cálculo e trabalho ("Borges... era realmente um trabalhador de primeira ordem"; dona Severina mede até os carinhos dispensados ao companheiro). Essa imagem dúplice articula-se ao cristianismo de então, rigoroso quanto à ética católica a propósito de certas pulsões irracionais do desejo erótico.

Artisticamente, dona Severina, no contexto da figurada sociedade brasileira do Segundo Império, dividida entre as disposições da cultura e as pulsões da natureza, reúne em si as três categorias em que a realidade da personagem se configura: a singularidade concreta do indivíduo (personagem redonda), a particularidade da classe a que ele pertence (personagem típica) e a universalidade do gênero (personagem simbólica). Assim, Machado de Assis constrói um expressivo recorte da complexa situação da mulher no âmbito cultural da sociedade oitocentista.

⚘ Um Homem Célebre ⚘

— Ah! o senhor é que é o Pestana? perguntou Sinhazinha Mota, fazendo um largo gesto admirativo. E logo depois, corrigindo a familiaridade: – Desculpe meu modo, mas... é mesmo o senhor?

Vexado, aborrecido, Pestana respondeu que sim, que era ele. Vinha do piano, enxugando a testa com o lenço, e ia a chegar à janela, quando a moça o fez parar. Não era baile; apenas um sarau[1] íntimo, pouca gente, vinte pessoas ao todo, que tinham ido jantar com a viúva Camargo, rua do Areal, naquele dia dos anos dela, cinco de novembro de 1875... Boa e patusca[2] viúva! Amava o riso e a folga, apesar dos sessenta anos em que entrava, e foi a última vez que folgou e riu, pois faleceu nos primeiros dias de 1876. Boa e patusca viúva! Com que alma e diligência[3] arranjou ali umas danças, logo depois do jantar, pedindo ao Pestana que tocasse uma quadrilha![4] Nem foi preciso acabar o pedido; Pestana curvou-se gentilmente, e correu ao piano. Finda a quadrilha, mal teriam descansado uns dez minutos, a viúva correu novamente ao Pestana para um obséquio mui particular.

– Diga, minha senhora.

– É que nos toque agora aquela sua polca[5] *Não Bula Comigo, Nhonhô*.

Pestana fez uma careta, mas dissimulou depressa, inclinou-se calado, sem gentileza, e foi para o piano, sem entusiasmo. Ouvidos os primeiros compassos, derramou-se pela sala uma alegria nova, os cavalheiros correram às damas, e os pares entraram a saracotear a polca da moda. Da moda; tinha sido publicada vinte dias antes, e já não havia recanto da cidade em que não fosse conhecida. Ia chegando à consagração do assobio e da cantarola noturna.

Sinhazinha Mota estava longe de supor que aquele Pestana que ela vira à mesa de jantar e depois ao piano, metido numa sobrecasaca cor de rapé, cabelo negro, longo e cacheado, olhos cuidosos[6], queixo rapado, era o mesmo Pestana compositor; foi uma amiga que lho disse quando o viu vir do piano, acabada a polca. Daí a pergunta admirativa. Vimos que ele respondeu aborrecido e vexado. Nem assim as duas moças lhe pouparam finezas, tais e tantas, que a mais modesta vaidade se contentaria de as ouvir; ele recebeu-as cada vez mais enfadado[7], até que, alegando dor de cabeça, pediu licença para sair. Nem elas, nem a dona da casa, ninguém logrou retê-lo. Ofereceram-lhe remédios caseiros, algum repouso, não aceitou nada, teimou em sair e saiu.

Rua fora, caminhou depressa, com medo de que ainda o chamassem; só afrouxou, depois que dobrou a esquina da rua Formosa. Mas aí mesmo esperava-o a sua grande polca festiva. De uma casa modesta, à direita, a poucos metros de distância, saíam as notas da composição do dia, sopradas em clarineta. Dançava-se. Pestana parou alguns instantes, pensou em arrepiar caminho, mas dispôs-se a andar, estugou[8] o passo, atravessou a rua, e seguiu pelo lado oposto ao da casa do baile. As notas fo-

ram-se perdendo, ao longe, e o nosso homem entrou na rua do Aterrado, onde morava. Já perto de casa viu vir dois homens; um deles, passando rentezinho com o Pestana, começou a assobiar a mesma polca, rijamente, com brio, e o outro pegou a tempo na música, e aí foram os dois abaixo, ruidosos e alegres, enquanto o autor da peça, desesperado, corria a meter-se em casa.

Em casa, respirou. Casa velha, escada velha, um preto velho que o servia, e que veio saber se ele queria cear.

– Não quero nada, bradou o Pestana; faça-me café e vá dormir.

Despiu-se, enfiou uma camisola, e foi para a sala dos fundos. Quando o preto acendeu o gás da sala, Pestana sorriu e, dentro d'alma, cumprimentou uns dez retratos que pendiam da parede. Um só era a óleo, o de um padre, que o educara, que lhe ensinara latim e música, e que, segundo os ociosos, era o próprio pai do Pestana. Certo é que lhe deixou em herança aquela casa velha, e os velhos trastes, ainda do tempo de Pedro I. Compusera alguns motetes[9] o padre, era doido por música, sacra ou profana, cujo gosto incutiu no moço, ou também lhe transmitiu no sangue, se é que tinham razão as bocas vadias, coisa de que se não ocupa a minha história, como ides ver.

Os demais retratos eram de compositores clássicos, Cimarosa, Mozart, Beethoven, Gluck, Bach, Schumann[10], e ainda uns três, alguns gravados, outros litografados, todos mal encaixilhados e de diferente tamanho, mas postos ali como santos de uma igreja. O piano era o altar; o evangelho da noite lá estava aberto: era uma sonata de Beethoven.

Veio o café; Pestana engoliu a primeira xícara, e sentou-se ao piano. Olhou para o retrato de Beethoven, e começou a executar a sonata, sem saber de si, desvairado ou absorto, mas com grande perfeição. Repetiu a peça; depois parou alguns instantes, levantou-se e foi a uma das janelas. Tornou ao piano; era a vez de Mozart, pegou de um trecho, e executou-o do mesmo modo, com a alma alhures[11]. Haydn[12] levou-o à meia-noite e a segunda xícara de café.

Entre meia-noite e uma hora, Pestana pouco mais fez que estar à janela e olhar para as estrelas, entrar e olhar para os retratos. De quando em quando ia ao piano, e, de pé, dava uns golpes soltos no teclado, como se procurasse algum pensamento; mas o pensamento não aparecia e ele voltava a encostar-se à janela. As estrelas pareciam-lhe outras tantas notas musicais fixadas no céu à espera de alguém que as fosse descolar; tempo viria em que o céu tinha de ficar vazio, mas então a terra seria uma constelação de partituras. Nenhuma imagem, desvario ou reflexão trazia uma lembrança qualquer de Sinhazinha Mota, que entretanto, a essa mesma hora, adormecia pensando nele, famoso autor de tantas polcas amadas. Talvez a ideia conjugal tirou à moça alguns momentos de sono. Que tinha? Ela ia em vinte anos, ele em trinta, boa conta. A moça dormia ao som da polca, ouvida de cor, enquanto o autor desta não cuidava nem da polca nem da moça, mas das velhas obras clássicas, interrogando o céu e a noite, rogando aos anjos, em último caso ao diabo. Por que não faria ele uma só que fosse daquelas páginas imortais?

Às vezes, como que ia surgir das profundezas do inconsciente uma aurora de ideia; ele corria ao piano, para aventá-la[13] inteira, traduzi-la, em sons, mas era em vão; a ideia esvaía-se. Outras vezes, sentado, ao piano, deixava os dedos correrem, à ventura[14], a ver se as fantasias brotavam deles, como dos de Mozart; mas nada, nada, a inspiração não vinha, a imaginação deixava-se estar dormindo. Se acaso uma ideia aparecia, definida e bela, era eco apenas de alguma peça alheia, que a memória repetia, e que ele supunha inventar. Então, irritado, erguia-se, jurava abandonar a arte, ir plantar café ou puxar carroça; mas daí a dez minutos, ei-lo outra vez, com os olhos em Mozart, a imitá-lo ao piano.

Duas, três, quatro horas. Depois das quatro foi dormir; estava cansado, desanimado, morto; tinha que dar lições no dia seguinte. Pouco dormiu; acordou às sete horas. Vestiu-se e almoçou.

– Meu senhor quer a bengala ou o chapéu-de-sol? perguntou o preto, segundo as ordens que tinha, porque as distrações do senhor eram frequentes.

– A bengala.
– Mas parece que hoje chove.
– Chove, repetiu Pestana maquinalmente.
– Parece que sim, senhor, o céu está meio escuro.

Pestana olhava para o preto, vago, preocupado. De repente:
– Espera aí.

Correu à sala dos retratos, abriu o piano, sentou-se e espalmou as mãos no teclado. Começou a tocar alguma coisa própria, uma inspiração real e pronta, uma polca, uma polca buliçosa[15], como dizem os anúncios. Nenhuma repulsa da parte do compositor; os dedos iam arrancando as notas, ligando-as, meneando-as[16]; dir-se-ia que a musa compunha e bailava a um tempo. Pestana esquecera as discípulas, esquecera o preto, que o esperava com a bengala e o guarda-chuva, esquecera até os retratos que pendiam gravemente da parede. Compunha só, teclando ou escrevendo, sem os vãos esforços da véspera, sem exasperação, sem nada pedir ao céu, sem interrogar os olhos de Mozart. Nenhum tédio. Vida, graça, novidade, escorriam-lhe da alma como de uma fonte perene.

Em pouco tempo estava a polca feita. Corrigiu ainda alguns pontos, quando voltou para jantar, mas já a cantarolava, andando, na rua. Gostou dela; na composição recente e inédita circulava o sangue da paternidade e da vocação. Dois dias depois, foi levá-la ao editor das outras polcas suas, que andariam já por umas trinta. O editor achou-a linda.

– Vai fazer grande efeito.

Veio a questão do título. Pestana, quando compôs a primeira polca, em 1871, quis dar-lhe um título poético, escolheu este: *Pingos de Sol*. O editor abanou a cabeça, e disse-lhe que os títulos deviam ser, já de si, destinados à popularidade, – ou por alusão a algum sucesso do dia, – ou pela graça das palavras; indicou-lhe dois: A *Lei de 28 de Setembro*, ou *Candongas Não Fazem Festa*.

– Mas que quer dizer *Candongas Não Fazem Festa?* perguntou o autor.

– Não quer dizer nada, mas populariza-se logo.

Pestana, ainda donzel[17] inédito, recusou qualquer das denominações e guardou a polca; mas não tardou que compusesse outra, e a comichão da publicidade levou-o a imprimir as duas, com os títulos que ao editor parecessem mais atraentes ou apropriados. Assim se regulou pelo tempo adiante[18].

Agora, quando Pestana entregou a nova polca, e passaram ao título, o editor acudiu que trazia um, desde muitos dias, para a primeira obra que ele lhe apresentasse, título de espavento[19], longo e meneado. Era este: *Senhora Dona, Guarde o seu Balaio*.

– E para a vez seguinte, acrescentou, já trago outro de cor.

Exposta à venda, esgotou-se logo a primeira edição. A fama do compositor bastava à procura; mas a obra em si mesma era adequada ao gênero, original, convidava a dançá-la e decorava-se depressa. Em oito dias, estava célebre. Pestana, durante os primeiros, andou deveras namorado da composição, gostava de a cantarolar baixinho, detinha-se na rua, para ouvi-la tocar em alguma casa, e zangava-se quando não a tocavam bem. Desde logo, as orquestras de teatro a executaram, e ele lá foi a um deles. Não desgostou também de a ouvir assobiada, uma noite, por um vulto que descia a rua do Aterrado.

Essa lua de mel durou apenas um quarto de lua. Como das outras vezes, e mais depressa ainda, os velhos mestres retratados o fizeram sangrar de remorsos. Vexado e enfastiado, Pestana arremeteu contra aquela que o viera consolar tantas vezes, musa de olhos marotos e gestos arredondados, fácil e graciosa. E aí voltaram as náuseas de si mesmo, o ódio a quem lhe pedia a nova polca da moda, e juntamente o esforço de compor alguma coisa ao sabor clássico, uma página que fosse, uma só, mas tal que pudesse ser encadernada entre Bach e Schumann. Vão estudo, inútil esforço. Mergulhava naquele Jordão sem sair batizado[20]. Noites e noites, gastou-as assim, confiado e teimoso, certo de que a vontade era tudo, e que, uma vez que abrisse mão da música fácil...

– As polcas que vão para o inferno fazer dançar o diabo, disse ele um dia, de madrugada, ao deitar-se.

Mas as polcas não quiseram ir tão fundo. Vinham à casa de Pestana, à própria sala dos retratos, irrompiam tão prontas, que ele não tinha mais que o tempo de as compor, imprimi-las depois, gostá-las alguns dias, aborrecê-las, e tornar às velhas fontes, donde lhe não manava nada. Nessa alternativa viveu até casar, e depois de casar.

– Casar com quem? perguntou Sinhazinha Mota ao tio escrivão que lhe deu aquela notícia.

– Vai casar com uma viúva.

– Velha?

– Vinte e sete anos.

– Bonita?

– Não, nem feia, assim, assim. Ouvi dizer que ele se enamorou dela, porque a ouviu cantar na última festa de S. Francisco de Paula. Mas ouvi também que ela possui outra prenda, que não é rara, mas vale menos: está tísica[21].

Os escrivães não deviam ter espírito, – mau espírito, quero dizer. A sobrinha deste sentiu no fim um pingo de bálsamo[22], que lhe curou a dentadinha da inveja. Era tudo verdade. Pestana casou daí a dias com uma viúva de vinte e sete anos, boa cantora e tísica. Recebeu-a como a esposa espiritual do seu gênio. O celibato era, sem dúvida, a causa da esterilidade e do transvio, dizia ele consigo; artisticamente considerava-se um arruador de horas mortas; tinha as polcas por aventuras de petimetres[23]. Agora, sim, é que ia engendrar uma família de obras sérias, profundas, inspiradas e trabalhadas.

Essa esperança abotoou desde as primeiras horas do amor, e desabrochou à primeira aurora do casamento. – Maria, balbuciou[24] a alma dele, dá-me o que não achei na solidão das noites, nem no tumulto dos dias.

Desde logo, para comemorar o consórcio, teve ideia de compor um noturno. Chamar-lhe-ia *Ave, Maria*. A felicidade como que lhe trouxe um princípio de inspiração; não querendo dizer nada à mulher, antes de pronto, trabalhava às escondidas; coisa difícil, porque Maria, que amava igualmente a arte, vinha tocar com ele, ou ouvi-lo somente, horas e horas, na sala dos retratos. Chegaram a fazer alguns concertos semanais, com três artistas, amigos do Pestana. Um domingo, porém, não se pôde ter o marido, e chamou a mulher para tocar um trecho do noturno; não lhe disse o que era nem de quem era. De repente, parando, interrogou-a com os olhos.

– Acaba, disse Maria; não é Chopin?[25]

Pestana empalideceu, fitou os olhos no ar, repetiu um ou dois trechos e ergueu-se. Maria assentou-se ao piano, e, depois de algum esforço de memória, executou a peça de Chopin. A ideia, o motivo eram os mesmos; Pestana achara-os em algum daqueles becos escuros da memória, velha cidade de traições. Triste, desesperado, saiu de casa, e dirigiu-se para o lado da ponte, caminho de S. Cristóvão.

– Para que lutar? dizia ele. Vou com as polcas... Viva a polca!

Homens que passavam por ele, e ouviam isto, ficavam olhando, como para um doido. E ele ia andando, alucinado, mortificado, eterna peteca entre a ambição e a vocação... Passou o velho matadouro; ao chegar à porteira da estrada de ferro, teve ideia de ir pelo trilho acima e esperar o primeiro trem que viesse e o esmagasse. O guarda fê-lo recuar. Voltou a si e tornou a casa.

Poucos dias depois, – uma clara e fresca manhã de maio de 1876, – eram seis horas, Pestana sentiu nos dedos um frêmito particular e conhecido. Ergueu-se devagarinho, para não acordar Maria, que tossira toda a noite, e agora dormia profundamente. Foi para a sala dos retratos, abriu o piano, e, o mais surdamente que pôde, extraiu uma polca. Fê-la publicar com um pseudônimo; nos dois meses seguintes compôs e publicou mais duas. Maria não soube nada; ia tossindo e morrendo, até que expirou, uma noite, nos braços do marido, apavorado e desesperado.

Era noite de Natal. A dor do Pestana teve um acréscimo, porque na vizinhança havia um baile, em que se tocaram várias de suas melhores polcas. Já o baile era duro de sofrer; as suas composições davam-lhe um ar de ironia e perversidade. Ele sentia a cadência dos passos, adivinhava os movimentos, porventura lúbricos[26], a que obrigava alguma daquelas composições; tudo isso ao pé do cadáver pálido, um molho de ossos, estendido na cama... Todas as horas da noite passaram assim, vagarosas ou rápidas, úmidas de lágrimas e de suor, de águas-de-colônia e de Labarraque, saltando sem parar, como ao som da polca de um grande Pestana invisível.

Enterrada a mulher, o viúvo teve uma única preocupação: deixar a música, depois de compor um *Réquiem*[27], que faria executar no primeiro aniversário da morte de Maria. Escolheria outro emprego, escrevente, carteiro, mascate, qualquer coisa que lhe fizesse esquecer a arte assassina e surda.

Começou a obra; empregou tudo, arrojo, paciência, meditação, e até os caprichos do acaso, como fizera outrora, imitando Mozart. Releu e estudou o *Réquiem* deste autor. Passaram-se semanas e meses. A obra, célere[28] a princípio, afrouxou o andar. Pestana tinha altos e baixos. Ora achava-a incompleta, não lhe sentia a alma sacra, nem ideia, nem inspiração, nem método; ora elevava-se-lhe o coração e trabalhava com vigor. Oito meses, nove, dez, onze, e o *Réquiem* não estava concluído. Redobrou de esforços; esqueceu lições e amizades. Tinha refeito muitas vezes a obra; mas agora queria concluí-la, fosse como fosse. Quinze dias, oito, cinco... A aurora do aniversário veio achá-lo trabalhando.

Contentou-se da missa rezada e simples, para ele só. Não se pode dizer se todas as lágrimas que lhe vieram sorrateiramente aos olhos foram do marido, ou se algumas eram do compositor. Certo é que nunca mais tornou ao *Réquiem*.

– Para quê? dizia ele a si mesmo.

Correu ainda um ano. No princípio de 1878, apareceu-lhe o editor.

– Lá vão dois anos, disse este, que nos não dá um ar da sua graça. Toda a gente pergunta se o senhor perdeu o talento. Que tem feito?

– Nada.

– Bem sei o golpe que o feriu; mas lá vão dois anos. Venho propor-lhe um contrato: vinte polcas durante doze meses; o preço antigo, e uma porcentagem maior na venda. Depois, acabado o ano, podemos renovar.

Pestana assentiu com um gesto. Poucas lições tinha, vendera a casa para saldar dívidas, e as necessidades iam comendo o resto, que era assaz escasso. Aceitou o contrato.

– Mas a primeira polca há de ser já, explicou o editor. É urgente. Viu a carta do imperador ao Caxias?[29] Os liberais foram chamados ao poder; vão fazer a reforma eleitoral. A polca há de chamar-se: *Bravos à Eleição Direta!* Não é política; é um bom título de ocasião.

Pestana compôs a primeira obra do contrato. Apesar do longo tempo de silêncio, não perdera a originalidade nem a inspiração. Trazia a mesma nota genial. As outras polcas vieram vindo, regularmente. Conservara os retratos e os repertórios; mas fugia de gastar todas as noites ao piano, para não cair em novas tentativas. Já agora pedia uma entrada de graça, sempre que havia alguma boa ópera ou concerto de artista; ia, metia-se a um canto, gozando aquela porção de coisas que nunca lhe haviam de brotar do cérebro. Uma ou outra vez, ao tornar para casa, cheio de música, despertava nele o maestro inédito; então, sentava-se ao piano, e, sem ideia, tirava algumas notas, até que ia dormir, vinte ou trinta minutos depois.

Assim foram passando os anos, até 1885. A fama do Pestana dera-lhe definitivamente o primeiro lugar entre os compositores de polcas; mas o primeiro lugar da aldeia não contentava a este César, que continuava a preferir-lhe, não o segundo, mas o centésimo em Roma[30]. Tinha ainda as alternativas de outro tempo, acerca de suas composições; a diferença é que eram menos violentas. Nem entusiasmo nas primeiras horas, nem horror depois da primeira semana; algum prazer e certo fastio.

Naquele ano, apanhou uma febre de nada, que em poucos dias cresceu, até virar perniciosa. Já estava em perigo, quando lhe apareceu o editor, que não sabia da doença, e ia dar-lhe notícia da subida dos conservadores, e pedir-lhe uma polca de ocasião. O enfermeiro, pobre clarineta[31] de teatro, referiu-lhe o estado do Pestana, de modo que o editor entendeu calar-se. O doente é que instou[32] para que lhe dissesse o que era; o editor obedeceu.

– Mas há de ser quando estiver bom de todo, concluiu.

– Logo que a febre decline um pouco, disse o Pestana.

Seguiu-se uma pausa de alguns segundos. O clarineta foi pé ante pé preparar o remédio; o editor levantou-se e despediu-se.

– Adeus.

– Olhe, disse o Pestana, como é provável que eu morra por estes dias, faço-lhe logo duas polcas, a outra servirá para quando subirem os liberais[33].

Foi a única pilhéria[34] que disse em toda a vida, e era tempo, porque expirou na madrugada seguinte, às quatro horas e cinco minutos, bem com os homens e mal consigo mesmo.

* * *

Síntese Crítica

Ao enunciar o drama íntimo de Pestana, a narrativa põe em evidência a própria arte como tema e, como problema, alguns assuntos relacionados a ela. Trata-se, portanto, de um conto de caráter metalinguístico, uma vez que a narrativa questiona, por sinédoque, a própria arte, a partir do caso específico de um músico, e as problemáticas relações entre o artista e a sociedade.

Exceto o protagonista, todas as personagens são planas e compõem um pequeno e expressivo recorte da sociedade carioca oitocentista: as ruas do Rio de Janeiro, com seus transeuntes anônimos a cantarolar; as festas e os bailes nas casas; a sociedade dos saraus; matronas patuscas (a viúva Camargo) e moças de vinte anos (Sinhazinha Mota) interessadas, sobretudo, em casamento; as ambições comerciais, transparentes no comportamento do editor de Pestana; o pano de fundo da escravidão, na presença do preto velho que serve a Pestana; a vida em família (Pestana e Maria), entendida como instituição séria e produtiva, em oposição à vida desregrada de solteiro, suposta como razão de esterilidade; a prática da fofoca, representada metonimicamente pelas "bocas vadias" que aludem à figura pitoresca do falecido padre-músico, pai de Pestana; a gangorra política do Império, com o revezamento de liberais e conservadores no poder.

Mas é em Pestana, personagem redonda, que a narrativa se concentra. Por meio do narrador onisciente, entramos em contato com a intimidade do músico e contemplamos a divisão do homem, entre a ambição e a vocação artística. Os esforços baldados do artista para compor uma página de "música imortal" e seu talento natural para autoria de "música fácil" deixam-no amargurado. Sofre por ser incapaz de realizar a sua ambição artística; sofre como um vexame o sucesso de seu gênio musical popular. O perfil moral de Pestana é desenhado com minúcia, de modo a encenar uma possível "psicologia da composição" da obra de arte*, no epicentro das constantes e problemáticas relações da cultura erudita com a cultura popular.

Agora, a partir da reflexão sobre a arte, o conto enuncia uma parábola sobre certas constantes universais da chamada "condição humana", noção entendida aqui como categoria histórica. Nessa perspectiva, o conto encena o embate entre a ambição e a vocação do indivíduo, num determinado contexto sociocultural. O momento em que a dimensão alegórica da parábola se revela plenamente está na observação do narrador a propósito de Pestana, que preferia o centésimo lugar entre os artistas "de Roma" ao primeiro lugar entre os "da aldeia". O compositor aspira a um lugar modesto entre os representantes da grande arte, reconhecida universalmente por um critério de gosto apurado, mas ele é incapaz de atingir esse alvo. Por outro lado, desdenha e deprecia aquilo que é a sua verdadeira excelência e genialidade artística, porque é reconhecida como tal por um público provinciano e popular. Na linha dessas considerações, pode-se dizer que, além dos demais significados inscritos na enunciação, especialmente

---

* Algo semelhante ocorre no conto "O Cônego ou Metafísica do Estilo".

aqueles destacados neste breve estudo, o conto trata da questão do valor ou, melhor, das escalas contraditórias e relativas em que se baseiam os juízos de valor, sejam eles artísticos ou existenciais, que resultam na cisão da personalidade e no seu desajuste em relação ao mundo exterior.

A Desejada das Gentes

— Ah! Conselheiro[1], aí começa a falar em verso[2].
— Todos os homens devem ter uma lira no coração[3], – ou não sejam homens. Que a lira ressoe a toda a hora, nem por qualquer motivo, não o digo eu; mas de longe em longe, e por algumas reminiscências particulares... Sabe por que é que lhe pareço poeta, apesar das Ordenações do Reino[4] e dos cabelos grisalhos? é porque vamos por esta Glória adiante, costeando aqui a Secretaria de Estrangeiros[5]... Lá está o outeiro[6] célebre... Adiante há uma casa...

– Vamos andando.

– Vamos... Divina Quintília! Todas essas caras que aí passam são outras, mas falam-me daquele tempo, como se fossem as mesmas de outrora; é a lira que ressoa, e a imaginação faz o resto. Divina Quintília!

– Chamava-se Quintília? Conheci de vista, quando andava na Escola de Medicina, uma linda moça com esse nome. Diziam que era a mais bela da cidade.

– Há de ser a mesma, porque tinha essa fama. Magra e alta?

– Isso. Que fim levou?

– Morreu em 1859. Vinte de abril. Nunca me há de esquecer esse dia. Vou contar-lhe um caso interessante para mim, e creio que também para o senhor. Olhe, a casa era aquela... Morava com um tio, chefe de esquadra reformado[7]; tinha outra casa no Cosme Velho[8]. Quando conheci Quintília... Que idade pensa que teria, quando a conheci?

– Se foi em 1855...

– Em 1855.

– Devia ter vinte anos.

– Tinha trinta.

– Trinta?

– Trinta anos. Não os parecia, nem era nenhuma inimiga que lhe dava essa idade. Ela própria a confessava e até com afetação. Ao contrário, uma de suas amigas afirmava que Quintília não passava dos vinte e sete; mas como ambas tinham nascido no mesmo dia, dizia isso para diminuir-se a si própria[9].

– Mau, nada de ironias; olhe que a ironia não faz boa cama com a saudade.

– Que é a saudade senão uma ironia do tempo e da fortuna?[10] Veja lá; começo a ficar sentencioso[11]. Trinta anos; mas em verdade, não os parecia. Lembram-se bem que era magra e alta; tinha os olhos, como eu então dizia, que pareciam cortados da capa da última noite, mas apesar de noturnos, sem mistérios nem abismos. A voz era brandíssima, um tanto apaulistada, a boca larga, e os dentes, quando ela simplesmente falava, davam-lhe à boca um ar de riso. Ria também, e foram os risos dela, de parceria com os olhos, que me doeram muito durante certo tempo.

– Mas se os olhos não tinham mistérios...

– Tanto não os tinham que cheguei ao ponto de supor que eram as portas abertas do castelo, e o riso o clarim que chamava os cavaleiros[12]. Já a conhecíamos, eu e o meu companhei-

ro de escritório, o João Nóbrega, ambos principiantes na advocacia, e íntimos como ninguém mais; mas nunca nos lembrou namorá-la. Ela andava então no galarim[13]; era bela, rica, elegante, e da primeira roda[14]. Mas um dia, no antigo teatro Provisório, entre dois atos dos *Puritanos*[15], estando eu num corredor, ouvi um grupo de moços que falavam dela, como de uma fortaleza inexpugnável. Dois confessaram haver tentado alguma coisa, mas sem fruto; e todos pasmavam do celibato da moça, que lhes parecia sem explicação. E chalaceavam[16]: um dizia que era promessa até ver se engordava primeiro; outro que estava esperando a segunda mocidade do tio para casar com ele; outro que provavelmente encomendara algum anjo ao porteiro do céu; trivialidades que me aborreceram muito, e da parte dos que confessavam tê-la cortejado ou amado, achei que era uma grosseria sem nome. No que eles estavam todos de acordo é que ela era extraordinariamente bela; aí foram entusiastas e sinceros.

– Oh! ainda me lembro!... era muito bonita.

– No dia seguinte, ao chegar ao escritório, entre duas causas que não vinham, contei ao Nóbrega a conversação da véspera. Nóbrega riu-se do caso, refletiu, e depois de dar alguns passos, parou diante de mim, olhando, calado. – Aposto que a namoras? perguntei-lhe. – Não, disse ele; nem tu? Pois lembrou-me uma coisa: vamos tentar o assalto à fortaleza? Que perdemos com isso? Nada; ou ela nos põe na rua, e já podemos esperá-lo, ou aceita um de nós, e tanto melhor para o outro, que verá o seu amigo feliz. – Estás falando sério? – Muito sério. – Nóbrega acrescentou que não era só a beleza dela que a fazia atraente. Note que ele tinha a presunção[17] de ser espírito prático, mas era principalmente um sonhador que vivia lendo e construindo aparelhos sociais e políticos. Segundo ele, os tais rapazes do teatro evitavam falar dos bens da moça, que eram um dos feitiços dela, e uma das causas prováveis da desconsolação de uns e dos sarcasmos[18] de todos. E dizia-me: – Escuta, nem divinizar o dinheiro, nem também bani-lo; não vamos crer que ele dá tudo, mas reconheçamos que dá alguma coisa e até muita coisa, – este relógio, por exemplo. Combatamos pela nossa Quintília, minha ou tua, mas provavelmente minha, porque sou mais bonito que tu.

– Conselheiro, a confissão é grave; foi assim brincando...?

– Foi assim brincando, cheirando ainda aos bancos da academia, que nos metemos em negócio de tanta ponderação, que podia acabar em nada, mas deu muito de si. Era um começo estouvado[19], quase um passatempo de crianças, sem a nota da sinceridade; mas o homem põe e a espécie dispõe. Conhecíamo-la, posto não tivéssemos encontros frequentes; uma vez que nos dispusemos a uma ação comum, entrou um elemento novo na nossa vida, e dentro de um mês estávamos brigados.

– Brigados?

– Ou quase. Não tínhamos contado com ela, que nos enfeitiçou a ambos, violentamente. Em algumas semanas já pouco falávamos de Quintília, e com indiferença; tratávamos de enganar um ao outro e dissimular o que sentíamos. Foi assim que as nossas relações se dissolveram, no fim de seis meses, sem ódio, nem luta, nem demonstração externa, porque ainda nos falávamos, onde o acaso nos reunia; mas já então tínhamos banca[20] separada.

– Começo a ver uma pontinha do drama...

– Tragédia, diga tragédia; porque daí a pouco tempo, ou por desengano verbal que ela lhe desse, ou por desespero de vencer, Nóbrega deixou-me só em campo. Arranjou uma nomeação de juiz municipal lá para os sertões da Bahia, onde definhou e morreu antes de acabar o quatriênio. E juro-lhe que não foi o inculcado[21] espírito prático de Nóbrega que o separou de mim; ele, que tanto falara das vantagens do dinheiro, morreu apaixonado como um simples Werther[22].

— Menos a pistola.

— Também o veneno mata; e o amor de Quintília podia dizer-se alguma coisa parecido com isso; foi o que o matou, e o que ainda hoje me dói... Mas, vejo pelo seu dito que o estou aborrecendo...

— Pelo amor de Deus. Juro-lhe que não; foi uma graçola que me escapou. Vamos adiante, conselheiro; ficou só em campo.

— Quintília não deixava ninguém estar só em campo, — não digo por ela, mas pelos outros. Muitos vinham ali tomar um cálix[23] de esperanças, e iam cear a outra parte. Ela não favorecia a um mais que a outro; mas era lhana[24], graciosa e tinha essa espécie de olhos derramados que não foram feitos para homens ciumentos. Tive ciúmes amargos e, às vezes, terríveis. Todo argueiro me parecia um cavaleiro[25], e todo cavaleiro um diabo. Afinal acostumei-me a ver que eram passageiros de um dia. Outros me metiam mais medo, eram os que vinham dentro da luva das amigas[26]. Creio que houve duas ou três negociações dessas, mas sem resultado. Quintília declarou que nada faria sem consultar o tio, e o tio aconselhou a recusa, — coisa que ela sabia de antemão. O bom velho não gostava nunca da visita de homens, com receio de que a sobrinha escolhesse algum e casasse. Estava tão acostumado a trazê-la ao pé de si, como uma muleta da velha alma aleijada, que temia perdê-la inteiramente.

— Não seria essa a causa da isenção sistemática da moça?

— Vai ver que não.

— O que noto é que o senhor era mais teimoso que os outros...

— ...Iludido, a princípio, porque no meio de tantas candidaturas malogradas, Quintília preferia-me a todos os outros homens, e conversava comigo mais largamente e mais intimamente, a tal ponto que chegou a correr que nos casávamos.

— Mas conversavam de quê?

— De tudo o que ela não conversava com os outros; e era de fazer pasmar que uma pessoa tão amiga de bailes e passeios, de valsar e rir, fosse comigo tão severa e grave, tão diferente do que costumava ou parecia ser.

— A razão é clara: achava a sua conversação menos insossa que a dos outros homens.

— Obrigado; era mais profunda a causa da diferença, e a diferença ia-se acentuando com os tempos. Quando a vida cá embaixo a aborrecia muito, ia para o Cosme Velho, e ali as nossas conversações eram mais frequentes e compridas. Não lhe posso dizer, nem o senhor compreenderia nada, o que foram as horas que ali passei, incorporando na minha vida toda a vida que jorrava dela. Muitas vezes quis dizer-lhe o que sentia, mas as palavras tinham medo e ficavam no coração. Escrevi cartas sobre cartas; todas me pareciam frias, difusas, ou inchadas de estilo. Demais, ela não dava ensejo a nada; tinha um ar de velha amiga. No princípio de 1857 adoeceu meu pai em Itaboraí[27]; corri a vê-lo, achei-o moribundo. Este fato reteve-me fora da Corte uns quatro meses. Voltei pelos fins de maio. Quintília recebeu-me triste da minha tristeza, e vi claramente que o meu luto passara aos olhos dela...

— Mas que era isso senão amor?

— Assim o cri, e dispus a minha vida para desposá-la. Nisto, adoeceu o tio gravemente. Quintília não ficava só, se ele morresse, porque, além dos muitos parentes espalhados que tinha, morava com ela agora, na casa da rua do Catete, uma prima, d. Ana, viúva; mas é certo que a afeição principal ia-se embora e nessa transição da vida presente à vida ulterior podia eu alcançar o que desejava. A moléstia do tio foi breve; ajudada da velhice, levou-o em duas semanas. Digo-lhe aqui que a morte dele lembrou-me a de meu pai, e a dor que então senti foi quase a mesma. Quintília viu-me padecer, compreendeu o duplo motivo, e, segundo me disse depois, estimou a coincidência do golpe, uma vez que tínhamos de o receber sem falta e tão breve. A palavra pareceu-me um convite matrimonial; dois meses depois cuidei de pedi-la em casamento. D. Ana ficara morando com ela e estavam no Cosme Velho. Fui ali, achei-as juntas no terraço, que ficava perto da montanha. Eram quatro horas da tarde de um domingo. D. Ana, que nos presumia namorados, deixou-nos o campo livre.

– Enfim!

– No terraço, lugar solitário, e posso dizer agreste, proferi a primeira palavra. O meu plano era justamente precipitar tudo, com medo de que, cinco minutos de conversa, me tirassem as forças. Ainda assim, não sabe o que me custou; custaria menos uma batalha, e juro-lhe que não nasci para guerras. Mas aquela mulher magrinha e delicada impunha-se-me, como nenhuma outra, antes e depois...

– E então?

– Quintília adivinhara, pelo transtorno do meu rosto, o que lhe ia pedir, e deixou-me falar para preparar a resposta. A resposta foi interrogativa e negativa. Casar para quê? Era melhor que ficássemos amigos como dantes. Respondi-lhe que a amizade era, em mim, desde muito, a simples sentinela do amor; não podendo mais contê-lo, deixou que ele saísse. Quintília sorriu da metáfora, o que me doeu, e sem razão; ela, vendo o efeito, fez-se outra vez séria e tratou de persuadir-me de que era melhor não casar. – Estou velha, disse ela; vou em trinta e três anos. – Mas se eu a amo assim mesmo, repliquei, e disse-lhe uma porção de coisas, que não poderia repetir agora. Quintília refletiu um instante; depois insistiu nas relações de amizade; disse que, posto que mais moço que ela, tinha a gravidade de um homem mais velho, e inspirava-lhe confiança como nenhum outro. Desesperançado, dei algumas passadas, depois sentei-me outra vez e narrei-lhe tudo. Ao saber da minha briga com o amigo e companheiro da academia, e a separação em que ficamos, sentiu-se, não sei se diga, magoada ou irritada. Censurou-nos a ambos; não valia a pena que chegássemos a tal ponto. – A senhora diz isso porque não sente a mesma coisa. – Mas então é um delírio? – Creio que sim; o que lhe afianço é que ainda agora, se fosse necessário, separar-me-ia dele uma e cem vezes; e creio poder afirmar-lhe que ele faria a mesma coisa. Aqui olhou ela espantada para mim, como se olha para uma pessoa cujas faculdades parecem transtornadas; depois abanou a cabeça, e repetiu que fora um erro; não valia a pena. – Fiquemos amigos, disse-me, estendendo a mão. – É impossível; pede-me coisa superior às minhas forças, nunca poderei ver na senhora uma simples amiga, não desejo impor-lhe nada; dir-lhe-ei até que nem mais insisto, porque não aceitaria outra resposta agora. Trocamos ainda algumas palavras, e retirei-me... Veja a minha mão.

– Treme-lhe ainda...

– E não lhe contei tudo. Não lhe digo aqui os aborrecimentos que tive, nem a dor e o despeito que me ficaram. Estava arrependido, zangado, devia ter provocado aquele desengano desde as primeiras semanas; mas a culpa foi da esperança, que é uma planta daninha, que me comeu o lugar de outras plantas melhores. No fim de cinco dias saí para Itaboraí, onde me chamaram alguns interesses do inventário de meu pai. Quando voltei, três semanas depois, achei em casa uma carta de Quintília.

– Oh!

– Abria-a alvoroçadamente: datava de quatro dias. Era longa; aludia aos últimos sucessos, e dizia coisas meigas e graves. Quintília afirmava ter esperado por mim todos os dias, não cuidando que eu levasse o egoísmo até não voltar lá mais, por isso escrevia-me, pedindo que fizesse dos meus sentimentos pessoais e sem eco uma página de história acabada; que ficasse só o amigo, e lá fosse ver a sua amiga. E concluía com estas singulares palavras: "Quer uma garantia? Juro-lhe que não casarei nunca". Compreendi que um vínculo de simpatia moral nos ligava um ao outro; com a diferença que o que era em mim paixão específica, era nela uma simples eleição de caráter. Éramos dois sócios, que entravam no comércio da vida com diferente capital: eu, tudo o que possuía; ela, quase um óbolo[28]. Respondi à carta dela nesse sentido; e declarei que era tal a minha obediência e o meu amor, que cedia, mas de má vontade, porque, depois do que se passara entre nós, ia sentir-me humilhado. Risquei a palavra *ridículo*, já escrita, para poder ir vê-la sem este vexame; bastava o outro.

– Aposto que seguiu atrás da carta? É o que eu faria, porque essa moça, ou eu me engano, ou estava morta por casar com o senhor.

– Deixe a sua fisiologia usual; este caso é particularíssimo.

– Deixe-me adivinhar o resto; o juramento era um anzol místico; depois, o senhor, que o recebera, podia desobrigá-la dele, uma vez que aproveitasse com a absolvição. Mas, enfim, correu à casa dela.

– Não corri; fui dois dias depois. No intervalo, respondeu ela à minha carta com um bilhete carinhoso, que rematava com esta ideia: "não fale de humilhação, onde não houve público". Fui, voltei uma e mais vezes e restabeleceram-se as nossas relações. Não se falou em nada; ao princípio, custou-me muito parecer o que era dantes; depois, o demônio da esperança veio pousar outra vez no meu coração; e, sem nada exprimir, cuidei que um dia, um dia tarde, ela viesse a casar comigo. E foi essa esperança que me retificou aos meus próprios olhos, na situação em que me achava. Os boatos de nosso casamento correram mundo. Chegaram aos nossos ouvidos; eu negava formalmente e sério; ela dava de ombros e ria. Foi essa fase da nossa vida a mais serena para mim, salvo um incidente curto, um diplomata austríaco ou não sei quê, rapagão, elegante, ruivo, olhos grandes e atrativos, e fidalgo[29] ainda por cima. Quintília mostrou-se-lhe tão graciosa, que ele cuidou-se aceito, e tratou de ir adiante. Creio que algum gesto meu, inconsciente, ou então um pouco da percepção fina que o céu lhe dera, levou depressa o desengano à legação[30] austríaca. Pouco depois ela adoeceu; e foi então que a nossa intimidade cresceu de vulto. Ela, enquanto se tratava, resolveu não sair, e isso mesmo lhe disseram os médicos. Lá passava eu muitas horas diariamente. Ou elas tocavam, ou jogávamos os três, ou então lia-se alguma coisa; a maior parte das vezes conversávamos somente. Foi então que a estudei muito; escutando as suas leituras vi que os livros puramente amorosos achava-os incompreensíveis, e, se as paixões aí eram violentas, largava-os com tédio. Não falava assim por ignorante; tinha notícia vaga das paixões, e assistira a algumas alheias.

– De que moléstia padecia?

– Da espinha. Os médicos diziam que a moléstia não era talvez recente, e ia tocando o ponto melindroso. Chegamos assim a 1859. Desde março desse ano a moléstia agravou-se muito; teve uma pequena parada, mas para os fins do mês chegou ao estado desesperador. Nunca vi depois criatura mais enérgica diante da iminente catástrofe; estava então de uma magreza transparente, quase fluida; ria, ou antes, sorria apenas, e vendo que eu escondia as minhas lágrimas, apertava-me as mãos agradecida. Um dia, estando só com o médico, perguntou-lhe a verdade; ele ia mentir; ela disse-lhe que era inútil, que estava perdida. – Perdida, não, murmurou o médico. – Jura que não estou perdida? – Ele hesitou, ela agradeceu-lho. Uma vez certa que morria, ordenou o que prometera a si mesma.

– Casou com o senhor, aposto?

– Não me relembre essa triste cerimônia; ou antes, deixe-me relembrá-la, porque me traz algum alento do passado. Não aceitou recusas nem pedidos meus; casou comigo à beira da morte. Foi no dia 18 de abril de 1859. Passei os últimos dois dias, até 20 de abril, ao pé da minha noiva moribunda, e abracei-a pela primeira vez, feita cadáver.

– Tudo isso é bem esquisito.

– Não sei o que dirá a sua fisiologia. A minha, que é de profano[31], crê que aquela moça tinha ao casamento uma aversão puramente física. Casou meia defunta, às portas do nada. Chame-lhe monstro, se quer, mas acrescente divino[32].

* * *

Síntese Crítica

O conto "A Desejada das Gentes" é, propriamente, o diálogo travado entre dois amigos. Nessa medida, seria um conto sem narrador, não fosse o diálogo conter um caso, que é narrado em primeira pessoa por um dos interlocutores. Trata-se, portanto, de uma estrutura híbrida, que combina o gênero do diálogo com o do caso, "forma simples" de narrativa já comentada no estudo do conto "Entre Santos". Como vimos, essa modalidade implica uma avaliação, um juízo de valor. Assim, é preciso identificar o caso com as suas circunstâncias, para que se possa compreender o juízo pronunciado sobre ele.

O protagonista do conto é um homem cujo nome o leitor desconhece. A enunciação o identifica como advogado e "conselheiro", isto é, portador de um título honorífico dos tempos do império, membro da elite brasileira oitocentista. Esse homem, já grisalho, conversa com um amigo médico a propósito de uma mulher, Quintília, que, muitos anos antes, fora famosa na corte pela riqueza e pela beleza. Os dois amigos andavam pelas ruas do bairro da Glória quando o conselheiro aponta a casa em que vivera Quintília. Então, ele relata ao amigo médico o caso de amor que tivera com aquela mulher extraordinária, falecida aos 35 anos, em 1859.

MONSTRO DIVINO

Assim como o amigo médico, interlocutor do diálogo, o leitor é minuciosamente informado sobre as ações exteriores e o drama interior vivenciados quando o narrador era um jovem advogado que frequentava o círculo da vida elegante do Rio de Janeiro. O foco narrativo de primeira pessoa permite apenas o registro das ações objetivas de Quintília, pois o que se passara na vida íntima dessa mulher – seus verdadeiros pensamentos, sentimentos e motivações – é inacessível ao narrador, que, nessa matéria, só pode levantar conjecturas ou hipóteses. Sendo assim, Quintília é apresentada exteriormente como uma belíssima mulher balzaquiana, rica, elegante, culta, inteligente e alegre, cobiçada por inúmeros pretendentes aos seus dotes. Nessas circunstâncias, o celibato de Quintília é um mistério. Pensa-se que a razão seria o tio velho e doente, que a não quereria casada para não perdê-la, mas, após a morte dele, verifica-se que não deveria ser esse o verdadeiro obstáculo.

Perante as evidências do caso, o narrador conclui que "aquela moça tinha ao casamento uma aversão puramente física". O interlocutor que, de certo modo, identifica-se com o leitor hipotético, opina que o caso era "esquisito", ao que o narrador responde com o seguinte juízo a propósito de Quintília: "Chame-lhe monstro, se quer, mas acrescente divino".

Baseado em pressupostos materialistas, o narrador aventa a hipótese de tratar-se de um caso de aversão física ao sexo. Porém, há nele uma ressonância mítica, disseminada de modo sutil em certas imagens associadas a Quintília. De fato, em algumas passagens, a enunciação refere-se a ela ao sabor de legendas antigas – ela é metaforizada como uma "fortaleza inexpugnável" e os pretendentes, como cavaleiros que, inutilmente, tentam conquistá-la. O próprio nome da personagem, Quintília, é incomum e remete aos vocábulos "quintílio" ou "quintilho", nomes de uma planta originária do Brasil, que tem propriedades semelhantes à da beladona, ou seja, em pequenas quantidades é calmante, mas pode ser um veneno fatal. De fato, Quintília é mulher fatal na medida em que é interpretada como causa da morte de João Nóbrega, por sua vez entendido como uma espécie de herói romântico, noção estabelecida pela associação intertextual que o narrador faz entre o ex-amigo e a personagem Werther, do romance homônimo de Goethe; por outro lado, Quintília provoca o recalque das pulsões masculinas do protagonista e é, para si mesma, o remédio calmante contra as exigências fisiológicas da feminilidade.

Entediada com a frivolidade da vida social, Quintília deixava a casa na Glória e ia para o Cosme Velho. Nas palavras do narrador, "quando a vida cá embaixo a aborrecia muito, ia para o Cosme Velho, e ali as nossas conversações eram mais frequentes e compridas. Não lhe posso dizer, nem o senhor compreenderia nada, o que foram as horas que ali passei, incorporando na minha vida toda a vida que jorrava dela". Observa-se que esse deslocamento implica um movimento para cima, não só em termos topográficos, mas, também, espirituais e simbólicos. O bairro da Glória, num notável deslizamento semântico, localiza-se "cá embaixo" – em vez do plano sublime sugerido pelo sentido do nome do lugar, ele circunscreve o espaço da vida social urbana, com seus baixos interesses mundanos; o Cosme Velho, por sua vez, localizado "perto da montanha", associa-se à vida espiritual elevada, que "jorrava" na conversação "severa e grave" de Quintília. O lugar onde o narrador sente Quintília como fonte de vida é caracterizado como "solitário" e "agreste". Ao espaço urbano, contrapõe-se o selvagem, em desfavor do primeiro. Quintília transita entre ambos, mas identifica-se melhor com o segundo, o que é comprovado pela predileção que sente por esse e é sugerido pelo próprio nome da mulher, que, como vimos, associa-se a uma planta.

Agora, a figura dessa mulher ganha uma dimensão simbólica devido à relação que se pode estabelecer entre ela e a figura mítica de Ártemis, deusa grega da vida selvagem. A relação de participação em Ártemis insinua-se na predileção de Quintília pelo espaço agreste da montanha, no seu próprio nome, no efeito fatal que pode causar (a morte de João Nóbrega) e, sobretudo, na sua irredutível virgindade.

O juízo do conselheiro, que, no final de seu relato, refere-se a Quintília como um monstro divino, contém uma evidente consideração de caráter psicofisiológico, uma vez que, em primeira instância, trata-se de um caso "bem esquisito" (como diz o interlocutor do conselheiro) de desprezo e aversão ao amor físico, que pode parecer uma anomalia ou monstruosidade. A notação psicofisiológica, porém, tem alcance social, uma vez que tal aversão implica a recusa da função imposta às mulheres pela sociedade, o que é reforçado, em última instância, pela relação simbólica com Ártemis, por meio da qual o monstro se diviniza na imagem da mulher que não aceita as obrigações (inclusive sexuais) de esposa, sob o domínio do homem e da cultura patriarcal.

ᛒ A Causa Secreta ᛓ

Garcia, em pé, mirava e estalava as unhas; Fortunato, na cadeira de balanço, olhava para o teto; Maria Luísa, perto da janela, concluía um trabalho de agulha. Havia já cinco minutos que nenhum deles dizia nada. Tinham falado do dia, que estivera excelente, – de Catumbi[1], onde morava o casal Fortunato, e de uma casa de saúde, que adiante se explicará. Como os três personagens aqui presentes estão agora mortos e enterrados, tempo é de contar a história sem rebuço[2].

Tinham falado também de outra coisa, além daquelas três, coisa tão feia e grave, que não lhes deixou muito gosto para tratar do dia, do bairro e da casa de saúde. Toda a conversação a este respeito foi constrangida. Agora mesmo, os dedos de Maria Luísa parecem ainda trêmulos, ao passo que há no rosto de Garcia uma expressão de severidade, que lhe não é habitual. Em verdade, o que se passou foi de tal natureza, que, para fazê-lo entender, é preciso remontar à origem da situação.

Garcia tinha-se formado em medicina, no ano anterior, 1861. No de 1860, estando ainda na Escola, encontrou-se com Fortunato, pela primeira vez, à porta da Santa Casa; entrava, quando o outro saía. Fez-lhe impressão a figura; mas, ainda assim, tê-la-ia esquecido, se não fosse o segundo encontro, poucos dias depois. Morava na rua de D. Manuel. Uma de suas raras distrações era ir ao teatro de S. Januário, que ficava perto, entre essa rua e a praia; ia uma ou duas vezes por mês, e nunca achava acima de quarenta pessoas. Só os mais intrépidos[3] ousavam estender os passos até aquele recanto da cidade. Uma noite, estando nas cadeiras, apareceu ali Fortunato, e sentou-se ao pé dele.

A peça era um dramalhão, cosido a facadas, ouriçado de imprecações[4] e remorsos; mas Fortunato ouviu-a com singular interesse. Nos lances dolorosos, a atenção dele redobrava, os olhos iam avidamente de um personagem a outro, a tal ponto que o estudante suspeitou haver na peça reminiscências pessoais do vizinho. No fim do drama, veio uma farsa; mas Fortunato não esperou por ela e saiu; Garcia saiu atrás dele. Fortunato foi pelo beco do Cotovelo, rua de S. José, até o largo da Carioca. Ia devagar, cabisbaixo, parando às vezes, para dar uma bengalada em algum cão que dormia; o cão ficava ganindo e ele ia andando. No largo da Carioca entrou num tílburi, e seguiu para os lados da praça da Constituição. Garcia voltou para casa sem saber mais nada.

Decorreram algumas semanas. Uma noite, eram nove horas, estava em casa, quando ouviu rumor de vozes na escada; desceu logo do sótão, onde morava, ao primeiro andar, onde vivia um empregado do Arsenal de Guerra. Era este, que alguns homens conduziam, escada acima, ensanguentado. O preto que o servia, acudiu a abrir a porta; o homem gemia, as vozes eram confusas, a luz pouca. Deposto o ferido na cama, Garcia disse que era preciso chamar um médico.

– Já aí vem um, acudiu alguém.

Garcia olhou: era o próprio homem da Santa Casa e do teatro. Imaginou que seria parente ou amigo do ferido; mas rejeitou a suposição, desde que lhe ouvira perguntar se este tinha família ou pessoa próxima. Disse-lhe o preto que não, e ele assumiu a direção do serviço, pediu às pessoas estranhas que se retirassem, pagou aos carregadores, e deu as primeiras ordens. Sabendo que o Garcia era vizinho e estudante de medicina, pediu-lhe que ficasse para ajudar o médico. Em seguida contou o que se passara.

– Foi uma malta de capoeiras[5]. Eu vinha do quartel de Moura, onde fui visitar um primo, quando ouvi um barulho muito grande, e logo depois um ajuntamento. Parece que eles feriram também a um sujeito que passava, e que entrou por um daqueles becos; mas eu só vi a este senhor, que atravessava a rua no momento em que um dos capoeiras, roçando por ele, meteu-lhe o punhal. Não caiu logo; disse onde morava, e, como era a dois passos, achei melhor trazê-lo.

– Conhecia-o antes? perguntou Garcia.

– Não, nunca o vi. Quem é?

– É um bom homem, empregado no Arsenal de Guerra. Chama-se Gouveia.

– Não sei quem é.

Médico e subdelegado vieram daí a pouco; fez-se o curativo, e tomaram-se as informações. O desconhecido declarou chamar-se Fortunato Gomes da Silveira, ser capitalista[6], solteiro, morador em Catumbi. A ferida foi reconhecida grave. Durante o curativo, ajudado pelo estudante, Fortunato serviu de criado, segurando a bacia, a vela, os panos, sem perturbar nada, olhando friamente para o ferido, que gemia muito. No fim, entendeu-se particularmente com o médico, acompanhou-o até o patamar da escada, e reiterou ao subdelegado a declaração de estar pronto a auxiliar as pesquisas da polícia. Os dois saíram, ele e o estudante ficaram no quarto.

Garcia estava atônito. Olhou para ele, viu-o sentar-se tranquilamente, estirar as pernas, meter as mãos nas algibeiras das calças, e fitar os olhos no ferido. Os olhos eram claros, cor de chumbo, moviam-se devagar, e tinham a expressão dura, seca e fria. Cara magra e pálida; uma tira estreita de barba, por baixo do queixo, e de uma têmpora a outra, curta, ruiva e rara. Teria quarenta anos. De quando em quando, voltava-se para o estudante, e perguntava alguma coisa acerca do ferido; mas tornava logo a olhar para ele, enquanto o rapaz lhe dava a resposta. A sensação que o estudante recebia era de repulsa ao mesmo tempo que de curiosidade; não podia negar que estava assistindo a um ato de rara dedicação, e se era desinteressado como parecia, não havia mais que aceitar o coração humano como um poço de mistérios.

Fortunato saiu pouco antes de uma hora; voltou nos dias seguintes, mas a cura fez-se depressa, e, antes de concluída, desapareceu sem dizer ao obsequiado[7] onde morava. Foi o estudante que lhe deu as indicações do nome, rua e número.

— Vou agradecer-lhe a esmola que me fez, logo que possa sair, disse o convalescente.

Correu a Catumbi daí a seis dias. Fortunato recebeu-o constrangido, ouviu impaciente as palavras de agradecimento, deu-lhe uma resposta enfastiada e acabou batendo com as borlas do chambre[8] no joelho. Gouveia, defronte dele, sentado e calado, alisava o chapéu com os dedos, levantando os olhos de quando em quando, sem achar mais nada que dizer. No fim de dez minutos, pediu licença para sair, e saiu.

— Cuidado com os capoeiras! disse-lhe o dono da casa, rindo-se.

O pobre-diabo saiu de lá mortificado, humilhado, mastigando a custo o desdém, forcejando por esquecê-lo, explicá-lo ou perdoá-lo, para que no coração só ficasse a memória do benefício; mas o esforço era vão. O ressentimento, hóspede novo e exclusivo, entrou e pôs fora o benefício, de tal modo que o desgraçado não teve mais que trepar à cabeça e refugiar-se ali como uma simples ideia. Foi assim que o próprio benfeitor insinuou a este homem o sentimento da ingratidão.

Tudo isso assombrou o Garcia. Este moço possuía, em gérmen[9], a faculdade de decifrar os homens, de decompor os caracteres, tinha o amor da análise, e sentia o regalo[10], que dizia ser supremo, de penetrar muitas camadas morais, até apalpar o segredo de um organismo. Picado de curiosidade, lembrou-se de ir ter com o homem de Catumbi, mas advertiu que nem recebera dele o oferecimento formal da casa. Quando menos, era-lhe preciso um pretexto, e não achou nenhum.

Tempos depois, estando já formado, e morando na rua de Mata-Cavalos, perto da do Conde, encontrou Fortunato em uma gôndola[11], encontrou-o ainda outras vezes, e a frequência trouxe a familiaridade. Um dia Fortunato convidou-o a ir visitá-lo ali perto, em Catumbi.

– Sabe que estou casado?

– Não sabia.

– Casei-me há quatro meses, podia dizer quatro dias. Vá jantar conosco domingo.

– Domingo?

– Não esteja forjando desculpas; não admito desculpas. Vá domingo.

Garcia foi lá domingo. Fortunato deu-lhe um bom jantar, bons charutos e boa palestra, em companhia da senhora, que era interessante. A figura dele não mudara; os olhos eram as mesmas chapas de estanho, duras e frias; as outras feições não eram mais atraentes que dantes. Os obséquios[12], porém, se não resgatavam a natureza, davam alguma compensação, e não era pouco. Maria Luísa é que possuía ambos os feitiços, pessoa e modos. Era esbelta, airosa[13], olhos meigos e submissos; tinha vinte e cinco anos e parecia não passar de dezenove. Garcia, à segunda vez que lá foi, percebeu que entre eles havia alguma dissonância de caracteres, pouca ou nenhuma afinidade moral, e da parte da mulher para com o marido uns modos que transcendiam o respeito e confinavam na resignação e no temor. Um dia, estando os três juntos, perguntou Garcia a Maria Luísa se tivera notícia das circunstâncias em que ele conhecera o marido.

– Não, respondeu a moça.
– Vai ouvir uma ação bonita.
– Não vale a pena, interrompeu Fortunato.
– A senhora vai ver se vale a pena, insistiu o médico.

Contou o caso da rua de D. Manuel. A moça ouviu-o espantada. Insensivelmente estendeu a mão e apertou o pulso ao marido, risonha e agradecida, como se acabasse de descobrir-lhe o coração. Fortunato sacudia os ombros, mas não ouvia com indiferença. No fim contou ele próprio a visita que o ferido lhe fez, com todos os pormenores da figura, dos gestos, das palavras atadas, dos silêncios, em suma, um estúrdio[14]. E ria muito ao contá-la. Não era o riso da dobrez[15]. A dobrez é evasiva e oblíqua; o riso dele era jovial e franco.

– Singular homem! pensou Garcia.

Maria Luísa ficou desconsolada com a zombaria do marido; mas o médico restituiu-lhe a satisfação anterior, voltando a referir a dedicação deste e as suas raras qualidades de enfermeiro; tão bom enfermeiro, concluiu ele, que, se algum dia fundar uma casa de saúde, irei convidá-lo.

– Valeu? perguntou Fortunato.
– Valeu o quê?
– Vamos fundar uma casa de saúde?
– Não valeu nada; estou brincando.
– Podia-se fazer alguma coisa; e para o senhor, que começa a clínica, acho que seria bem bom. Tenho justamente uma casa que vai vagar, e serve.

Garcia recusou nesse e no dia seguinte; mas a ideia tinha-se metido na cabeça ao outro, e não foi possível recuar mais. Na verdade, era uma boa estreia para ele, e podia vir a ser um bom negócio para ambos. Aceitou finalmente, daí a dias, e foi uma desilusão para Maria Luísa. Criatura nervosa e frágil, padecia só com a ideia de que o marido tivesse de viver em contato com enfermidades humanas, mas não ousou opor-se-lhe, e curvou a cabeça. O plano fez-se e cumpriu-se depressa. Verdade é que Fortunato não curou[16] de mais nada, nem então, nem depois. Aberta a casa, foi ele o próprio administrador e chefe de enfermeiros, examinava tudo, ordenava tudo, compras e caldos, drogas e contas.

Garcia pôde então observar que a dedicação ao ferido da rua de D. Manuel não era um caso fortuito, mas assentava na própria natureza deste homem. Via-o servir como nenhum dos fâmulos[17]. Não recuava diante de nada, não conhecia moléstia aflitiva ou repelente, e estava sempre pronto para tudo, a qualquer hora do dia ou da noite. Toda a gente pasmava e aplaudia. Fortunato estudava, acompanhava as operações, e nenhum outro curava os cáusticos[18]. – Tenho muita fé nos cáusticos, dizia ele.

A comunhão dos interesses apertou os laços da intimidade. Garcia tornou-se familiar na casa; ali jantava quase todos os dias, ali observava a pessoa e a vida de Maria Luísa, cuja solidão moral era evidente. E a solidão como que lhe duplicava o encanto. Garcia começou a sentir que alguma coisa o agitava, quando ela aparecia, quando falava, quando trabalhava, calada, ao canto da janela, ou tocava ao piano umas músicas tristes. Manso e manso, entrou-lhe o amor no coração. Quando deu por ele, quis expeli-lo, para que entre ele e Fortunato não houvesse outro laço que o da amizade; mas não pôde. Pôde apenas trancá-lo; Maria Luísa compreendeu ambas as coisas, a afeição e o silêncio, mas não se deu por achada.

No começo de outubro deu-se um incidente que desvendou ainda mais aos olhos do médico a situação da moça. Fortunato metera-se a estudar anatomia e fisiologia, e ocupava-se nas horas vagas em rasgar e envenenar gatos e cães. Como os guinchos dos animais atordoavam os doentes, mudou o laboratório para casa, e a mulher, compleição[19] nervosa, teve de os sofrer. Um dia, porém, não podendo mais, foi ter com o médico e pediu-lhe que, como coisa sua, alcançasse do marido a cessação de tais experiências.

– Mas a senhora mesma...

Maria Luísa acudiu, sorrindo:

– Ele naturalmente achará que sou criança. O que eu queria é que o senhor, como médico, lhe dissesse que isso me faz mal; e creia que faz...

Garcia alcançou prontamente que o outro acabasse com tais estudos. Se os foi fazer em outra parte, ninguém o soube, mas pode ser que sim. Maria Luísa agradeceu ao médico, tanto por ela como pelos animais, que não podia ver padecer. Tossia de quando em quando; Garcia perguntou-lhe se tinha alguma coisa, ela respondeu que nada.

– Deixe ver o pulso.

– Não tenho nada.

Não deu o pulso, e retirou-se. Garcia ficou apreensivo. Cuidava, ao contrário, que ela podia ter alguma coisa, que era preciso observá-la e avisar o marido em tempo.

Dois dias depois, – exatamente o dia em que os vemos agora, – Garcia foi lá jantar. Na sala disseram-lhe que Fortunato estava no gabinete[20], e ele caminhou para ali; ia chegando à porta, no momento em que Maria Luísa saía aflita.

– Que é? perguntou-lhe.

– O rato! o rato! exclamou a moça sufocada e afastando-se.

Garcia lembrou-se que, na véspera, ouvira ao Fortunato queixar-se de um rato, que lhe levara um papel importante; mas estava longe de esperar o que viu. Viu Fortunato sentado à mesa, que havia no centro do gabinete, e sobre a qual pusera um prato com espírito de vinho. O líquido flamejava. Entre o polegar e o índice da mão esquerda segurava um barbante, de cuja ponta pendia o rato atado pela cauda. Na direita tinha uma tesoura. No momento em que o Garcia entrou, Fortunato cortava ao rato uma das patas; em seguida desceu o infeliz até à chama, rápido, para não matá-lo, e dispôs-se a fazer o mesmo à terceira, pois já lhe havia cortado a primeira. Garcia estacou horrorizado.

– Mate-o logo! disse-lhe.

– Já vai.

E com um sorriso único, reflexo de alma satisfeita, alguma coisa que traduzia a delícia íntima das sensações supremas, Fortunato cortou a terceira pata ao rato, e fez pela terceira vez o mesmo movimento até à chama. O miserável estorcia-se, guinchando, ensanguentado, chamuscado, e não acabava de morrer. Garcia desviou os olhos, depois voltou-os novamente, e estendeu a mão para impedir que o suplício continuasse, mas não chegou a fazê-lo, porque o diabo do homem impunha medo, com toda aquela serenidade radiosa da fisionomia. Faltava cortar a última pata; Fortunato cortou-a muito devagar, acompanhando a tesoura com os olhos; a pata caiu, e ele ficou olhando para o rato meio cadáver. Ao descê-lo pela quarta vez, até a chama, deu ainda mais rapidez ao gesto, para salvar, se pudesse, alguns farrapos de vida.

Garcia, defronte, conseguira dominar a repugnância do espetáculo para fixar a cara do homem. Nem raiva, nem ódio; tão somente um vasto prazer, quieto e profundo, como daria a outro a audição de uma bela sonata[21] ou a vista de uma estátua divina, alguma coisa parecida com a pura sensação estética[22]. Pareceu-

-lhe, e era verdade, que Fortunato havia-o inteiramente esquecido. Isto posto, não estaria fingindo, e devia ser aquilo mesmo. A chama ia morrendo, o rato podia ser que tivesse ainda um resíduo de vida, sombra de sombra; Fortunato aproveitou-o para cortar-lhe o focinho e pela última vez chegar a carne ao fogo. Afinal deixou cair o cadáver no prato, e arredou de si toda essa mistura de chamusco e sangue.

Ao levantar-se, deu com o médico e teve um sobressalto. Então, mostrou-se enraivecido contra o animal, que lhe comera o papel; mas a cólera evidentemente era fingida.

— Castiga sem raiva, pensou o médico, pela necessidade de achar uma sensação de prazer, que só a dor alheia lhe pode dar[23]: é o segredo deste homem.

Fortunato encareceu a importância do papel, a perda que lhe trazia, perda de tempo, é certo, mas o tempo agora era-lhe preciosíssimo. Garcia ouvia só, sem dizer nada, nem lhe dar crédito. Relembrava os atos dele, graves e leves, achava a mesma explicação para todos. Era a mesma troca das teclas da sensibilidade, um diletantismo[24] *sui generis*[25], uma redução de Calígula[26].

Quando Maria Luísa voltou ao gabinete, daí a pouco, o marido foi ter com ela, rindo, pegou-lhe nas mãos e falou-lhe mansamente:

— Fracalhona!

E voltando-se para o médico:

— Há de crer que quase desmaiou?

Maria Luísa defendeu-se a medo, disse que era nervosa e mulher; depois foi sentar-se à janela com as suas lãs e agulhas, e os dedos ainda trêmulos, tal qual a vimos no começo desta história. Hão de lembrar-se que, depois de terem falado de outras coisas, ficaram calados os três, o marido sentado e olhando para o teto, o médico estalando as unhas. Pouco depois foram jantar; mas o jantar não foi alegre. Maria Luísa cismava e tossia; o médico indagava de si mesmo se ela não estaria exposta a algum excesso na companhia de tal homem. Era apenas possível; mas o amor trocou-lhe a possibilidade em certeza; temeu por ela e cuidou de os vigiar.

Ela tossia, tossia, e não se passou muito tempo que a moléstia não tirasse a máscara. Era a tísica, velha dama insaciável, que chupa a vida toda, até deixar um bagaço de ossos. Fortunato recebeu a notícia como um golpe; amava deveras a mulher, a seu modo, estava acostumado com ela, custava-lhe perdê-la. Não poupou esforços, médicos, remédios, ares, todos os recursos e todos os paliativos. Mas foi tudo vão. A doença era mortal.

Nos últimos dias, em presença dos tormentos supremos da moça, a índole do marido subjugou qualquer outra afeição. Não a deixou mais; fitou o olho baço e frio naquela decomposição lenta e dolorosa da vida, bebeu uma a uma as aflições da bela criatura, agora magra e transparente, devorada de febre e minada de morte. Egoísmo aspérrimo, faminto de sensações, não lhe perdoou um só minuto de agonia, nem lhos pagou com uma só lágrima, pública ou íntima. Só quando ela expirou, é que ele ficou aturdido[27]. Voltando a si, viu que estava outra vez só.

De noite, indo repousar uma parenta de Maria Luísa, que a ajudara a morrer, ficaram na sala Fortunato e Garcia, velando o cadáver, ambos pensativos; mas o próprio marido estava fatigado, o médico disse-lhe que repousasse um pouco.

– Vá descansar, passe pelo sono uma hora ou duas: eu irei depois.

Fortunato saiu, foi deitar-se no sofá da saleta contígua, e adormeceu logo. Vinte minutos depois acordou, quis dormir outra vez, cochilou alguns minutos, até que se levantou e voltou à sala. Caminhava nas pontas dos pés para não acordar a parenta, que dormia perto. Chegando à porta, estacou assombrado.

Garcia tinha-se chegado ao cadáver, levantara o lenço e contemplara por alguns instantes as feições defuntas. Depois, como se a morte espiritualizasse tudo, inclinou-se e beijou-o na testa. Foi nesse momento que Fortunato chegou à porta. Estacou assombrado; não podia ser o beijo da amizade, podia ser o epílogo de um livro adúltero. Não tinha ciúmes, note-se; a natureza compô-lo de maneira que lhe não deu ciúmes nem inveja, mas dera-lhe vaidade, que não é menos cativa ao ressentimento. Olhou assombrado, mordendo os beiços.

Entretanto, Garcia inclinou-se ainda para beijar outra vez o cadáver; mas então não pôde mais. O beijo rebentou em soluços, e os olhos não puderam conter as lágrimas, que vieram em borbotões, lágrimas de amor calado, e irremediável desespero. Fortunato, da porta onde ficara, saboreou tranquilo essa explosão de dor moral que foi longa, muito longa, deliciosamente longa.

* * *

Síntese Crítica

O MÉDICO, O MONSTRO E A MULHER DO MONSTRO

O conto é narrado em terceira pessoa. O narrador mostra-se onisciente quanto a fatos, lugares e datas. Quanto à vida íntima das personagens, a onisciência se explicita minuciosamente em relação à vida moral do protagonista, Garcia. A intimidade das demais personagens fica um tanto na sombra; o leitor tem acesso a ela por meio das impressões do protagonista ou por intermédio de poucas observações do narrador, mas que são suficientes para configurar bem os caracteres redondos e problemáticos de Fortunato e de Maria Luísa. Insistimos, é sob a perspectiva de

Garcia, registrada na enunciação, que se desenha a interioridade do sócio e da mulher. Assim, os juízos sobre eles são, basicamente, formulações de Garcia captadas e enunciadas pelo narrador. É, sobretudo, por intermédio de seu olhar que os caracteres de Fortunato e de Maria Luísa são explicitados; a sua própria interioridade, porém, é construída pela enunciação do narrador.

O jovem médico Garcia tinha amor à análise e talento para "decifrar os homens, [...] [e] penetrar muitas camadas morais, até apalpar o segredo de um organismo". O perfil moral de Garcia é composto entre a razão e a emoção. Apesar da inclinação científica, ele possui um temperamento romântico, que é evidente no objeto de seu interesse analítico – o mistério da alma humana*–, na intensidade da paixão por Maria Luísa, que evoca a figura do trovador medieval a sofrer de amor impossível pela bela senhora casada, e no comportamento respeitoso perante as instituições, entre burguesas e aristocráticas, do casamento e da família brasileira oitocentista. Decerto, Garcia não é um Werther, ele não chega ao extremo da personagem de Goethe, mas compõe uma figura patética quando chora convulsivamente sobre o cadáver de Maria Luísa. Na presença de outras pessoas, contém-se nos limites do comportamento respeitável em sociedade; no entanto, quando está ou pensa estar no recesso da solidão, exterioriza as emoções mais fortes.

Maria Luísa é transparente; ela é o que parece ser: bela mulher de 25 anos, finamente educada, casada com um capitalista, quinze anos mais velho que ela, com quem tinha "pouca ou nenhuma afinidade moral", mas a quem respeitava e, sobretudo, temia. Essa disposição de espírito explica, ao menos em parte, o fato de ela perceber e compreender o amor de Garcia, recalcado em silêncio, e não se dar por achada, atitude que é um meio de

---

* Que implica a valorização da noção romântica de indivíduo.

fugir do problema moral que esse afeto implicaria. Afinal, ela já tinha problemas demais, decorrentes de seu sofrido relacionamento com o marido. Temperamento nervoso e frágil, Maria Luísa angustia-se quando Fortunato torna-se sócio da casa de saúde, porque temia o contágio de doenças, mas resigna-se. Todavia, desespera-se no período em que o marido mantém em casa seu laboratório de anatomia e fisiologia, usando animais para as pesquisas de modo bárbaro, tal como ela adivinhava ao ouvir os guinchos desesperados das vítimas, e como pôde constatar ao ver Fortunato a torturar um rato capturado por ele. Aos poucos, ela definha e morre tísica, como uma heroína de ficções românticas. No entanto, o drama de sua alma torturada, todo o conjunto de suas atitudes e sua condição submissa de mulher numa sociedade patriarcal constroem um caráter segundo o método e a perspectiva do realismo.

Fortunato, por sua vez, não é o que parece aos olhos da sociedade. É reconhecido publicamente como um benemérito por sua tenaz dedicação aos enfermos da casa de saúde, especialmente os portadores de "moléstia aflitiva ou repelente". Contudo, aqueles que lhe são mais próximos – a mulher e o sócio – vêm a saber que ele é um pervertido sádico, disposição de comportamento revelada definitivamente no episódio do rato. Surpreendido a torturar o roedor, tenta justificar sua conduta simulando raiva ao animal que, segundo alega, roubara-lhe um documento, "mas a cólera evidentemente era fingida". Garcia, porém, "dominando a repugnância do espetáculo", pudera observar detidamente as feições do torturador, constatando que não havia nelas "nem raiva, nem ódio; tão-somente um vasto prazer, quieto e profundo, como daria a outro a audição de uma bela sonata ou a vista de uma estátua divina, alguma coisa parecida com a pura sensação estética". O médico surpreende o monstro que há em Fortunato, compreende a anomalia como uma "troca das teclas da sensibilidade, um diletantismo *sui generis*" e conclui que o sócio seria "uma redução de Calígula".

Supor a perversão de Fortunato como decorrente de sua condição de capitalista constituiria ingenuidade ou deformação mecanicista. A posição privilegiada de Fortunato permite-lhe a atitude contemplativa perante a vida, mas não é razão de seu desvio moral, que é *sui generis*, ou seja, peculiar, sem comparação. No máximo, o que se pode concluir é que a posição de capitalista favorece o diletantismo ou hedonismo, que pode ser perigoso, especialmente no caso de um capitalista brasileiro do Segundo Império, caracterizado pela *sui generis* conjugação de liberalismo e escravismo. Para permanecermos no campo ficcional, lembremos o tratamento dispensado pelo menino Brás Cubas ao escravo Prudêncio, reduzido à condição de "besta" cavalgada e chicoteada, privado até mesmo do direito de expressar a dor sentida. Não deve ser por nada que a enunciação compara Fortunato a Calígula (12-41), imperador romano famoso pela perversidade.

Agora, num momento crucial de "A Causa Secreta", em que a monstruosidade de Fortunato se revela definitivamente, o narrador machadiano, fino como sempre, não encena a tortura de um escravo, mas de um rato; quanto a seres humanos, a personagem mantém-se contemplativa ou age de acordo com as convenções sociais respeitáveis, como bom samaritano (no caso dos capoeiras) ou enfermeiro incansável na casa de saúde. Fortunato dissimula os motivos íntimos de seu comportamento, donde se pode deduzir que tem consciência da verdadeira motivação de seus atos aparentemente beneméritos, mas que seriam repelidos pelo senso comum caso viesse à tona a crueza essencial. Por isso, resguarda as aparências e usufrui de benefício duplo: conquista a opinião favorável da sociedade, que aplaude suas ações exteriores, enquanto, intimamente, pode gozar com a contemplação direta e minudente das misérias humanas.

No famoso romance de Robert Louis Stevenson*, Dr. Jekill torna-se o monstruoso Mr. Hyde por meio de uma fórmula química, que faz o homem sociável dar lugar à besta amoral. Com Fortunato dá-se algo mais sutil, pois a personalidade secreta só se explicita sem rebuços quando a personagem está ou pensa estar só. Em público, o caráter de diletante da dor é camuflado sob a aparência de homem respeitável. Outra diferença pode ser verificada no mecanismo de transformação do homem em besta: em vez da fórmula misteriosa de Dr. Jekill, um possível distúrbio psicofisiológico ("a troca das teclas da sensibilidade"). Trata-se, no conto de Machado, do tema da distorção comportamental, atualizado num caso de psicopatia em que a personagem disfarça a moral rota com uma ética de fachada, para gozar, "como pura sensação estética", a dor humana qual um delicioso espetáculo de horrores.

---

* Robert Louis Stevenson, *Strange Case of Dr. Jekill and Mr. Hyde*, 1886.

ෂ Trio em Lá Menor ෨

I
ADAGIO CANTABILE[1]

Maria Regina acompanhou a avó até o quarto, despediu-se e recolheu-se ao seu. A mucama[2] que a servia, apesar da familiaridade que existia entre elas, não pôde arrancar-lhe uma palavra, e saiu, meia hora depois, dizendo que Nhanhã[3] estava muito séria. Logo que ficou só, Maria Regina sentou-se ao pé da cama, com as pernas estendidas, os pés cruzados, pensando.

A verdade pede que diga que esta moça pensava amorosamente em dois homens ao mesmo tempo, um de vinte e sete anos, Maciel, – outro de cinquenta, Miranda. Convenho que é abominável, mas não posso alterar a feição das coisas, não posso negar que se os dois homens estão namorados dela, ela não o está menos de ambos. Uma esquisita, em suma; ou, para falar como as suas amigas de colégio, uma desmiolada. Ninguém lhe nega coração excelente e claro espírito; mas a imaginação é que é o mal, uma imaginação adusta[4] e cobiçosa[5], insaciável principalmente, avessa à realidade, sobrepondo às coisas da vida outras de si mesma; daí curiosidades irremediáveis.

A visita dos dois homens (que a namoravam de pouco) durou cerca de uma hora. Maria Regina conversou alegremente com eles, e tocou ao piano uma peça clássica, uma sonata, que fez a avó cochilar um pouco. No fim discutiram música. Miranda disse coisas pertinentes acerca da música moderna e antiga; a avó tinha a religião de Bellini e da *Norma*[6], e falou das toadas do seu tempo, agradáveis, saudosas e principalmente claras. A neta ia com as opiniões do Miranda; Maciel concordou polidamente com todos.

Ao pé da cama, Maria Regina reconstruía agora tudo isso, a visita, a conversação, a música, o debate, os modos de ser de um e de outro, as palavras do Miranda e os belos olhos do Maciel. Eram onze horas, a única luz do quarto era a lamparina, tudo convidava ao sonho e ao devaneio. Maria Regina, à força de recompor a noite, viu ali dois homens ao pé dela, ouviu-os, e conversou com eles durante uma porção de minutos, trinta ou quarenta, ao som da mesma sonata tocada por ela: lá, lá, lá...

II

ALLEGRO MA NON TROPPO[7]

No dia seguinte a avó e a neta foram visitar uma amiga na Tijuca[8]. Na volta a carruagem derribou[9] um menino que atravessava a rua, correndo. Uma pessoa que viu isto, atirou-se aos cavalos e, com perigo de si própria, conseguiu detê-los e salvar a criança, que apenas ficou ferida e desmaiada. Gente, tumulto, a mãe do pequeno acudiu em lágrimas. Maria Regina desceu do carro e acompanhou o ferido até à casa da mãe, que era ali ao pé.

Quem conhece a técnica do destino adivinha logo que a pessoa que salvou o pequeno foi um dos dois homens da outra noite; foi o Maciel. Feito o primeiro curativo, o Maciel acompanhou a moça até à carruagem e aceitou o lugar que a avó lhe ofereceu até à cidade. Estavam no Engenho Velho[10]. Na carruagem é que Maria Regina viu que o rapaz trazia a mão ensanguentada. A avó inquiria a miúdo se o pequeno estava muito mal, se escaparia; Maciel disse-lhe que os ferimentos eram leves. Depois contou o acidente: estava parado, na calçada, esperando que passasse um tílburi, quando viu o pequeno atravessar a rua por diante dos cavalos; compreendeu o perigo, e tratou de conjurá-lo, ou diminuí-lo.

– Mas está ferido, disse a velha.

– Coisa de nada.

– Está, está, acudiu a moça; podia ter-se curado também.

– Não é nada, teimou ele; foi um arranhão, enxugo isto com o lenço.

Não teve tempo de tirar o lenço; Maria Regina ofereceu-lhe o seu. Maciel, comovido, pegou nele, mas hesitou em maculá-lo. Vá, vá, dizia-lhe ela; e vendo-o acanhado, tirou-lho e enxugou-lhe, ela mesma, o sangue da mão.

A mão era bonita, tão bonita como o dono; mas parece que ele estava menos preocupado com a ferida da mão que com o amarrotado dos punhos[11]. Conversando, olhava para eles disfarçadamente e escondia-os. Maria Regina não via nada, via-o a ele, via-lhe principalmente a ação que acabava de praticar, e que lhe punha uma auréola[12]. Compreendeu que a natureza generosa saltara por cima dos hábitos pausados e elegantes do moço, para arrancar à morte uma criança que ele nem conhecia. Falaram do assunto até à porta da casa delas; Maciel recusou, agradecendo, a carruagem que elas lhes ofereciam, e despediu-se até à noite.

– Até à noite! repetiu Maria Regina.

Esperou-o ansiosa. Ele chegou, por volta de oito horas, trazendo uma fita preta enrolada na mão, e pediu desculpa de vir assim; mas disseram-lhe que era bom pôr alguma coisa e obedeceu.

– Mas está melhor!

– Estou bom, não foi nada.

– Venha, venha, disse-lhe a avó, do outro lado da sala. Sente-se aqui ao pé de mim: o senhor é um herói.

Maciel ouvia sorrindo. Tinha passado o ímpeto generoso, começava a receber os dividendos do sacrifício. O maior deles era a admiração de Maria Regina, tão ingênua e tamanha, que esquecia a avó e a sala. Maciel sentara-se ao lado da velha, Maria Regina defronte de ambos. Enquanto a avó, restabelecida do susto, contava as comoções que padecera, a princípio sem saber de nada, depois imaginando que a criança teria morrido, os dois olhavam um para o outro, discretamente, e afinal esquecidamente. Maria Regina perguntava a si mesma onde acharia melhor noivo. A avó, que não era míope, achou a contemplação excessiva, e falou de outra coisa; pediu ao Maciel algumas notícias de sociedade.

III
ALLEGRO APPASSIONATO[13]

Maciel era homem, como ele mesmo dizia em francês, *très répandu*[14]; sacou da algibeira uma porção de novidades miúdas e interessantes. A maior de todas foi a de estar desfeito o casamento de certa viúva.

– Não me diga isso! exclamou a avó. E ela?

– Parece que foi ela mesma que o desfez: o certo é que esteve anteontem no baile, dançou e conversou com muita animação.

Oh! abaixo da notícia, o que fez mais sensação em mim foi o colar que ela levava, magnífico...

— Com uma cruz de brilhantes? perguntou a velha. Conheço; é muito bonito.

— Não, não é esse.

Maciel conhecia o da cruz, que ela levara à casa de um Mascarenhas; não era esse. Este outro ainda há poucos dias estava na loja do Resende, uma coisa linda. E descreveu-o todo, número, disposição e facetado das pedras; concluiu dizendo que foi a joia da noite.

— Para tanto luxo era melhor casar, ponderou maliciosamente a avó.

— Concordo que a fortuna dela não dá para isso. Ora, espere! Vou amanhã, ao Resende, por curiosidade, saber o preço por que o vendeu. Não foi barato, não podia ser barato.

— Mas por que é que se desfez o casamento?

— Não pude saber; mas tenho de jantar sábado com o Venancinho Correia, e ele conta-me tudo. Sabe que ainda é parente dela? Bom rapaz; está inteiramente brigado com o barão...

A avó não sabia da briga; Maciel contou-lha de princípio a fim, com todas as suas causas e agravantes. A última gota no cálix foi um dito à mesa de jogo, uma alusão ao defeito do Venancinho, que era canhoto[15]. Contaram-lhe isto, e ele rompeu inteiramente as relações com o barão. O bonito é que os parceiros do barão acusaram-se uns aos outros de terem ido contar as palavras deste. Maciel declarou que era regra sua não repetir o que ouvia à mesa do jogo, porque é lugar em que há certa franqueza.

Depois fez a estatística da rua do Ouvidor, na véspera, entre uma e quatro horas da tarde. Conhecia os nomes das fazendas[16] e todas as cores modernas. Citou as principais *toilettes*[17] do dia. A primeira foi a de Mme. Pena Maia, baiana distinta, *très pschutt*[18].

A segunda foi a de Mlle. Pedrosa, filha de um desembargador de São Paulo, *adorable*[19]. E apontou mais três, comparou depois as cinco, deduziu e concluiu. Às vezes esquecia-se e falava francês; pode mesmo ser que não fosse esquecimento, mas propósito; conhecia bem a língua, exprimia-se com facilidade e formulara um dia este axioma etnológico[20] – que há parisienses em toda a parte. De caminho, explicou um problema de voltarete[21].

– A senhora tem cinco trunfos de espadilha e manilha[22], tem rei e dama de copas...

Maria Regina ia descambando da admiração no fastio; agarrava-se aqui e ali, contemplava a figura moça do Maciel, recordava a bela ação daquele dia, mas ia sempre escorregando; o fastio não tardava a absorvê-la. Não havia remédio. Então recorreu a um singular expediente. Tratou de combinar os dois homens, o presente com o ausente, olhando para um, e escutando o outro de memória; recurso violento e doloroso, mas tão eficaz, que ela pôde contemplar por algum tempo uma criatura perfeita e única.

Nisto apareceu o outro, o próprio Miranda. Os dois homens cumprimentaram-se friamente; Maciel demorou-se ainda uns dez minutos e saiu.

Miranda ficou. Era alto e seco, fisionomia dura e gelada. Tinha o rosto cansado, os cinquenta anos confessavam-se tais, nos cabelos grisalhos, nas rugas e na pele. Só os olhos continham alguma coisa menos caduca. Eram pequenos, e escondiam-se por baixo da vasta arcada do sobrolho[23]; mas lá, ao fundo, quando não estavam pensativos, centelhavam[24] de mocidade. A avó perguntou-lhe, logo que Maciel saiu, se já tinha notícia do acidente do Engenho Velho, e contou-lho com grandes encarecimentos[25], mas o outro ouvia tudo sem admiração nem inveja.

– Não acha sublime? perguntou ela, no fim.

– Acho que ele salvou talvez a vida a um desalmado que algum dia, sem o conhecer, pode meter-lhe uma faca na barriga.

– Oh! protestou a avó.

– Ou mesmo conhecendo, emendou ele.

– Não seja mau, acudiu Maria Regina; o senhor era bem capaz de fazer o mesmo, se ali estivesse.

Miranda sorriu de um modo sardônico[26]. O riso acentuou-lhe a dureza da fisionomia. Egoísta e mau, este Miranda primava por um lado único: espiritualmente, era completo. Maria Regina achava nele o tradutor maravilhoso e fiel de uma porção de ideias que lutavam dentro dela, vagamente, sem forma ou expressão. Era engenhoso e fino e até profundo, tudo sem pedantice, e sem meter-se por matos cerrados, antes quase sempre na planície das conversações ordinárias; tão certo é que as coisas valem pelas ideias que nos sugerem. Tinham ambos os mesmos gostos artísticos; Miranda estudara direito para obedecer ao pai; a sua vocação era a música.

A avó, prevendo a sonata, aparelhou a alma para alguns cochilos. Demais, não podia admitir tal homem no coração; achava-o aborrecido e antipático. Calou-se no fim de alguns minutos. A sonata veio, no meio de uma conversação que Maria Regina achou deleitosa, e não veio senão porque ele lhe pediu que tocasse; ele ficaria de bom grado a ouvi-la.

– Vovó, disse ela, agora há de ter paciência...

Miranda aproximou-se do piano. Ao pé das arandelas, a cabeça dele mostrava toda a fadiga dos anos, ao passo que a expressão da fisionomia era muito mais de pedra e fel. Maria Regina notou a graduação, e tocava sem olhar para ele; difícil coisa, porque, se ele falava, as palavras entravam-lhe tanto pela alma, que a moça insensivelmente levantava os olhos, e dava logo com um velho ruim. Então é que se lembrava do Maciel, dos seus anos em flor, da fisionomia franca, meiga e boa, e afinal da ação daquele dia. Comparação tão cruel para o Miranda, como fora para o Maciel o cotejo dos seus espíritos. E a moça recorreu ao

mesmo expediente. Completou um pelo outro; escutava a este com o pensamento naquele; e a música ia ajudando a ficção, indecisa a princípio, mas logo viva e acabada. Assim Titânia, ouvindo namorada a cantiga do tecelão, admirava-lhe as belas formas, sem advertir que a cabeça era de burro[27].

IV
MENUETTO[28]

Dez, vinte, trinta dias passaram depois daquela noite, e ainda mais vinte, e depois mais trinta. Não há cronologia certa; melhor é ficar no vago. A situação era a mesma. Era a mesma insuficiência individual dos dois homens, e o mesmo complemento ideal por parte dela; daí um terceiro homem, que ela não conhecia.

Maciel e Miranda desconfiavam um do outro, detestavam-se a mais e mais, e padeciam muito, Miranda principalmente, que era paixão da última hora. Afinal acabaram aborrecendo a moça[29]. Esta viu-os ir pouco a pouco. A esperança ainda os fez relapsos, mas tudo morre, até a esperança, e eles saíram para nunca mais. As noites foram passando, passando... Maria Regina compreendeu que estava acabado.

A noite em que se persuadiu bem disto foi uma das mais belas daquele ano, clara, fresca, luminosa. Não havia lua; mas a nossa amiga aborrecia a lua[30], – não se sabe bem por quê, – ou porque brilha de empréstimo, ou porque toda a gente a admira, e pode ser que por ambas as razões. Era uma das suas esquisitices. Agora outra.

Tinha lido de manhã, em uma notícia de jornal, que há estrelas duplas, que nos parecem um só astro. Em vez de ir dormir, encostou-se à janela do quarto, olhando para o céu, a ver se descobria alguma delas; baldado[31] esforço. Não a descobrindo no céu, procurou-a em si mesma, fechou os olhos para imaginar o fenômeno; astronomia fácil e barata, mas não sem risco. O pior que ela tem é pôr os astros ao alcance da mão; por modo que, se a pessoa abre os olhos e eles continuam a fulgurar lá em cima, grande é o desconsolo e certa a blasfêmia. Foi o que sucedeu aqui. Maria Regina viu dentro de si a estrela dupla e única. Separadas, valiam bastante; juntas, davam um astro esplêndido. E ela queria o astro esplêndido. Quando abriu os olhos e viu que o firmamento ficava tão alto, concluiu que a criação era um livro falho e incorreto, e desesperou.

No muro da chácara viu então uma coisa parecida com dois olhos de gato. A princípio teve medo, mas advertiu logo que não era mais que a reprodução externa dos dois astros que ela vira em si mesma e que tinham ficado impressos na retina. A retina desta moça fazia refletir cá fora todas as suas imaginações. Refrescando o vento, recolheu-se, fechou a janela e meteu-se na cama.

Não dormiu logo, por causa de duas rodelas de opala que estavam incrustadas na parede; percebendo que era ainda uma ilusão, fechou os olhos e dormiu. Sonhou que morria, que a alma dela, levada aos ares, voava na direção de uma bela estrela dupla. O astro desdobrou-se, e ela voou para uma das duas porções; não achou ali a sensação primitiva e despenhou-se para outra; igual resultado, igual regresso, e ei-la a andar de uma para outra das duas estrelas separadas. Então uma voz surgiu do abismo, com palavras que ela não entendeu:

– É a tua pena, alma curiosa de perfeição; a tua pena é oscilar por toda a eternidade entre dois astros incompletos, ao som desta velha sonata do absoluto: lá, lá, lá...

* * *

Síntese Crítica

A história transcorre no círculo da vida elegante do Rio de Janeiro, no período de cerca de alguns meses. Como assinala o narrador, "não há cronologia certa; melhor é ficar no vago". Mas não é despropositado situar o conto na época do Segundo Império, na década de 1880. A hipótese se fundamenta na observação do narrador segundo a qual "a avó [de Maria Regina] tinha a religião de Bellini e da *Norma*". Sabe-se que essa ópera estreou na Itália no ano de 1831 e, no Brasil, em 1844, no Teatro São Pedro de Alcântara, com a famosa soprano Candiani como protagonista*. Supondo que a avó tivesse, então, vinte anos, e sessenta no presente da ação, esta dar-se-ia em 1884. Lá estão os bairros da Tijuca e do Engenho Velho, a rua do Ouvidor e o movimento da cidade, com seus pedestres e suas carruagens; lá está a vida da gente grã-fina, que fala francês, frequenta teatros e bailes de gala, joga cartas, toca piano, faz mexericos e é servida por escravos.

GANGORRA ESQUIZOIDE

O nome do conto, "Trio em Lá Menor", contém dois vetores de sentido. Um aponta para o tema do triângulo amoroso; o outro, para a estrutura narrativa, análoga a um tipo de música erudita composta de quatro movimentos, que são as partes em que o conto se divide: "I: Adagio cantabile", "II: Allegro ma non troppo", "III: Allegro appassionato" e "IV: Menuetto". Essas designações musicais funcionam como marcadores do ritmo da ação.

---

* Conde de Harewood (ed.), *Kobbé – O Livro Completo da Ópera*, trad. Clóvis Marques, Rio de Janeiro, Zahar, 1991, p. 286.

A primeira parte do conto contém a situação inicial*, que se apresenta com certa lentidão e leveza, tal como no andamento musical do *adagio cantabile*. Há certo equilíbrio entre os elementos da narrativa, na medida em que é possível haver equilíbrio num triângulo amoroso, embora um motivo de tensão já seja introduzido: a imaginação de Maria Regina, "uma imaginação [...] avessa à realidade, sobrepondo às coisas da vida outras de si mesma".

Esse motivo prepara o movimento seguinte, a segunda parte da narrativa, rápida e viva, mas ainda contida, como sugere o nome do andamento *allegro ma non troppo*. A função dessa segunda parte é chamada pela teoria literária de nó da intriga**, que se caracteriza pela introdução de um motivo dinâmico que desequilibra a situação inicial. Esta pode ser representada pela imagem de um triângulo equilátero, em que os dois enamorados representam os pontos opostos da base, ambos à mesma distância do vértice:

O nó da intriga, constituído pelo incidente em que Maciel salva um menino de ser atropelado pela carruagem que conduzia Maria Regina e sua avó, deforma o triângulo inicial, de modo

---

* B. Tomachevski, "Temática", in: *Teoria da Literatura: Formalistas Russos*, Porto Alegre, Globo, 1976, p. 178.
** *Idem, ibidem*.

que a distância que separa Maria Regina do herói salvador se encurta, enquanto se alonga a relativa a Miranda, como num triângulo retângulo, onde o intervalo entre Maciel e Maria Regina é representado pela medida do menor cateto e o que distancia Miranda da jovem, pela da hipotenusa:

Na terceira parte, o andamento da narrativa torna-se ainda mais rápido e animado, tal como, na música, o movimento *allegro appassionato*. Aqui, Maria Regina se inclina, alternadamente, ora para Miranda, ora para Maciel, como numa gangorra:

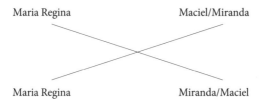

Menuetto é o nome que se dá a uma dança aristocrática, de origem francesa, e à música característica dessa dança de movimentos solenes, mas leves e graciosos. Composta em compassos ternários, essa música bem cadenciada sugere um movimento oscilatório, que, na narrativa, é representado pela imagem final da quarta parte. Equivale ao desenlace da narrativa, em que contemplamos Maria Regina a sonhar que sua alma voava em direção a estrelas duplas. Estas, à distância, pareciam uma só, mas, de perto, desdobravam-se, de modo que a jovem fica "a oscilar por toda a eternidade entre dois astros incompletos, ao som desta velha sonata do absoluto: lá, lá, lá...".

O título, "Trio em Lá Menor", estabelece um diálogo intertextual entre música e literatura, mas, na perspectiva propriamente literária, o vocábulo "menor" conota a pouca importância de um caso atinente à vida privada de uma mulher fadada a ficar só. Nada ocorre que modifique o conjunto das relações sociais; trata-se apenas da história menor de uma candidata a solteirona.

No entanto, o narrador machadiano constrói um caso particular de distúrbio psíquico, no recesso da vida privada de uma mulher, para surpreender uma constante universal da cultura humana: o anseio de perfeição. De fato, a vida precária de "cá" contrapõe-se à vida plena de "lá". Trata-se da antiga distinção platônica entre a imperfeição do mundo sensível ("cá"), feito de aparências enganosas, e o mundo inteligível ("lá") das formas eternas e perfeitas. Todavia e ao contrário de Platão, o primeiro é compreendido como verdadeiro e o segundo, como imaginação dissociada da realidade, pura abstração irrealizável.

Assim, Maria Regina é construída como personagem problemática, caracterizada por um temperamento fantasista. Com sua oscilação ou labilidade afetiva, sua introspecção, seus devaneios e alucinações, a protagonista apresenta um comportamento sintomático de esquizoidia.

ෆ Adão e Eva ෨

Uma senhora de engenho, na Bahia, pelos anos de mil setecentos e tantos, tendo algumas pessoas íntimas à mesa, anunciou a um dos convivas, grande lambareiro[1], um certo doce particular. Ele quis logo saber o que era; a dona da casa chamou-lhe curioso. Não foi preciso mais; daí a pouco estavam todos discutindo a curiosidade, se era masculina ou feminina, e se a responsabilidade da perda do paraíso devia caber a Eva ou a Adão. As senhoras diziam que a Adão, os homens que a Eva, menos o juiz de fora, que não dizia nada, e frei Bento, carmelita, que interrogado pela dona da casa, d. Leonor:

– Eu, senhora minha, toco viola, respondeu sorrindo; e não mentia, porque era insigne na viola e na harpa, não menos que na teologia.

Consultado, o juiz de fora respondeu que não havia matéria para opinião; porque as coisas no paraíso terrestre passaram-se de modo diferente do que está contado no primeiro livro do Pentateuco[2], que é apócrifo[3]. Espanto geral, riso do carmelita, que conhecia o juiz de fora como um dos mais piedosos sujeitos da cidade, e sabia que era também jovial e inventivo, e até amigo da pulha⁴, uma vez que fosse curial⁵ e delicada; nas coisas graves, era gravíssimo.

– Frei Bento, disse-lhe d. Leonor, faça calar o sr. Veloso.

– Não o faço calar, acudiu o frade, porque sei que de sua boca há de sair tudo com boa significação.

– Mas a Escritura... ia dizendo o mestre de campo João Barbosa.

– Deixemos em paz a Escritura, interrompeu o carmelita. Naturalmente, o sr. Veloso conhece outros livros...

– Conheço o autêntico, insistiu o juiz de fora, recebendo o prato de doce que d. Leonor lhe oferecia, e estou pronto a dizer o que sei, se não mandam o contrário.

– Vá lá, diga.

– Aqui está como as coisas se passaram. Em primeiro lugar, não foi Deus que criou o mundo, foi o Diabo...

– Cruz! exclamaram as senhoras.

– Não diga esse nome, pediu d. Leonor.

– Sim, parece que... ia intervindo frei Bento.

– Seja o Tinhoso. Foi o Tinhoso que criou o mundo; mas Deus, que lhe leu no pensamento, deixou-lhe as mãos livres, cuidando somente de corrigir ou atenuar a obra, a fim de que ao próprio mal não ficasse a desesperança da salvação ou do benefício. E a ação divina mostrou-se logo porque, tendo o Tinhoso criado as trevas, Deus criou a luz, e assim se fez o primeiro dia. No segundo dia, em que foram criadas as águas, nasceram as tempestades e os furacões; mas as brisas da tarde baixaram do pensamento divino. No terceiro dia foi feita a terra, e brotaram dela os vegetais, mas só os vegetais sem fruto nem flor, os espinhosos, as ervas que matam como a cicuta⁶; Deus, porém, criou as árvores frutíferas e os vegetais que nutrem ou encantam. E tendo o Tinhoso cavado abismos e cavernas na terra, Deus fez o sol, a lua e as estrelas; tal foi a obra do quarto dia. No quinto foram criados os animais da terra, da água e do ar. Chegamos ao sexto dia, e aqui peço que redobrem de atenção.

Não era preciso pedi-lo; toda a mesa olhava para ele, curiosa.

Veloso continuou dizendo que no sexto dia foi criado o homem, e logo depois a mulher; ambos belos, mas sem alma, que o Tinhoso não podia dar, e só com ruins instintos. Deus infundiu-lhes a alma, com um sopro, e com outro os sentimentos nobres, puros e grandes. Nem parou nisso a misericórdia divina; fez brotar um jardim de delícias, e para ali os conduziu, investindo-os na posse de tudo. Um e outro caíram aos pés do Senhor, derramando lágrimas de gratidão. "Vivereis aqui, disse-lhes o Senhor, e comereis de todos os frutos, menos o desta árvore, que é a da ciência do bem e do mal."

Adão e Eva ouviram submissos; e ficando sós, olharam um para o outro, admirados; não pareciam os mesmos. Eva, antes que Deus lhe infundisse os bons sentimentos, cogitava de armar um laço a Adão, e Adão tinha ímpetos de espancá-la. Agora, porém, embebiam-se na contemplação um do outro, ou na vista da natureza, que era esplêndida. Nunca até então viram ares tão puros, nem águas tão frescas, nem flores tão lindas e cheirosas; nem o sol tinha para nenhuma outra parte as mesmas torrentes de claridade. E dando as mãos percorreram tudo, a rir muito, nos primeiros dias, porque até então não sabiam rir. Não tinham a sensação do tempo. Não sentiam o peso da ociosidade; viviam da contemplação. De tarde iam ver morrer o sol e nascer a lua, e contar as estrelas, e raramente chegavam a mil, dava-lhes o sono e dormiam como dois anjos.

Naturalmente, o Tinhoso ficou danado quando soube do caso. Não podia ir ao paraíso, onde tudo lhe era avesso, nem chegaria a lutar com o Senhor; mas, ouvindo um rumor no chão entre folhas secas, olhou e viu que era a serpente. Chamou-a alvoroçado.

— Vem cá, serpe, fel rasteiro, peçonha das peçonhas, queres tu ser a embaixatriz de teu pai, para reaver as obras de teu pai?

A serpente fez com a cauda um gesto vago, que parecia afirmativo; mas o Tinhoso deu-lhe a fala, e ela respondeu que sim, que iria onde ele a mandasse, — às estrelas, se lhe desse as asas da águia, — ao mar, se lhe confiasse o segredo de respirar na água, — ao fundo da terra, se lhe ensinasse o talento da formiga. E falava a maligna, falava à toa, sem parar, contente e pródiga da língua; mas o diabo interrompeu-a:

— Nada disso, nem ao ar, nem ao mar, nem à terra, mas tão somente ao jardim de delícias, onde estão vivendo Adão e Eva.

— Adão e Eva?

— Sim, Adão e Eva.

— Duas belas criaturas que vimos andar há tempos, altas e direitas como palmeiras?

— Justamente.

— Oh! detesto-os. Adão e Eva? Não, não, manda-me a outro lugar. Detesto-os! Só a vista deles faz-me padecer muito. Não hás de querer que lhes faça mal...

— É justamente para isso.

— Deveras? Então vou; farei tudo o que quiseres, meu senhor e pai. Anda, dize depressa o que queres que faça. Que morda o calcanhar de Eva? Morderei...

— Não, interrompeu o Tinhoso. Quero justamente o contrário. Há no jardim uma árvore, que é da ciência do bem e do mal; eles não devem tocar nela, nem comer-lhe os frutos. Vai, entra, enrosca-te na árvore, e quando um deles ali passar, chama-o de mansinho, tira uma fruta e oferece-lhe, dizendo que é a mais saborosa fruta do mundo; se te responder que não, tu insistirás, dizendo que é bastante comê-la para conhecer o próprio segredo da vida. Vai, vai...

– Vou; mas não falarei a Adão, falarei a Eva. Vou, vou. Que é o próprio segredo da vida, não?

– Sim, o próprio segredo da vida. Vai, serpe das minhas entranhas, flor do mal, e se te saíres bem, juro que terás a melhor parte na criação, que é a parte humana, porque terás muito calcanhar de Eva que morder, muito sangue de Adão em que deitar o vírus do mal... Vai, vai, não te esqueças...

Esquecer? Já levava tudo de cor. Foi, penetrou no paraíso, rastejou até a árvore do bem e do mal, enroscou-se e esperou. Eva apareceu daí a pouco, caminhando sozinha, esbelta, com a segurança de uma rainha que sabe que ninguém lhe arrancará a coroa. A serpente, mordida de inveja, ia chamar a peçonha à língua, mas advertiu que estava ali às ordens do Tinhoso, e, com a voz de mel, chamou-a. Eva estremeceu.

– Quem me chama?

– Sou eu, estou comendo desta fruta...

– Desgraçada, é a árvore do bem e do mal!

– Justamente. Conheço agora tudo, a origem das coisas e o enigma da vida. Anda, come e terás um grande poder na terra.

– Não, pérfida!

– Néscia![7] Para que recusas o resplendor dos tempos? Escuta-me, faze o que te digo, e serás legião, fundarás cidades, e chamar-te-ás Cleópatra, Dido, Semíramis; darás heróis do teu ventre, e serás Cornélia; ouvirás a voz do céu, e serás Débora; cantarás e serás Safo. E um dia, se Deus quiser descer à terra, escolherá as tuas entranhas, e chamar-te-ás Maria de Nazaré[8]. Que mais queres tu? Realeza, poesia, divindade, tudo trocas por uma estulta obediência. Nem será só isso. Toda a natureza te fará bela e mais bela. Cores das folhas verdes, cores do céu azul, vivas ou pálidas, cores da noite, hão de refletir nos teus olhos. A mesma noite, de porfia⁹ com o sol, virá brincar nos teus cabelos. Os filhos do teu seio tecerão para ti as melhores vestiduras, comporão os mais finos aromas, e as aves te darão as suas plumas, e a terra as suas flores, tudo, tudo, tudo...

Eva escutava impassível; Adão chegou, ouviu-os e confirmou a resposta de Eva; nada valia a perda do paraíso, nem a ciência, nem o poder, nenhuma outra ilusão da terra. Dizendo isto, deram as mãos um ao outro, e deixaram a serpente, que saiu pressurosa para dar conta ao Tinhoso.

Deus, que ouvira tudo, disse a Gabriel:

– Vai, arcanjo meu, desce ao paraíso terrestre, onde vivem Adão e Eva, e traze-os para a eterna bem-aventurança, que mereceram pela repulsa às instigações do Tinhoso.

E logo o arcanjo, pondo na cabeça o elmo¹⁰ de diamante, que rutila como um milhar de sóis, rasgou instantaneamente os ares, chegou a Adão e Eva, e disse-lhes:

– Salve, Adão e Eva. Vinde comigo para o paraíso, que merecestes pela repulsa às instigações do Tinhoso.

Um e outro, atônitos e confusos, curvaram o colo em sinal de obediência; então Gabriel deu as mãos a ambos, e os três subiram até à estância eterna, onde miríades de anjos os esperavam, cantando:

– Entrai, entrai. A terra que deixastes, fica entregue às obras do Tinhoso, aos animais ferozes e maléficos, às plantas daninhas e peçonhentas, ao ar impuro, à vida dos pântanos. Reinará nela a serpente que rasteja, babuja¹¹ e morde, nenhuma criatura igual a vós porá entre tanta abominação a nota da esperança e da piedade.

E foi assim que Adão e Eva entraram no céu, ao som de todas as cítaras, que uniam as suas notas em um hino aos dois egressos¹² da criação...

...Tendo acabado de falar, o juiz de fora estendeu o prato a d. Leonor para que lhe desse mais doce, enquanto os outros convivas olhavam uns para os outros, embasbacados; em vez de explicação, ouviam uma narração enigmática, ou, pelo menos, sem sentido aparente, d. Leonor foi a primeira que falou:

– Bem dizia eu que o sr. Veloso estava logrando a gente. Não foi isso que lhe pedimos, nem nada disso aconteceu, não é, frei Bento?

– Lá o saberá o sr. juiz, respondeu o carmelita sorrindo.

E o juiz de fora, levando à boca uma colher de doce:

– Pensando bem, creio que nada disso aconteceu; mas também, d. Leonor, se tivesse acontecido, não estaríamos aqui saboreando este doce, que está, na verdade, uma coisa primorosa. É ainda aquela sua antiga doceira de Itapagipe?[13]

* * *

Síntese Crítica

O conto apresenta uma narrativa enquadrada, isto é, uma história dentro da história. Esta, narrada em terceira pessoa, é singela, prosaica e se resume no banquete oferecido por dona Leonor, circunscrevendo-se na modalidade "verista" do realismo machadiano; aquela tem Veloso como narrador, cujo relato se insere na enunciação do narrador principal, que ora reproduz a fala de Veloso (discurso direto), ora sumaria o que é dito por ele (discurso indireto).

A história de Veloso, ajustada ao modo "fantasista" do realismo machadiano, transcorre nos tempos míticos da origem do mundo, fundamentando-se num supostamente autêntico livro do "Gênesis", bem diverso da narrativa tradicional do Pentateuco.

Segundo essa fonte misteriosa, a criação não teria sido iniciativa de Deus, mas do Diabo. Este criara o mundo, mas Deus cuidara de "corrigir ou atenuar a obra". Assim, o mundo e o homem teriam sido criados por essa dupla de autores antagônicos, tal como na alegoria contida em *Dom Casmurro*, que Bento Santiago atribui a seu amigo, o tenor italiano Marcolini, segundo o qual a vida é uma ópera cuja poesia é escrita por Deus, enquanto Satanás é o compositor da partitura*.

Os ouvintes ficam pasmos com a narração de Veloso. Dona Leonor afirma que o juiz de fora os lograra, pois a história narrada não parecia explicar a questão inicial da conversa, a saber, se a perda do paraíso seria responsabilidade de Adão ou de Eva.

ENIGMA PESSIMISTA

A história de Veloso permanece como algo desconexo, provocando um efeito de estranhamento que convida à reflexão. De duas hipóteses, uma deve estar correta: ou o conto é mal cosido, ou a impressão de justaposição mecânica ou inorgânica tem uma função importante na narrativa. A validade da segunda hipótese é comprovada quando se compreende que a narrativa de Veloso é uma alegoria, ou seja, um discurso cifrado em que cada referente aponta para outros referentes, contidos em outros discursos. A decifração dos elementos da alegoria corresponde ao esclarecimento de um enigma, tal como a narrativa é percebida pelos convivas e é assinalado pelo narrador. Essa interpretação deve dar conta de duas questões: qual o significado da história

* Machado de Assis, *Dom Casmurro*, pref. Ivan Teixeira, São Paulo, Martins Fontes, 1988, pp. 22-25.

de Veloso e qual a relação desse significado com a conversação dos convivas.

O ponto de partida deve ser a hipótese consensual de que a humanidade perdera o paraíso terrestre. Acatada a versão de Veloso para a criação, ficaria patente que o mundo seria o espaço da serpente, ou seja, o âmbito da desumanidade mais cruel. Em virtude da ascensão de Adão e Eva ao paraíso celeste, os seres humanos que habitam a terra no presente da ação, entre eles dona Leonor e seus convidados, não seriam filhos do primeiro casal, mas da serpente, ou seja, seriam criaturas diabólicas de "ruins instintos". A humanidade intrinsecamente má haveria adquirido ciência, arte e poder, mas esses valores são proclamados como "ilusões da terra" pelo narrador da alegoria.

A conclusão desse raciocínio, sentido oculto do enigma, implica a consideração de que os atributos da serpente, "que rasteja, babuja e morde", seriam, na verdade, características dos convivas de dona Leonor, na medida em que o comportamento deles perante a poderosa senhora de engenho deixa transparecer a subserviência ("rasteja"), a adulação ("babuja") e o interesse ("morde", alusivo ao fato de que os convivas participam de um banquete, mas também sugestivo da atitude de aproveitadores). Eis aí a possível relação entre o significado do enigma e a conversação dos convivas de dona Leonor.

ॐ O Enfermeiro ॐ

Parece-lhe então que o que se deu comigo em 1860, pode entrar numa página de livro? Vá que seja, com a condição única de que não há de divulgar nada antes da minha morte. Não esperará muito, pode ser que oito dias, se não for menos; estou desenganado.

Olhe, eu podia mesmo contar-lhe a minha vida inteira, em que há outras coisas interessantes, mas para isso era preciso tempo, ânimo e papel, e eu só tenho papel; o ânimo é frouxo, e o tempo assemelha-se à lamparina de madrugada. Não tarda o sol do outro dia, um sol dos diabos, impenetrável como a vida. Adeus, meu caro senhor, leia isto e queira-me bem; perdoe-me o que lhe parecer mau, e não maltrate muito a arruda, se lhe não cheira a rosas. Pediu-me um documento humano, ei-lo aqui. Não me peça também o império do Grão-Mogol, nem a fotografia dos Macabeus; peça, porém, os meus sapatos de defunto e não os dou a ninguém mais[1].

Já sabe que foi em 1860. No ano anterior, ali pelo mês de agosto, tendo eu quarenta e dois anos, fiz-me teólogo, – quero dizer, copiava os estudos de teologia de um padre de Niterói[2], antigo companheiro de colégio, que assim me dava, delicadamente, casa, cama e mesa[3]. Naquele mês de agosto de 1859, recebeu ele uma carta de um vigário de certa vila do interior perguntando se conhecia pessoa entendida, discreta e paciente, que quisesse ir servir de enfermeiro ao coronel Felisberto, mediante um bom ordenado. O padre falou-me, aceitei com ambas as mãos, estava já enfarado[4] de copiar citações latinas e fórmulas eclesiásticas. Vim à Corte despedir-me de um irmão, e segui para a vila.

Chegando à vila, tive más notícias do coronel. Era homem insuportável, estúrdio, exigente, ninguém o aturava, nem os próprios amigos. Gastava mais enfermeiros que remédios. A dois deles quebrou a cara. Respondi que não tinha medo de gente sã, menos ainda de doentes; e depois de entender-me com o vigário, que me confirmou as notícias recebidas, e me recomendou mansidão e caridade, segui para a residência do coronel.

Achei-o na varanda da casa estirado numa cadeira, bufando muito. Não me recebeu mal. Começou por não dizer nada; pôs em mim dois olhos de gato que observa; depois, uma espécie de riso maligno alumiou-lhe as feições, que eram duras. Afinal, disse-me que nenhum dos enfermeiros que tivera, prestava para nada, dormiam muito, eram respondões e andavam ao faro das escravas; dois eram até gatunos!

– Você é gatuno?

– Não, senhor.

Em seguida, perguntou-me pelo nome: disse-lho e ele fez um gesto de espanto. Colombo? Não, senhor: Procópio José Gomes Valongo. Valongo? achou que não era nome de gente[5], e propôs chamar-me tão-somente Procópio, ao que respondi que estaria pelo que fosse de seu agrado. Conto-lhe esta particularidade, não só porque me parece pintá-lo bem, como porque a minha resposta deu de mim a melhor ideia ao coronel. Ele mesmo o declarou ao vigário, acrescentando que eu era o mais simpático dos enfermeiros que tivera. A verdade é que vivemos uma lua de mel de sete dias.

No oitavo dia, entrei na vida dos meus predecessores, uma vida de cão, não dormir, não pensar em mais nada, recolher injúrias, e, às vezes, rir delas, com um ar de resignação e conformidade; reparei que era um modo de lhe fazer corte. Tudo impertinências da moléstia e do temperamento. A moléstia era um rosário delas, padecia de aneurisma, de reumatismo e de três ou quatro afecções menores. Tinha perto de sessenta anos, e desde os cinco toda a gente lhe fazia a vontade. Se fosse só rabugento, vá; mas ele era também mau, deleitava-se com a dor e a humilhação dos outros. No fim de três meses estava farto de o aturar; determinei vir embora; só esperei ocasião.

Não tardou a ocasião. Um dia, como lhe não desse a tempo uma fomentação[6], pegou da bengala e atirou-me dois ou três golpes. Não era preciso mais; despedi-me imediatamente, e fui aprontar a mala. Ele foi ter comigo, ao quarto, pedia-me que ficasse, que não valia a pena zangar por uma rabugice de velho. Instou tanto que fiquei.

– Estou na dependura, Procópio, dizia-me ele à noite; não posso viver muito tempo. Estou aqui, estou na cova. Você há de ir ao meu enterro, Procópio; não o dispenso por nada. Há de ir, há de rezar ao pé de minha sepultura. Se não for, acrescentou rindo, eu voltarei de noite para lhe puxar as pernas. Você crê em almas de outro mundo, Procópio?

– Qual o quê!

– E por que é que não há de crer, *seu* burro? redarguiu vivamente, arregalando os olhos.

Eram assim as pazes; imagine a guerra. Coibiu-se[7] das bengaladas; mas as injúrias ficaram as mesmas, se não piores. Eu, com o

tempo, fui calejando, e não dava mais por nada; era burro, camelo, pedaço d'asno, idiota, moleirão, era tudo. Nem, ao menos, havia mais gente que recolhesse uma parte desses nomes. Não tinha parentes; tinha um sobrinho que morreu tísico, em fins de maio ou princípios de junho, em Minas. Os amigos iam por lá às vezes aprová-lo, aplaudi-lo, e nada mais; cinco, dez minutos de visita. Restava eu; era eu sozinho para um dicionário inteiro. Mais de uma vez resolvi sair; mas, instado[8] pelo vigário, ia ficando.

Não só as relações foram-se tornando melindrosas[9], mas eu estava ansioso por tornar à Corte. Aos quarenta e dois anos não é que havia de acostumar-me à reclusão constante, ao pé de um doente bravio, no interior. Para avaliar o meu isolamento, basta saber que eu nem lia os jornais; salvo alguma notícia mais importante que levavam ao coronel, eu nada sabia do resto do mundo. Entendi, portanto, voltar para a Corte, na primeira ocasião, ainda que tivesse de brigar com o vigário. Bom é dizer (visto que faço uma confissão geral) que, nada gastando e tendo guardado integralmente os ordenados, estava ansioso por vir dissipá-los aqui.

Era provável que a ocasião aparecesse. O coronel estava pior, fez testamento, descompondo o tabelião, quase tanto como a mim. O trato era mais duro, os breves lapsos de sossego e brandura faziam-se raros. Já por esse tempo tinha eu perdido a escassa dose de piedade que me fazia esquecer os excessos do doente; trazia dentro de mim um fermento de ódio e aversão. No princípio de agosto resolvi definitivamente sair; o vigário e o médico, aceitando as razões, pediram-me que ficasse algum tempo mais. Concedi-lhes um mês; no fim de um mês viria embora, qualquer que fosse o estado do doente. O vigário tratou de procurar-me substituto.

Vai ver o que aconteceu. Na noite de vinte e quatro de agosto, o coronel teve um acesso de raiva, atropelou-me, disse-me muito nome cru, ameaçou-me de um tiro, e acabou atirando-me um prato de mingau, que achou frio; o prato foi cair na parede, onde se fez em pedaços.

– Hás de pagá-lo, ladrão! bradou ele.

Resmungou ainda muito tempo. As onze horas passou pelo sono. Enquanto ele dormia, saquei um livro do bolso, um velho romance de d'Arlincourt[10], traduzido, que lá achei, e pus-me a lê-lo, no mesmo quarto, a pequena distância da cama; tinha de acordá-lo à meia-noite para lhe dar o remédio. Ou fosse de cansaço, ou do livro, antes de chegar ao fim da segunda página adormeci também. Acordei aos gritos do coronel, e levantei-me estremunhado. Ele, que parecia delirar, continuou nos mesmos gritos, e acabou por lançar mão da moringa e arremessá-la contra mim. Não tive tempo de desviar-me; a moringa bateu-me na face esquerda, e tal foi a dor que não vi mais nada; atirei-me ao doente, pus-lhe as mãos ao pescoço, lutamos, e esganei-o.

Quando percebi que o doente expirava, recuei aterrado, e dei um grito; mas ninguém me ouviu. Voltei à cama, agitei-o para chamá-lo à vida, era tarde; arrebentara o aneurisma, e o coronel morreu. Passei à sala contígua, e durante duas horas não ousei voltar ao quarto. Não posso mesmo dizer tudo o que passei, durante esse tempo. Era um atordoamento, um delírio vago e estúpido. Parecia-me que as paredes tinham vultos; escutava umas vozes surdas. Os gritos da vítima, antes da luta e durante a luta, continuavam a repercutir dentro de mim, e o ar, para onde quer que me voltasse, aparecia recortado de convulsões. Não creia que esteja fazendo imagens nem estilo; digo-lhe que eu ouvia distintamente umas vozes que me bradavam: assassino! assassino!

Tudo o mais estava calado. O mesmo som do relógio, lento, igual e seco, sublinhava o silêncio e a solidão. Colava a orelha à porta do quarto na esperança de ouvir um gemido, uma palavra, uma injúria, qualquer coisa que significasse a vida, e me restituísse a paz à consciência. Estaria pronto a apanhar das mãos do coronel, dez, vinte, cem vezes. Mas nada, nada; tudo calado. Voltava a andar à toa, na sala, sentava-me, punha as mãos na cabeça; arrependia-me de ter vindo. – "Maldita a hora em que aceitei semelhante coisa!" exclamava. E descompunha o padre de Niterói, o médico, o vigário, os que me arranjaram o lugar, e os que me pediram para ficar mais algum tempo. Agarrava-me à cumplicidade dos outros homens.

Como o silêncio acabasse por aterrar-me, abri uma das janelas, para escutar o som do vento, se ventasse. Não ventava. A noite ia tranquila, as estrelas fulguravam, com a indiferença de pessoas que tiram o chapéu a um enterro que passa, e continuam a falar de outra coisa. Encostei-me ali por algum tempo, fitando a noite, deixando-me ir a uma recapitulação da vida, a ver se descansava da dor presente. Só então posso dizer que pensei claramente no castigo. Achei-me com um crime às costas e vi a punição certa. Aqui o temor complicou o remorso. Senti que os cabelos me ficavam de pé. Minutos depois, vi três ou quatro vultos de pessoas, no terreiro, espiando, com um ar de emboscada; recuei, os vultos esvaíram-se no ar; era uma alucinação.

Antes do alvorecer curei a contusão da face. Só então ousei voltar ao quarto. Recuei duas vezes, mas era preciso e entrei; ainda assim, não cheguei logo à cama. Tremiam-me as pernas, o coração batia-me; cheguei a pensar na fuga; mas era confessar o crime, e, ao contrário, urgia fazer desaparecer os vestígios dele. Fui até a cama; vi o cadáver, com os olhos arregalados e a boca aberta, como deixando passar a eterna palavra dos séculos: "Caim, que fizeste de teu irmão?" Vi no pescoço o sinal das minhas unhas; abotoei alto a camisa e cheguei ao queixo a ponta do lençol. Em seguida, chamei um escravo, disse-lhe que o coronel amanhecera morto; mandei recado ao vigário e ao médico.

A primeira ideia foi retirar-me logo cedo, a pretexto de ter meu irmão doente, e, na verdade, recebera carta dele, alguns dias antes, dizendo-me que se sentia mal. Mas adverti que a retirada imediata poderia fazer despertar suspeitas, e fiquei. Eu mesmo amortalhei o cadáver, com o auxílio de um preto velho e míope. Não saí da sala mortuária; tinha medo de que descobrissem alguma coisa. Queria ver no rosto dos outros se desconfiavam; mas não ousava fitar ninguém. Tudo me dava impaciências: os passos de ladrão com que entravam na sala, os cochichos, as cerimônias e as rezas do vigário. Vindo a hora, fechei o caixão, com as mãos trêmulas, tão trêmulas que uma pessoa, que reparou nelas, disse a outra com piedade:

– Coitado do Procópio! apesar do que padeceu, está muito sentido.

Pareceu-me ironia; estava ansioso por ver tudo acabado. Saímos à rua. A passagem da meia-escuridão da casa para a claridade da rua deu-me grande abalo; receei que fosse então impossível ocultar o crime. Meti os olhos no chão, e fui andando. Quando tudo acabou, respirei. Estava em paz com os homens. Não o estava com a consciência, e as primeiras noites foram naturalmente de desassossego e aflição. Não é preciso dizer que vim logo para o Rio de Janeiro, nem que vivi aqui aterrado, embora longe do crime; não ria, falava pouco, mal comia, tinha alucinações, pesadelos...

– Deixa lá o outro que morreu, diziam-me. Não é caso para tanta melancolia.

E eu aproveitava a ilusão, fazendo muitos elogios ao morto, chamando-lhe boa criatura, impertinente, é verdade, mas um coração de ouro. E, elogiando, convencia-me também, ao menos por alguns instantes. Outro fenômeno interessante, e que talvez lhe possa aproveitar, é que, não sendo religioso, mandei dizer uma missa pelo eterno descanso do coronel, na igreja do Sacramento. Não fiz convites, não disse nada a ninguém; fui ouvi-la, sozinho, e estive de joelhos todo o tempo, persignando-me a miúdo. Dobrei a espórtula[11] do padre, e distribuí esmolas à porta, tudo por intenção do finado. Não queria embair[12] os homens; a prova é que fui só. Para completar este ponto, acrescentarei que nunca aludia ao coronel, que não dissesse: "Deus lhe fale n'alma!" E contava dele algumas anedotas alegres, rompantes engraçados...

Sete dias depois de chegar ao Rio de Janeiro, recebi a carta do vigário, que lhe mostrei, dizendo-me que fora achado o testamento do coronel, e que eu era o herdeiro universal. Imagine o meu pasmo. Pareceu-me que lia mal, fui a meu irmão, fui aos amigos; todos leram a mesma coisa. Estava escrito; era eu o herdeiro universal do coronel. Cheguei a supor que fosse uma cilada; mas adverti logo que havia outros meios de capturar-me, se o crime estivesse descoberto. Demais, eu conhecia a probidade[13] do vigário, que não se prestaria a ser instrumento. Reli a carta, cinco, dez, muitas vezes; lá estava a notícia.

– Quanto tinha ele? perguntava-me meu irmão.

– Não sei, mas era rico.

– Realmente, provou que era teu amigo.

– Era... era...

Assim, por uma ironia da sorte, os bens do coronel vinham parar às minhas mãos. Cogitei em recusar a herança. Parecia-me odioso receber um vintém do tal espólio; era pior do que fazer-me esbirro[14] alugado. Pensei nisso três dias, e esbarrava sempre na consideração de que a recusa podia fazer desconfiar alguma coisa. No fim dos três dias, assentei num meio-termo; receberia a herança e dá-la-ia toda, aos bocados e às escondidas. Não era só escrúpulo; era também o modo de resgatar o crime por um ato de virtude; pareceu-me que ficava assim de contas saldas.

Preparei-me e segui para a vila. Em caminho, à proporção que me ia aproximando, recordava o triste sucesso; as cercanias da vila tinham um aspecto de tragédia, e a sombra do coronel parecia-me surgir de cada lado. A imaginação ia reproduzindo as palavras, os gestos, toda a noite horrenda do crime...

Crime ou luta? Realmente, foi uma luta em que eu, atacado, defendi-me, e na defesa... Foi uma luta, uma luta desgraçada, uma fatalidade. Fixei-me nessa ideia. E balanceava os agravos, punha no ativo as pancadas, as injúrias... Não era culpa do coronel, bem o sabia, era da moléstia, que o tornava assim rabugento e até mau... Mas eu perdoava tudo, tudo... O pior foi a fatalidade daquela noite... Considerei também que o coronel não podia viver muito mais; estava por pouco; ele mesmo o sentia e dizia. Viveria quanto? Duas semanas, ou uma; pode ser até que menos. Já não era vida, era um molambo de vida, se isto mesmo se podia chamar ao padecer contínuo do pobre homem... E quem sabe mesmo se a luta e a morte não foram apenas coincidentes? Podia ser, era até o mais provável; não foi outra coisa. Fixei-me também nessa ideia...

Perto da vila apertou-se-me o coração, e quis recuar; mas dominei-me e fui. Receberam-me com parabéns. O vigário disse-me as disposições do testamento, os legados pios[15], e de caminho ia louvando a mansidão cristã e o zelo com que eu servira ao coronel, que, apesar de áspero e duro, soube ser grato.

– Sem dúvida, dizia eu olhando para outra parte.

Estava atordoado. Toda a gente me elogiava a dedicação e a paciência. As primeiras necessidades do inventário detiveram-me algum tempo na vila. Constituí advogado: as coisas correram placidamente. Durante esse tempo, falava muita vez do coronel. Vinham contar-me coisas dele, mas sem a moderação do padre; eu defendia-o, apontava algumas virtudes, era austero...

– Qual austero! Já morreu, acabou; mas era o diabo.

E referiam-me casos duros, ações perversas, algumas extraordinárias. Quer que lhe diga? Eu, a princípio, ia ouvindo cheio de curiosidade; depois, entrou-me no coração um singular prazer, que eu, sinceramente, buscava expelir. E defendia o coronel, explicava-o, atribuía alguma coisa às rivalidades locais; confessava, sim, que era um pouco violento... Um pouco? Era uma cobra assanhada, interrompia-me o barbeiro; e todos, o coletor, o boticário, o escrivão[16], todos diziam a mesma coisa; e vinham outras anedotas, vinha toda a vida do defunto. Os velhos lembravam-se das crueldades dele, em menino. E o prazer íntimo, calado, insidioso, crescia dentro de mim, espécie de tênia moral, que por mais que a arrancasse aos pedaços, recompunha-se logo e ia ficando.

As obrigações do inventário distraíram-me; e por outro lado a opinião da vila era tão contrária ao coronel, que a vista dos lugares foi perdendo para mim a feição tenebrosa que a princípio achei neles. Entrando na posse da herança, converti-a em títulos[17] e dinheiro. Eram então passados muitos meses, e a ideia de distribuí-la toda em esmolas e donativos pios não me dominou como da primeira vez; achei mesmo que era afetação. Restringi o plano primitivo: distribuí alguma coisa aos pobres, dei à matriz da vila uns paramentos novos, fiz uma esmola à Santa Casa da Misericórdia, etc.: ao todo trinta e dois contos. Mandei também levantar um túmulo ao coronel, todo de mármore, obra de um napolitano, que aqui esteve até 1866, e foi morrer, creio eu, no Paraguai.

Os anos foram andando, a memória tornou-se cinzenta e desmaiada. Penso às vezes no coronel, mas sem os terrores dos primeiros dias. Todos os médicos a quem contei as moléstias dele, foram acordes em que a morte era certa, e só se admiravam de ter resistido tanto tempo. Pode ser que eu, involuntariamente, exagerasse a descrição que então lhes fiz; mas a verdade é que ele devia morrer, ainda que não fosse aquela fatalidade...

Adeus, meu caro senhor. Se achar que esses apontamentos valem alguma coisa, pague-me também com um túmulo de mármore, ao qual dará por epitáfio[18] esta emenda que faço aqui ao divino sermão da montanha: "Bem-aventurados os que possuem, porque eles serão consolados"[19].

* * *

Síntese Crítica

"O Enfermeiro"* é um relato escrito por Procópio José Gomes Valongo em forma de depoimento a um destinatário não identificado, que tem a intenção de aproveitá-lo em um livro. Procópio narra sua história e permite que ela seja publicada após sua morte, esperada para breve, uma vez que estava velho, doente e desenganado.

O depoimento de Procópio equivale à confissão de um crime impune. Ao longo de seu relato minucioso, busca configurar atenuantes para seu ato e constrói a hipótese de que a vítima, o coronel Felisberto, teria falecido de morte natural, ocorrida por uma fatal coincidência no momento em que fora atacada, para concluir que o coronel "*devia* morrer" [grifo meu]. Assinalamos o verbo "dever" em itálico para chamar a atenção sobre a ambiguidade que ele instaura no discurso. Por um lado, entende-se que o coronel "devia morrer" de uma hora para outra, por força das graves moléstias que o achacavam; por outro lado, pode-se compreender pela mesma locução que o coronel "merecia" a morte, porque sempre fora um homem mau. No segundo caso, Procópio teria

---

* Há um roteiro adaptado desse conto para o cinema. Dirigido por Mauro Farias e estrelado por Paulo Autran e Mateus Nachtergaele, *O Enfermeiro* (1998), o filme, é uma feliz transposição, fiel a Machado de Assis.

agido como justiceiro à margem da legalidade, beneficiando-se com a morte esperada de um homem detestado por toda a gente.

No romance *Crime e Castigo* (1866), de Dostoiévski, o protagonista, Raskólnikov, planeja o assassínio de uma velha agiota para roubá-la, considerando que ela havia vivido muito e era perniciosa à sociedade, enquanto ele, estudante pobre, mas talentoso, que desejava ser útil à sociedade, não poderia realizar seu potencial por falta de recursos. Assim, considerando que o critério moral de consenso não deveria ser aplicado no caso de pessoas superiores como ele, Raskólnikov executa o crime.

Não importa aqui se Machado de Assis conhecia ou não esse romance de Dostoiévski, mas a comparação que se pode estabelecer entre aquela obra do mestre russo e o conto do mestre brasileiro. Em ambos, trata-se de um crime que desencadeia na consciência de quem o comete um processo de remorso, de consciência perturbada pela culpa. Não obstante, há diferenças consideráveis: Raskólnikov premedita o crime, Procópio, não; Raskólnikov vê-se investigado pelo astuto juiz de instrução, Porfírii Petróvitch, enquanto Procópio fica livre de qualquer suspeita; o remorso do primeiro faz com que ele se entregue à justiça, o do segundo, não.

Na verdade, o remorso de Procópio dissipa-se gradativamente, desde a maior intensidade, que se verifica no intervalo entre o crime e o início do processo de inventário do coronel, até o desaparecimento, quando ele se apossa da herança e se convence de que o coronel "devia morrer, ainda que não fosse aquela fatalidade".

DIALÉTICA DE SENHOR E ESCRAVO

Ao contrário de Raskólnikov, que não se conforma com a pobreza, Procópio é perfeitamente ajustado à sua condição de inferioridade social. Isso fica claro no comportamento subserviente que mantém como enfermeiro do coronel, aturando com paciência a "vida de cão" que levava, suportando calado a dor das humilhações infligidas, chegando a rir das injúrias "com um ar de resignação e conformidade". Procópio tem consciência de que sua passividade perante a tirania agressiva do coronel "era um modo de lhe fazer a corte". Explicita-se, assim, o caráter social da relação entre enfermo e enfermeiro.

O coronel Felisberto é latifundiário e senhor de escravos. Ainda na infância, fora acostumado a mandar: "desde os cinco anos toda a gente lhe fazia a vontade". Desenvolvera um temperamento irascível e sádico, sentindo prazer com o sofrimento alheio, que ele mesmo infligia com violência e crueldade. Não se trata do retrato do senhor em geral, mas de um indivíduo hipotético, o coronel Felisberto, cujo caráter rígido de personagem plana é construído como caso extremo de liberdade no exercício do poder, facultada pelo lugar social que ele ocupa no contexto histórico do Brasil oitocentista, que serve de referente análogo ao da ficção. O retrato moral do coronel é, portanto, uma abstração que, em última análise, revela o caráter desumano da sociedade patriarcal, aristocrática e escravocrata do Segundo Império. Respeitadas as devidas diferenças, o poder do coronel Felisberto equivale ao do sultão de *As Cartas Persas* (1720), de Montesquieu, cuja relação com os outros é de senhor e coisa possuída.

A reificação das pessoas subalternas, mesmo das que não são propriamente escravas, como é o caso de Procópio, tem algo de escravidão. Essa condição a que se submete o homem livre, porém socialmente inferiorizado, é, aliás, sugerida pelo sobrenome do protagonista, Valongo, vocábulo que, no Brasil escravista, nomeava lugares onde funcionavam mercados de escravos. Não é à toa que o próprio coronel comenta que esse patronímico "não era nome de gente". Mas o senhor em causa, como vimos, é um modelo-limite dessa categoria social, caracterizado por toda a perversidade que o poder ilimitado faculta. O coronel não pode deixar de ser o déspota que ele é, resultando daí a violência com que trata o objeto que realiza sua vontade insaciável. A solicitude de Procópio, porém, cria no coronel uma relação de dependência, em que o senhor se escraviza ao escravo.

Todavia, a sujeição do objeto (Procópio) é tal que só pode ser rompida com um ato violento. Assim como em *As Cartas Persas*, de Montesquieu, ou em *A Cartuxa de Parma* (1839), de Stendhal, o déspota está sempre com a vida em perigo. O homem livre escravizado, objeto da felicidade do déspota, pode matar o senhor a qualquer momento, se essa for a única saída para o resgate da liberdade, desde que o crime não lhe seja imputado.

É o que ocorre com Procópio. De início, ele se sente vulnerável e teme ser descoberto, preso e castigado pelo crime cometido. É a atitude de quem se sabe culpado e tem consciência de que o sistema jurídico está a serviço dos poderosos. Ele, como pessoa humilde, seria presa fácil da justiça favorável aos senhores. O que o salva é o fato de o coronel, exatamente porque é um modelo-limite do poder ilimitado, ser insuportável aos seus próprios pares, que disfarçam o caráter desumano do próprio poder com a desqualificação da humanidade de Felisberto, de quem se diz que "era uma *cobra* assanhada" [grifo meu], como se a escravidão, com a qual estão de acordo, pudesse ter uma face humana.

Quando Procópio se apossa da herança, dá-se uma transformação em seu comportamento, associada à mudança de classe social e de estatuto moral. O sinal de mudança consiste na resolução de não doar toda a herança, a contrapelo da primeira intenção de seu escrúpulo moral. O desígnio inicial se reduz a doações que seriam generosas se não fossem espúrias. Ao matar o coronel, a vítima torna-se algoz; ao assumir o lugar de proprietário, usurpador. Contudo, Procópio passa a ocupar não exatamente a mesma posição social do coronel, mas algo análogo. As propriedades são convertidas em "títulos e dinheiro", de modo que o proprietário rural é substituído pelo capitalista urbano, visto que Procópio vai viver uma vida abastada na corte até o fim de seus dias.

A confiança na impunidade, garantida pela ascensão social inconteste, sobrepõe-se ao remorso, que sucumbe, finalmente, e é substituído pela convicção expressa no cínico comentário final do relato de Procópio. O ex-humilde enfermeiro, guindado pela fortuna às camadas superiores da sociedade, procede com desrespeito aos de baixo, de modo análogo à crueldade do coronel, ao parodiar malignamente o adágio do "divino sermão da montanha": "Bem-aventurados os que possuem, porque eles serão consolados".

ॐ O Diplomático ☯

A preta entrou na sala de jantar, chegou-se à mesa rodeada de gente, e falou baixinho à senhora. Parece que lhe pedia alguma coisa urgente, porque a senhora levantou-se logo.

– Ficamos esperando, d. Adelaide?
– Não espere, não, sr. Rangel; vá continuando, eu entro depois.

Rangel era o leitor do livro de sortes. Voltou a página, e recitou um título: "Se alguém *lhe*[1] ama em segredo". Movimento geral; moças e rapazes sorriram uns para os outros. Estamos na noite de S. João de 1854, e a casa é na rua das Mangueiras. Chama-se João o dono da casa, João Viegas, e tem uma filha, Joaninha. Usa-se todos os anos a mesma reunião de parentes e amigos, arde uma fogueira no quintal, assam-se as batatas do costume, e tiram-se sortes. Também há ceia, às vezes dança, e algum jogo de prendas, tudo familiar. João Viegas é escrivão de uma vara cível da corte.

– Vamos. Quem começa agora? disse ele. Há de ser d. Felismina. Vamos ver se alguém *lhe*[2] ama em segredo.

D. Felismina sorriu amarelo. Era uma boa quarentona, sem prendas nem rendas, que vivia espiando um marido por baixo das pálpebras devotas. Em verdade, o gracejo era duro, mas natural. D. Felismina era o modelo acabado daquelas criaturas indulgentes e mansas, que parecem ter nascido para divertir os outros. Pegou e lançou os dados com um ar de complacência incrédula. Número dez, bradaram duas vozes. Rangel desceu os olhos ao baixo da página, viu a quadra correspondente ao número, e leu-a: dizia que sim, que havia uma pessoa, que ela devia procurar domingo, na igreja, quando fosse à missa. Toda a mesa deu parabéns a d. Felismina, que sorriu com desdém, mas interiormente esperançada.

Outros pegaram nos dados, e Rangel continuou a ler a sorte de cada um. Lia espevitadamente[3]. De quando em quando, tirava os óculos e limpava-os com muito vagar na ponta do lenço de cambraia, – ou por ser cambraia, ou por exalar um fino cheiro de bogari[4]. Presumia de grande maneira, e ali chamavam-lhe "o diplomático".

– Ande, *seu*[5] diplomático, continue.

Rangel estremeceu; esquecera-se de ler uma sorte, embebido em percorrer a fila de moças que ficava do outro lado da mesa. Namorava alguma? Vamos por partes.

Era solteiro, por obra das circunstâncias, não de vocação. Em rapaz teve alguns namoricos de esquina, mas com o tempo apareceu-lhe a comichão das grandezas, e foi isto que lhe prolongou o celibato até os quarenta e um anos, em que o vemos. Cobiçava alguma noiva superior a ele e à roda em que vivia, e gastou o tempo em esperá-la. Chegou a frequentar os bailes de um advogado célebre e rico, para quem copiava papéis, e que o protegia muito. Tinha nos bailes a mesma posição subalterna do escritório; passava a noite vagando pelos corredores, espiando o salão, vendo passar as senhoras, devorando com os olhos uma multidão de espáduas magníficas e talhes graciosos. Invejava os homens, e copiava-os. Saía dali excitado e resoluto. Em falta de bailes, ia às festas de igreja, onde poderia ver algumas das primeiras moças da cidade. Também era certo no saguão do paço[6] imperial, em dia de cortejo, para ver entrar as grandes damas e as pessoas da corte, ministros, generais, diplomatas, desembargadores, e conhecia tudo e todos, pessoas e carruagens. Voltava da festa e do cortejo, como voltava do baile, impetuoso, ardente, capaz de arrebatar de um lance a palma[7] da fortuna.

O pior é que entre a espiga e a mão, há o tal muro do poeta, e o Rangel não era homem de saltar muros. De imaginação fazia tudo, raptava mulheres e destruía cidades. Mais de uma vez foi, consigo mesmo, ministro de Estado, e fartou-se de cortesias e decretos. Chegou ao extremo de aclamar-se imperador, um dia, 2 de dezembro, ao voltar da parada no largo do Paço; imaginou para isso uma revolução, em que derramou algum sangue, pouco, e uma ditadura benéfica, em que apenas vingou alguns pequenos desgostos de escrevente. Cá fora, porém, todas as suas proezas eram fábulas. Na realidade, era pacato e discreto.

Aos quarenta anos desenganou-se das ambições; mas a índole ficou a mesma, e, não obstante a vocação conjugal, não achou noiva. Mais de uma o aceitaria com muito prazer; ele perdia-as todas à força de circunspecção. Um dia, reparou em Joaninha, que chegava aos dezenove anos e possuía um par de olhos lindos e sossegados, – virgens de toda a conversação masculina. Rangel conhecia-a desde criança, andara com ela ao colo, no Passeio Público, ou nas noites de fogo da Lapa[8]; como falar-lhe de amor? Mas, por outro lado, as relações dele na casa eram tais, que podiam facilitar-lhe o casamento; e, ou este ou nenhum outro.

Desta vez, o muro não era alto, e a espiga era baixinha: bastava esticar o braço com algum esforço, para arrancá-la do pé.

Rangel andava neste trabalho desde alguns meses. Não esticava o braço, sem espiar primeiro para todos os lados, a ver se vinha alguém, e, se vinha alguém, disfarçava e ia-se embora. Quando chegava a esticá-lo, acontecia que uma lufada de vento meneava a espiga ou algum passarinho andava ali nas folhas secas, e não era preciso mais para que ele recolhesse a mão. Ia-se assim o tempo, e a paixão entranhava-se-lhe, causa de muitas horas de angústia, a que seguiam sempre melhores esperanças. Agora mesmo traz ele a primeira carta de amor, disposto a entregá-la. Já teve duas ou três ocasiões boas, mas vai sempre espaçando; a noite é tão comprida! Entretanto, continua a ler as sortes, com a solenidade de um áugure[9].

Tudo, em volta, é alegre. Cochicham ou riem, ou falam ao mesmo tempo. O tio Rufino, que é o gaiato da família, anda à roda da mesa com uma pena, fazendo cócegas nas orelhas das moças. João Viegas está ansioso por um amigo, que se demora, o Calisto. Onde se meteria o Calisto?

– Rua, rua, preciso da mesa; vamos para a sala de visitas.

Era d. Adelaide que tornava; ia pôr-se a mesa para a ceia. Toda a gente emigrou, e andando é que se podia ver bem como era graciosa a filha do escrivão. Rangel acompanhou-a com grandes olhos namorados. Ela foi à janela, por alguns instantes, enquanto se preparava um jogo de prendas, e ele foi também; era a ocasião de entregar-lhe a carta.

Defronte, numa casa grande, havia um baile, e dançava-se. Ela olhava, ele olhou também. Pelas janelas viam passar os pares, cadenciados, as senhoras com as suas sedas e rendas, os cavalheiros finos e elegantes, alguns condecorados. De quando em quando, uma faísca de diamantes, rápida, fugitiva, no giro da dança. Pares que conversavam, dragonas[10] que reluziam, bustos de homem, inclinados, gestos de leque, tudo isso em pedaços, através das janelas, que não podiam mostrar todo o salão, mas adivinhava-se o resto. Ele, ao menos, conhecia tudo, e dizia tudo à filha do escrivão. O demônio das grandezas, que parecia dormir, entrou a fazer as suas arlequinadas[11] no coração do nosso homem, e ei-lo que tenta seduzir também o coração da outra.

– Conheço uma pessoa que estaria ali muito bem, murmurou o Rangel.

E Joaninha, com ingenuidade:

– Era o senhor.

Rangel sorriu lisonjeado, e não achou que dizer. Olhou para os lacaios e cocheiros, de libré[12], na rua, conversando em grupos ou reclinados no tejadilho[13] dos carros. Começou a designar carros: este é do Olinda, aquele é do Maranguape; mas aí vem outro, rodando, do lado da rua da Lapa, e entra na rua das Mangueiras. Parou defronte; salta o lacaio, abre a portinhola, tira o chapéu e perfila-se. Sai de dentro uma calva, uma cabeça, um homem, duas comendas[14], depois uma senhora ricamente vestida; entram no saguão, e sobem a escadaria, forrada de tapete e ornada embaixo com dois grandes vasos.

– Joaninha, sr. Rangel...

Maldito jogo de prendas! Justamente quando ele formulava, na cabeça, uma insinuação a propósito do casal que subia, e ia assim passar naturalmente à entrega da carta... Rangel obedeceu, e sentou-se defronte da moça. D. Adelaide, que dirigia o jogo de prendas, recolhia os nomes; cada pessoa devia ser uma flor. Está claro que o tio Rufino, sempre gaiato, escolheu para si a flor da abóbora. Quanto ao Rangel, querendo fugir ao trivial, comparou mentalmente as flores, e quando a dona da casa lhe perguntou pela dele, respondeu com doçura e pausa:

– Maravilha, minha senhora.

– O pior é não estar cá o Calisto! suspirou o escrivão.

– Ele disse mesmo que vinha?

– Disse; ainda ontem foi ao cartório, de propósito, avisar-me de que viria tarde, mas que contasse com ele: tinha de ir a uma brincadeira na rua da Carioca...

– Licença para dois! bradou uma voz no corredor.

– Ora graças! está aí o homem!

João Viegas foi abrir a porta; era o Calisto, acompanhado de um rapaz estranho, que ele apresentou a todos em geral: – "Queirós, empregado na Santa Casa; não é meu parente, apesar de se parecer muito comigo; quem vê um, vê outro..." Toda a gente riu; era uma pilhéria do Calisto, feio como o diabo, – ao passo que o Queirós era um bonito rapaz de vinte e seis a vinte e sete anos, cabelo negro, olhos negros e singularmente esbelto. As moças retraíram-se um pouco; d. Felismina abriu todas as velas[15].

– Estávamos jogando prendas, os senhores podem entrar também, disse a dona da casa. Joga, sr. Queirós?

Queirós respondeu afirmativamente e passou a examinar as outras pessoas. Conhecia algumas, e trocou duas ou três palavras com elas. Ao João Viegas disse que desde muito tempo desejava conhecê-lo, por causa de um favor que o pai lhe deveu outrora, negócio de foro. João Viegas não se lembrava de nada, nem ainda depois que ele lhe disse o que era; mas gostou de ouvir a notícia, em público, olhou para todos, e durante alguns minutos regalou-se calado.

Queirós entrou em cheio no jogo. No fim de meia hora, estava familiar da casa. Todo ele era ação, falava com desembaraço, tinha os gestos naturais e espontâneos. Possuía um vasto repertório de castigos para jogo de prendas, coisa que encantou a toda a sociedade, e ninguém os dirigia melhor, com tanto movimento e animação, indo de um lado para outro, concertando os grupos, puxando cadeiras, falando às moças, como se houvesse brincado com elas em criança.

– D. Joaninha aqui, nesta cadeira; d. Cesária, deste lado, em pé, e o sr. Camilo entra por aquela porta... Assim, não: olhe, assim de maneira que...

Teso na cadeira, o Rangel estava atônito. Donde vinha esse furacão? E o furacão ia soprando, levando os chapéus dos homens, e despenteando as moças, que riam de contentes: Queirós daqui, Queirós dali, Queirós de todos os lados. Rangel passou da estupefação à mortificação. Era o cetro que lhe caía das mãos. Não olhava para o outro, não se ria do que ele dizia, e respondia-lhe seco. Interiormente, mordia-se e mandava-o ao diabo, chamava-o bobo alegre, que fazia rir e agradava, porque nas noites de festa tudo é festa. Mas, repetindo essas e piores coisas, não chegava a reaver a liberdade de espírito. Padecia deveras, no mais íntimo do amor-próprio; e o pior é que o outro percebeu toda essa agitação, e o péssimo é que ele percebeu que era percebido.

Rangel, assim como sonhava os bens, assim também as vinganças. De cabeça, espatifou o Queirós; depois cogitou a possibilidade de um desastre qualquer, uma dor bastava, mas coisa forte, que levasse dali aquele intruso. Nenhuma dor, nada; o diabo parecia cada vez mais lépido, e toda a sala fascinada por ele. A própria Joaninha, tão acanhada, vibrava nas mãos de Queirós, como as outras moças; e todos, homens e mulheres, pareciam empenhados em servi-lo. Tendo ele falado em dançar, as moças foram ter com o tio Rufino, e pediram-lhe que tocasse uma quadrilha na flauta, uma só, não se lhe pedia mais.

– Não posso, dói-me um calo.

– Flauta? bradou o Calisto. Peçam ao Queirós que nos toque alguma coisa, e verão o que é flauta... Vai buscar a flauta, Rufino. Ouçam o Queirós. Não imaginam como ele é saudoso na flauta!

Queirós tocou a *Casta Diva*[16]. Que coisa ridícula! dizia consigo o Rangel; – uma música que até os moleques assobiam na rua. Olhava para ele, de revés, para considerar se aquilo era posição de homem sério; e concluía que a flauta era um instrumento grotesco. Olhou também para Joaninha, e viu que, como todas as outras pessoas, tinha a atenção no Queirós, embebida, namorada dos sons da música, e estremeceu, sem saber por quê. Os demais semblantes mostravam a mesma expressão dela, e, contudo, sentiu alguma coisa que lhe complicou a aversão ao intruso. Quando a flauta acabou, Joaninha aplaudiu menos que os outros, e Rangel entrou em dúvida se era o habitual acanhamento, se alguma especial comoção... Urgia entregar-lhe a carta.

Chegou a ceia. Toda a gente entrou confusamente na sala, e felizmente para o Rangel, coube-lhe ficar defronte de Joaninha, cujos olhos estavam mais belos que nunca e tão derramados, que não pareciam os do costume. Rangel saboreou-os caladamente, e reconstruiu todo o seu sonho que o diabo do Queirós abalara com um piparote. Foi assim que tornou a ver-se, ao lado dela, na casa que ia alugar, berço de noivos, que ele enfeitou com os ouros da imaginação. Chegou a tirar um prêmio na loteria e a empregá-lo todo em sedas e joias para a mulher, a linda Joaninha, – Joaninha Rangel, – d. Joaninha Rangel, – d. Joana Viegas Rangel, – ou d. Joana Cândida Viegas Rangel... Não podia tirar o Cândida...

– Vamos, uma saúde, *seu* diplomático... faça uma saúde daquelas...

Rangel acordou; a mesa inteira repetia a lembrança do tio Rufino; a própria Joaninha pedia-lhe uma saúde, como a do ano passado. Rangel respondeu que ia obedecer; era só acabar aquela asa de galinha. Movimento, cochichos de louvor; d. Adelaide, dizendo-lhe uma moça que nunca ouvira falar o Rangel:

– Não? perguntou com pasmo. Não imagina; fala muito bem, muito explicado, palavras escolhidas, e uns bonitos modos...

Comendo, ia ele dando rebate a algumas reminiscências, frangalhos de ideias, que lhe serviam para o arranjo das frases e metáforas. Acabou e pôs-se de pé. Tinha o ar satisfeito e cheio de si. Afinal, vinham bater-lhe à porta. Cessara a farandolagem[17] das anedotas, das pilhérias sem alma, e vinham ter com ele para ouvir alguma coisa correta e grave. Olhou em derredor, viu todos os olhos levantados, esperando. Todos não; os de Joaninha enviesavam-se na direção do Queirós, e os deste vinham esperá-los a meio caminho, numa cavalgada de promessas. Rangel empalideceu. A palavra morreu-lhe na garganta; mas era preciso falar, esperavam por ele, com simpatia, em silêncio.

Obedeceu mal. Era justamente um brinde ao dono da casa e à filha. Chamava a esta um pensamento de Deus, transportado da imortalidade à realidade, frase que empregara três anos antes, e devia estar esquecida. Falava também do santuário da família, do altar da amizade, e da gratidão, que é a flor dos corações puros. Onde não havia sentido, a frase era mais especiosa[18] ou retumbante. Ao todo, um brinde de dez minutos bem puxados, que ele despachou em cinco, e sentou-se.

Não era tudo. Queirós levantou-se logo, dois ou três minutos depois, para outro brinde, e o silêncio foi ainda mais pronto e completo. Joaninha meteu os olhos no regaço, vexada do que ele iria dizer; Rangel teve um arrepio.

– O ilustre amigo desta casa, o sr. Rangel, – disse Queirós, – bebeu às duas pessoas cujo nome é o do santo de hoje; eu bebo àquela que é a santa de todos os dias, a d. Adelaide.

Grandes aplausos aclamaram esta lembrança, e d. Adelaide, lisonjeada, recebeu os cumprimentos de cada conviva. A filha não ficou em cumprimentos. – Mamãe! mamãe! exclamou, levantando-se; e foi abraçá-la e beijá-la três e quatro vezes; – espécie de carta para ser lida por duas pessoas.

Rangel passou da cólera ao desânimo, e, acabada a ceia, pensou em retirar-se. Mas a esperança, demônio de olhos verdes, pediu-lhe que ficasse, e ficou. Quem sabe? Era tudo passageiro, coisas de uma noite, namoro de S. João; afinal, ele era amigo da casa, e tinha a estima da família; bastava que pedisse a moça, para obtê-la. E depois esse Queirós podia não ter meios de casar. Que emprego era o dele na Santa Casa? Talvez alguma coisa reles... Nisto, olhou obliquamente para a roupa de Queirós, enfiou-se-lhe pelas costuras, escrutou[19] o bordadinho da camisa, apalpou os joelhos das calças, a ver-lhe o uso, e os sapatos, e concluiu que era um rapaz caprichoso, mas provavelmente gastava tudo consigo, e casar era negócio sério. Podia ser também que tivesse mãe viúva, irmãs solteiras... Rangel era só.

– Tio Rufino, toque uma quadrilha.

– Não posso; flauta depois de comer faz indigestão. Vamos a um víspora[20].

Rangel declarou que não podia jogar, estava com dor de cabeça: mas Joaninha veio a ele e pediu-lhe que jogasse com ela, de sociedade. – "Meia coleção para o senhor, e meia para mim", disse ela, sorrindo; ele sorriu também e aceitou. Sentaram-se ao pé um do outro. Joaninha falava-lhe, ria, levantava para ele os belos olhos, inquieta, mexendo muito a cabeça para todos os lados. Rangel sentiu-se melhor, e não tardou que se sentisse inteiramente bem. Ia marcando à toa, esquecendo alguns números, que ela lhe apontava com o dedo, – um dedo de ninfa, dizia ele, consigo; e os descuidos passaram a ser de propósito, para ver o dedo da moça, e ouvi-la ralhar: "O senhor é muito esquecido; olhe que assim perdemos o nosso dinheiro..."

Rangel pensou em entregar-lhe a carta por baixo da mesa; mas não estando declarados, era natural que ela a recebesse com espanto e estragasse tudo; cumpria avisá-la. Olhou em volta da mesa: todos os rostos estavam inclinados sobre os cartões, seguindo atentamente os números. Então, ele inclinou-se à direita, e baixou os olhos aos cartões de Joaninha, como para verificar alguma coisa.

– Já tem duas quadras, cochichou ele.
– Duas, não; tenho três.
– Três, é verdade, três. Escute...
– E o senhor?
– Eu duas.
– Que duas o quê? São quatro.

Eram quatro; ela mostrou-lhas inclinada, roçando quase a orelha pelos lábios dele; depois, fitou-o rindo e abanando a cabeça: "O senhor! o senhor!" Rangel ouviu isto com singular deleite; a voz era tão doce, e a expressão tão amiga, que ele esqueceu tudo, agarrou-a pela cintura, e lançou-se com ela na eterna valsa das quimeras[21]. Casa, mesa, convivas, tudo desapareceu, como obra vã da imaginação, para só ficar a realidade única, ele e ela, girando no espaço, debaixo de um milhão de estrelas, acesas de propósito para alumiá-los.

Nem carta, nem nada. Perto da manhã foram todos para a janela ver sair os convidados do baile fronteiro. Rangel recuou espantado. Viu um aperto de dedos entre o Queirós e a bela Joaninha. Quis explicá-lo, eram aparências, mas tão depressa destruía uma como vinham outras e outras, à maneira das ondas que não acabam mais. Custava-lhe entender que uma só noite, algumas horas bastassem a ligar assim duas criaturas; mas era a verdade clara e viva dos modos de ambos, dos olhos, das palavras, dos risos, e até da saudade com que se despediram de manhã.

Saiu tonto. Uma só noite, algumas horas apenas! Em casa, aonde chegou tarde, deitou-se na cama, não para dormir, mas para romper em soluços. Só consigo, foi-se-lhe o aparelho da afetação, e já não era o diplomático, era o energúmeno[22], que rolava na cama, bradando, chorando como uma criança, infeliz deveras, por esse triste amor do outono. O pobre-diabo, feito de devaneio, indolência e afetação, era, em substância, tão desgraçado como Otelo, e teve um desfecho mais cruel.

Otelo mata Desdêmona[23]; o nosso namorado, em quem ninguém pressentira nunca a paixão encoberta, serviu de testemunha ao Queirós, quando este se casou com Joaninha, seis meses depois.

Nem os acontecimentos, nem os anos lhe mudaram a índole. Quando rompeu a guerra do Paraguai, teve ideia muitas vezes de alistar-se como oficial de voluntários; não o fez nunca; mas é certo que ganhou algumas batalhas e acabou brigadeiro[24].

* * *

Síntese Crítica

O conto aborda o tradicional tema do amor tardio fadado à frustração, vivenciado por uma personagem de caráter problemático, visto que Rangel, o protagonista, se divide entre a mesquinha vida real e os sonhos de grandeza.

A proximidade com a elite desperta em Rangel o desejo de ascensão social. Sonhando casar-se com mulher de categoria superior à sua, torna-se um solteirão. Já maduro, ajusta sua ambição alguns degraus abaixo do que almejara durante tantos anos. Passa, então, a cultivar um "triste amor do outono" pela filha do amigo João Viegas, a qual chegara a carregar no colo.

A descrição da festa que dá início ao conto na casa de João Viegas, "escrivão de uma vara cível da corte", ajuda a configurar a camada social em que circulam o anfitrião e os seus convidados. Deduz-se que a casa de Viegas seja espaçosa, pois comporta muitos amigos para a ceia servida entre brincadeiras de quintal (fogueira, batatas assadas) e de salão (jogo de prendas, música e "às vezes dança").

Não se deve supor, no entanto, que Viegas seja rico, embora possua alguns escravos; a mediocridade é a categoria que melhor se ajusta à sua condição social. Isso fica evidente por certos detalhes flagrados pelo narrador onisciente, que acabam por configurar um ambiente sociocultural subalterno. Por exemplo, o erro gramatical contido no livro de prendas, lido alto por Rangel e repetido sem correção por Viegas: "Se alguém *lhe* ama em segredo"; "Há de ser d. Felismina. Vamos ver se alguém *lhe* ama em segredo" [grifos do narrador]. Além do erro gramatical, nota-se certo relaxamento de costumes no modo zombeteiro com que Viegas trata a solteirona Felismina. A linguagem informal dos convivas é ainda registrada em duas apóstrofes dirigidas a Rangel, chamado pelo apelido com que era familiarmente tratado naquela roda: "Ande, *seu* diplomático, continue"; "Vamos, uma saúde, *seu* diplomático... faça uma saúde daquelas...". O brinde de Rangel, constituído de retórica gasta por lugares-comuns, é, no entanto, aplaudido pela audiência, que aprecia tais discursos sofríveis como se fossem exemplo de boa oratória. Essa opinião explicita a medida intelectual da roda, em consonância com seu *status* social mediano. A "casa grande" defronte à residência de Viegas, onde transcorre um baile da alta sociedade, serve de parâmetro para delimitar melhor o lugar social em que as personagens centrais se movimentam, ou seja, o da classe média carioca do Segundo Império.

Rangel observa minuciosamente a vida elegante e os modos da elite, na condição de espectador ou, no máximo, figurante subalterno. Seu jeito pausado de falar, sua circunspecção e solenidade são imitações dos modelos que contemplava nos círculos superiores. A imagem de homem formal que compôs para si inspirara o apelido de "diplomático", que lhe era atribuído por seus pares. Tal apelido expressa a distinção que Rangel gozava em sua roda, mas, também, o seu deslocamento em relação a ela. O narrador observa que a "circunspecção" de Rangel era a razão pela qual ele permanecia solteiro, "não obstante a vocação conjugal"; Joaninha diz que Rangel estaria bem no baile elegante que se dava defronte.

Exteriormente, Rangel incorpora o papel de homem distinto, embora a máscara não passe de uma imitação medíocre. A inautenticidade dos modos de Rangel, flagrada pelo narrador, revela uma imagem caricata, algo acaciana.

O que Rangel se esforça por parecer não é reconhecido como tal nas altas rodas, onde ocupava "a mesma posição subalterna do escritório". Em seu meio, a figura de "diplomático" obtém certo destaque, mas provoca seu relativo isolamento, pois só em parte consegue integrar-se ao círculo a que pertencia.

Rangel é "pacato e discreto", mas é protagonista de proezas heroicas na imaginação. Em sua fantasia, é destruidor de cidades, raptor de mulheres, ministro de Estado e, até mesmo, imperador. Há uma nítida dissociação entre a imagem exterior e a interior, mas ambas são expressão do mesmo temperamento fantasista que o caráter de Rangel configura. Assim, o tema do amor serôdio se associa ao da duplicidade da vida moral para compor o perfil de um sonhador fracassado.

O único momento em que interioridade e exterioridade coincidem é aquele em que Rangel chora convulsivamente, mas isso se dá quando ele está só em seu quarto, sofrendo a decepção sentida na festa de João Viegas, em que viu Joaninha, sua última esperança de casamento, ser arrebatada por Queirós. A desconstrução da imagem de "diplomático", realizada pelo narrador, chega a ser violenta: "Só consigo, foi-se-lhe o aparelho da afetação, e já não era o diplomático, era o energúmeno, que rolava na cama, bradando, chorando como uma criança, infeliz deveras, por esse triste amor de outono".

O pateticismo da figura descomposta de Rangel serve de ponte para o narrador estabelecer uma irônica relação entre o medíocre protagonista de seu relato e o trágico Otelo shakespeariano. Apesar das diferenças que os separam, ambos sofrem em função do temperamento romântico que compartilham e das fantasias em que se enredam.

ଓଃ Mariana ຍວ

I

—Que será feito de Mariana? perguntou Evaristo a si mesmo, no largo da Carioca, ao despedir-se de um velho amigo, que lhe fez lembrar aquela velha amiga.

Era em 1890. Evaristo voltara da Europa, dias antes, após dezoito anos de ausência. Tinha saído do Rio de Janeiro em 1872, e contava demorar-se até 1874 ou 1875, depois de ver algumas cidades célebres ou curiosas; mas o viajante põe e Paris dispõe. Uma vez entrado naquele mundo, em 1873, Evaristo deixou-se ir ficando, além do prazo determinado; adiou a viagem um ano, outro ano, e afinal não pensou mais na volta. Desinteressara-se das nossas coisas; ultimamente nem lia os jornais daqui; era um estudante pobre da Bahia, que os ia buscar emprestados, e lhe referia depois uma ou outra notícia de vulto. Senão quando, em novembro de 1889, entra-lhe em casa um *reporter*[1] parisiense, que lhe fala de revolução no Rio de Janeiro, pede informações políticas, sociais, biográficas. Evaristo refletiu.

– Meu caro senhor, disse ao *reporter*, acho melhor ir eu mesmo buscá-las.

Não tendo partido, nem opiniões, nem parentes próximos, nem interesses (todos os seus haveres estavam na Europa), mal se explica a resolução súbita de Evaristo pela simples curiosidade, e contudo não houve outro motivo. Quis ver o novo aspecto das coisas. Indagou da data de uma primeira representação no Odéon[2], comédia de um amigo, calculou que, saindo no primeiro paquete[3] e voltando três paquetes depois, chegaria a tempo de comprar bilhete e entrar no teatro; fez as malas, correu a Bordéus[4], e embarcou.

– Que será feito de Mariana? repetia agora, descendo a rua da Assembleia. Talvez morta... Se ainda viver, deve estar outra; há de andar pelos seus quarenta e cinco... Upa! quarenta e oito; era mais moça que eu uns cinco anos. Quarenta e oito... Bela mulher! grande mulher! belos e grandes amores!

Teve desejo de vê-la. Indagou discretamente, soube que vivia e morava na mesma casa em que a deixou, rua do Engenho Velho; mas não aparecia desde alguns meses, por causa do marido, que estava mal, parece que à morte.

– Ela também deve estar escangalhada, disse Evaristo ao conhecido que lhe dava aquelas informações.

– Homem, não. A última vez que a vi, achei-a frescalhona. Não se lhe dá mais de quarenta anos. Você quer saber uma coisa? Há por aí roseiras magníficas, mas os nossos cedros de 1860 a 1865 parece que não nascem mais[5].

– Nascem; você não os vê, porque já não sobe ao Líbano[6], retorquiu[7] Evaristo.

Crescera-lhe o desejo de ver Mariana. Que olhos teriam um para o outro? Que visões antigas viriam transformar a realidade presente? A viagem de Evaristo, cumpre sabê-lo, não foi de recreio, senão de cura. Agora que a lei do tempo fizera a sua obra, que efeito produziria neles, quando se encontrassem, o espectro de 1872, aquele triste ano da separação que quase o pôs doido, e quase a deixou morta?

II

Dias depois apeava-se ele de um tílburi à porta de Mariana, e dava um cartão[8] ao criado, que lhe abriu a sala.

Enquanto esperava circulou os olhos e ficou impressionado. Os móveis eram os mesmos de dezoito anos antes. A memória, incapaz de os recompor na ausência, reconheceu-os a todos, assim como a disposição deles, que não mudara. Tinham o aspecto vetusto[9]. As próprias flores artificiais de uma grande jarra, que estava sobre um aparador, haviam desbotado com o tempo. Tudo ossos dispersos, que a imaginação podia enfeixar para restaurar uma figura, a que só faltasse a alma.

Mas não faltava a alma. Pendente da parede, por cima do canapé, estava o retrato de Mariana. Tinha sido pintado quando ela contava vinte e cinco anos; a moldura, dourada uma só vez, descascando em alguns lugares, contrastava com a figura ridente[10] e fresca. O tempo não descolara a formosura. Mariana estava ali, trajada à moda de 1865, com os seus lindos olhos redondos e namorados. Era o único alento vivo da sala; mas só ele bastava a dar à decrepitude ambiente a fugidia mocidade. Grande foi a comoção de Evaristo. Havia uma cadeira defronte do retrato, ele sentou-se nela, e ficou a mirar a moça de outro tempo. Os olhos pintados fitavam também os naturais, porventura admirados do encontro e da mudança, porque os naturais não tinham o calor e a graça da pintura. Mas pouco durou a diferença; a vida anterior do homem restituiu-lhe a verdura exterior, e os olhos embeberam-se uns nos outros, e todos nos seus velhos pecados.

Depois, vagarosamente, Mariana desceu da tela e da moldura, e veio sentar-se defronte de Evaristo, inclinou-se, estendeu os braços sobre os joelhos e abriu as mãos. Evaristo entregou-lhes as suas, e as quatro apertaram-se cordialmente. Nenhum perguntou nada que se referisse ao passado, porque ainda não havia passado; ambos estavam no presente, as horas tinham parado, tão instantâneas e tão fixas, que pareciam haver sido ensaiadas na véspera para esta representação única e interminável. Todos os relógios da cidade e do mundo quebraram discretamente as cordas, e todos os relojoeiros trocaram de ofício. Adeus, velho *lago* de Lamartine![11] Evaristo e Mariana tinham ancorado no oceano dos tempos[12]. E aí vieram as palavras mais doces que jamais disseram lábios de homem nem de mulher, e as mais ardentes também, e as mudas, e as tresloucadas, e as expirantes, e as de ciúmes, e as de perdão.

– Estás bom?
– Bom; e tu?
– Morria por ti. Há uma hora que te espero, ansiosa, quase chorando; mas bem vês que estou risonha e alegre, tudo porque o melhor dos homens entrou nesta sala. Por que te demoraste tanto?
– Tive duas interrupções em caminho; e a segunda muito maior que a primeira.
– Se tu me amasses deveras, gastarias dois minutos com as duas, e estarias aqui há três quartos de hora. Que riso é esse?
– A segunda interrupção foi teu marido.
Mariana estremeceu.
– Foi aqui perto, continuou Evaristo; falamos de ti, ele primeiro, a propósito não sei de quê, e falou com bondade, quase que com ternura. Cheguei a crer que era um laço, um modo de captar a minha confiança. Afinal despedimo-nos; mas eu ainda fiquei espiando, a ver se ele voltava; não vi ninguém. Aí está a causa da minha demora; aí tens também a causa dos meus tormentos.

– Não venhas outra vez com essa eterna desconfiança, atalhou Mariana sorrindo, como na tela, há pouco. Que quer você que eu faça? Xavier é meu marido; não hei de mandá-lo embora, nem castigá-lo, nem matá-lo, só porque eu e você nos amamos.

– Não digo que o mates; mas tu o amas, Mariana.

– Amo-te e a ninguém mais, respondeu ela, evitando assim a resposta negativa, que lhe pareceu demasiado crua.

Foi o que pensou Evaristo; mas não aceitou a delicadeza da forma indireta. Só a negativa rude e simples poderia contentá-lo.

– Tu o amas, insistiu ele.

Mariana refletiu um instante.

– Para que hás de revolver a minha alma e o meu passado? disse ela. Para nós, o mundo começou há quatro meses, e não acabará mais, – ou acabará quando você se aborrecer de mim, porque eu não mudarei nunca...

Evaristo ajoelhou-se, puxou-lhe os braços, beijou-lhe as mãos, e fechou nelas o rosto; finalmente, deixou cair a cabeça nos joelhos de Mariana. Ficaram assim alguns instantes, até que ela sentiu os dedos úmidos, ergueu-lhe a cabeça e viu-lhe os olhos rasos de água. Que era?

– Nada, disse ele; adeus.

– Mas que foi?!

– Tu o amas, tornou Evaristo, e esta ideia apavora-me ao mesmo tempo que me aflige, porque eu sou capaz de matá-lo, se tiver certeza de que ainda o amas.

– Você é um homem singular, retorquiu Mariana, depois de enxugar os olhos de Evaristo com os cabelos, que despenteara às pressas, para servi-lo com o melhor lenço do mundo. Que o amo? Não, já não o amo, aí tens a resposta. Mas já agora hás de consentir que te diga tudo, porque a minha índole não admite meias confidências.

Desta vez foi Evaristo que estremeceu; mas a curiosidade mordia-lhe a ele o coração, em tal maneira, que não houve mais temer, senão aguardar e escutar. Apoiado nos joelhos dela, ouviu a narração, que foi curta. Mariana referiu o casamento, a resistência do pai, a dor da mãe, e a perseverança dela e de Xavier. Esperaram dez meses, firmes, ela já menos paciente que ele, porque a paixão que a tomou, tinha toda a força necessária para as decisões violentas. Que de lágrimas verteu por ele! Que de maldições lhe saíram do coração contra os pais, e foram sufocadas por ela, que temia a Deus, e não quisera que essas palavras, como armas de parricídio[13], a condenassem, pior que ao inferno, à eterna separação do homem a quem amava. Venceu a constância, o tempo desarmou os velhos, e o casamento se fez, lá se iam sete anos. A paixão dos noivos prolongou-se na vida conjugal. Quando o tempo trouxe o sossego, trouxe também a estima. Os corações eram harmônicos, as recordações da luta pungentes[14] e doces. A felicidade serena veio sentar-se à porta deles, como uma sentinela. Mas bem depressa se foi a sentinela; não deixou a desgraça, nem ainda o tédio, mas a apatia, uma figura pálida, sem movimento, que mal sorria e não lembrava nada. Foi por esse tempo que Evaristo apareceu aos seus olhos e a arrebatou. Não a arrebatou ao amor de ninguém; mas por isso mesmo nada tinha que ver com o passado, que era um mistério, e podia trazer remorsos...

– Remorsos? interrompeu ele.

– Podias supor que eu os tinha: mas não os tenho, nem os terei jamais.

– Obrigado! disse Evaristo após alguns momentos; agradeço-te a confissão. Não falarei mais de tal assunto. Não o amas, é o essencial. Que linda és tu quando juras assim, e me falas do nosso futuro! Sim, acabou; agora aqui estou, ama-me!

– Só a ti, querido.

– Só a mim? Ainda uma vez, jura!

– Por estes olhos, respondeu ela, beijando-lhe os olhos; por estes lábios, continuou, impondo-lhe um beijo nos lábios. Pela minha vida e pela tua!

Evaristo repetiu as mesmas fórmulas, com iguais cerimônias. Depois, sentou-se defronte de Mariana, como estava a princípio. Ela ergueu-se então, por sua vez, e foi ajoelhar-se-lhe aos pés, com os braços nos joelhos dele. Os cabelos caídos enquadravam tão bem o rosto, que ele sentiu não ser um gênio para copiá-la e legá-la ao mundo. Disse-lhe isso, mas a moça não respondeu palavra; tinha os olhos fitos nele, suplicantes. Evaristo inclinou-se, cravando nela os seus, e assim ficaram, rosto a rosto, uma, duas, três horas, até que alguém veio acordá-los:

– Faz favor de entrar.

III

Evaristo teve um sobressalto. Deu com um homem, o mesmo criado que recebera o seu cartão de visita. Levantou-se depressa; Mariana recolheu-se à tela, que pendia da parede, onde ele a viu outra vez, trajada à moda de 1865, penteada e tranquila. Como nos sonhos, os pensamentos, gestos e atos mediram-se por outro tempo, que não o tempo; fez-se tudo em cinco ou seis minutos, que tantos foram os que o criado despendeu em levar o cartão e trazer o convite. Entretanto, é certo que Evaristo sentia ainda a impressão das carícias da moça, vivera realmente entre 1869 e 1872, porque as três horas da visão foram ainda uma concessão ao tempo. Toda a história ressurgira com os ciúmes que ele tinha de Xavier, os seus perdões e as ternuras recíprocas. Só faltou a crise final, quando a mãe de Mariana, sabendo de tudo, corajosamente se interpôs e os separou. Mariana resolveu morrer, chegou a ingerir veneno, e foi preciso o desespero da mãe para restituí-la à vida. Xavier, que então estava na província do Rio, nada soube daquela tragédia, senão que a mulher escapara da morte, por causa de uma troca de medicamentos. Evaristo quis ainda vê-la antes de embarcar, mas foi impossível.

– Vamos, disse ele agora ao criado que o esperava.

Xavier estava no gabinete próximo, estirado em um canapé, com a mulher ao lado e algumas visitas. Evaristo penetrou ali cheio de comoção. A luz era pouca, o silêncio grande; Mariana tinha presa uma das mãos do enfermo, a observá-lo, a temer a morte ou uma crise. Mal pôde levantar os olhos para Evaristo e estender-lhe a mão; voltou a fitar o marido, em cujo rosto havia a marca do longo padecimento, e cujo respirar parecia o prelúdio da grande ópera infinita. Evaristo, que apenas vira o rosto de Mariana, retirou-se a um canto, sem ousar mirar-lhe a figura, nem acompanhar-lhe os movimentos. Chegou o médico, examinou o enfermo, recomendou as prescrições dadas, e retirou-se para voltar de noite. Mariana foi com ele até à porta, interrogando baixo, e procurando ler no rosto a verdade que a boca não queria dizer. Foi então que Evaristo a viu bem; a dor parecia alquebrá-la[15] mais que os anos. Conheceu-lhe o jeito particular do corpo. Não descia da tela, como a outra, mas do tempo. Antes que ela tornasse ao leito do marido, Evaristo entendeu retirar-se também, e foi até à porta.

– Peço-lhe licença... Sinto não poder falar agora a seu marido.

– Agora não pode ser; o médico recomenda repouso e silêncio. Será noutra ocasião...

– Não vim há mais tempo vê-lo, porque só há pouco é que soube... E não cheguei há muito.

– Obrigada.

Evaristo estendeu-lhe a mão e saiu a passo abafado, enquanto ela voltava a sentar-se ao pé do doente. Nem os olhos nem a mão de Mariana revelaram em relação a ele uma impressão qualquer, e a despedida fez-se como entre pessoas indiferentes. Certo, o amor acabara, a data era remota, o coração envelhecera com o tempo, e o marido estava a expirar; mas, refletia ele, como explicar que, ao cabo de dezoito anos de separação, Mariana visse diante de si um homem que tanta parte tivera em sua vida, sem o menor abalo, espanto, constrangimento que fosse? Eis aí um mistério. Chamava-lhe mistério. Ainda agora, à despedida, sentira ele um aperto, uma coisa, que lhe fez a palavra trôpega, que lhe tirou as ideias e até as simples fórmulas banais de pesar e de esperança. Ela, entretanto, não recebeu dele a menor comoção. E lembrando-se do retrato da sala, Evaristo concluiu que a arte era superior à natureza; a tela guardara o corpo e a alma... Tudo isso borrifado de um despeitozinho acre.

Xavier durou ainda uma semana. Indo fazer-lhe segunda visita, Evaristo assistiu à morte do enfermo, e não pôde furtar-se à comoção natural do momento, do lugar e das circunstâncias. Mariana, desgrenhada[16] ao pé do leito, tinha os olhos mortos de vigília e de lágrimas. Quando Xavier, depois de longa agonia, expirou, mal se ouviu o choro de alguns parentes e amigos; um grito agudíssimo de Mariana chamou a atenção de todos; depois o desmaio e a queda da viúva. Durou alguns minutos a perda dos sentidos; tornada a si, Mariana correu ao cadáver, abraçou-se a ele, soluçando desesperadamente, dizendo-lhe os nomes mais queridos e ternos. Tinham esquecido de fechar os olhos ao cadáver; daí um lance pavoroso e melancólico, porque ela, depois de os beijar muito, foi tomada de alucinação e bradou que ele ainda vivia, que estava salvo; e, por mais que quisessem arrancá-la dali, não cedia, empurrava a todos, clamava que queriam tirar-lhe o marido. Nova crise a prostrou; foi levada às carreiras para outro quarto.

Quando o enterro saiu no dia seguinte, Mariana não estava presente, por mais que insistisse em despedir-se; já não tinha forças para acudir à vontade. Evaristo acompanhou o enterro. Seguindo o carro fúnebre, mal chegava a crer onde estava e o que fazia. No cemitério, falou a um dos parentes de Xavier, confiando-lhe a pena que tivera de Mariana.

— Vê-se que se amavam muito, concluiu.

— Ah! muito, disse o parente. Casaram-se por paixão; não assisti ao casamento, porque só cheguei ao Rio de Janeiro muitos anos depois, em 1874; achei-os, porém, tão unidos como se fossem noivos, e assisti até agora à vida de ambos. Viviam um para o outro; não sei se ela ficará muito tempo neste mundo.

— 1874, pensou Evaristo; dois anos depois.

Mariana não assistiu à missa do sétimo dia; um parente, — o mesmo do cemitério, — representava-a naquela triste ocasião. Evaristo soube por ele que o estado da viúva não lhe permitia arriscar-se à comemoração da catástrofe. Deixou passar alguns dias, e foi fazer a sua visita de pêsames; mas, tendo dado o cartão, ouviu que ela não recebia ninguém. Foi então a São Paulo, voltou cinco ou seis semanas depois, preparou-se para embarcar; antes de partir, pensou ainda em visitar Mariana, — não tanto por simples cortesia, como para levar consigo a imagem, — deteriorada embora, — daquela paixão de quatro anos.

Não a encontrou em casa. Voltava zangado, mal consigo, achava-se impertinente e de mau gosto. A pouca distância viu sair da igreja do Espírito Santo uma senhora de luto, que lhe pareceu Mariana. Era Mariana; vinha a pé; ao passar pela carruagem olhou para ele, fez que o não conhecia, e foi andando, de modo que o cumprimento de Evaristo ficou sem resposta. Este ainda quis mandar parar o carro e despedir-se dela, ali mesmo, na rua, um minuto, três palavras; como, porém, hesitasse na resolução, só parou quando já havia passado a igreja, e Mariana ia um grande pedaço adiante. Apeou-se, não obstante, e desandou o caminho; mas, fosse respeito ou despeito, trocou de resolução, meteu-se no carro e partiu.

— Três vezes sincera, concluiu, passados alguns minutos de reflexão.

Antes de um mês estava em Paris. Não esquecera a comédia do amigo, a cuja primeira representação no Odéon ficara de assistir. Correu a saber dela; tinha caído redondamente.

– Coisas de teatro, disse Evaristo ao autor, para consolá-lo. Há peças que caem. Há outras que ficam no repertório[17].

* * *

Síntese Crítica

Evaristo é protagonista do conto na medida em que o narrador articula seu relato por meio dele, acompanhando suas ações, sentimentos e reflexões, isto é, enunciando tanto seus movimentos externos quanto internos. Assim, tem-se dele a imagem de uma personagem redonda. Dotado de fartos meios materiais para realizar suas vontades, faz de seus desejos o núcleo de seu interesse, o que lhe confere um caráter individualista e, até mesmo, egoísta. Sua imaturidade emocional é patente no relacionamento mantido com Mariana, marcado pela insegurança e pelo ciúme. No fundo, ele mesmo tem ciência disso, pois, ao sonhar com a ex-amante, ela o recrimina exatamente por esse motivo: "Não venhas outra vez com essa eterna desconfiança".

Evaristo usa a enfermidade e a morte de Xavier como pretexto para rondar Mariana, mas a verdadeira motivação de suas visitas insistentes é a curiosidade de ver como ela reagiria ao reencontrá-lo após dezoito anos de separação. Na aparência, as visitas cumprem um rito social respeitável; na essência, porém, o comportamento de Evaristo mostra desconsideração pelo marido e desrespeito à mulher.

O despeito que sente ao ser tratado por Mariana com indiferença é outro sinal da imaturidade afetiva de Evaristo, que, no entanto, é um homem de cinquenta e três anos, intelectualmente maduro, capaz de configurar e compreender o retrato moral dela e o seu próprio.

Xavier é uma personagem plana. Não se forma dele a imagem de uma vida moral complexa, sua participação limita-se ao papel de marido primeiramente amado, depois traído e, finalmente, amado e honrado outra vez pela mulher. Sua função é, aliás, ressaltada pelo próprio nome, Xavier, vocábulo que também é registrado como substantivo comum, "xavier", usado no Brasil para designar, exatamente, o "homem traído pela esposa" (*Dicionário Eletrônico Houaiss de Língua Portuguesa*).

UM PERFIL DE MULHER

Como dissemos, Evaristo é o protagonista do conto; é a ele que o narrador dirige seu foco onisciente. Todavia, ao acompanhar essa personagem e revelar os movimentos de sua imaginação ou de suas reflexões, a enunciação constrói, sobretudo, um perfil de mulher. Assim, o que constitui o núcleo de interesse da narrativa é a construção de um caráter feminino, considerado não segundo o ponto de vista de certo modo neutro do narrador, mas na perspectiva interessada de Evaristo. Isto torna problemático o retrato moral de Mariana, uma vez que, desenhado pela enunciação centrada em Evaristo, resulta numa imagem que pode ser distorcida, por força do envolvimento emocional implícito nela.

Essa possível distorção não invalida o retrato construído, mas delimita o campo pessoal em que se dá a sua configuração e estabelece as balizas para o estudo psicológico que dele se faz. Assim, pode-se dizer que a imagem de Mariana não corresponde exatamente à realidade, mas à mistura desta com a imaginação de Evaristo, ambas compreendidas no universo ficcional do conto.

No âmbito dessa circunstância, o perfil de Mariana é definido, sobretudo, pela paixão. Trata-se de uma mulher resoluta, que contraria certas convenções culturais, sociais ou morais vigentes na sociedade brasileira oitocentista transfigurada artisticamente. Ela não se conforma à situação de inferioridade das mulheres nessa sociedade, que exige delas um comportamento submisso. Mariana desobedece aos pais para casar-se por amor com Xavier, agride as convenções ao manter relações adúlteras com Evaristo e, quando obrigada pela mãe a separar-se do amante, reage violentamente com a tentativa de suicídio por ingestão de veneno. Seu caráter passional e rebelde é evidente.

Contudo, a imagem final de Mariana nada tem de subversivo, uma vez que se ajusta ao padrão de senhora rica e respeitável, reconhecida como exemplo de esposa dedicada e amorosa. Não seria correto, porém, atribuir tal mudança a uma capitulação aos valores antes afrontados, mas a uma conversão porventura autêntica e coerente com o pateticismo de seu temperamento. De fato, perante o marido moribundo, ela é a imagem viva da dor.

A indiferença com que Mariana revê o ex-amante, a atitude de não cumprimentá-lo ao vê-lo à saída da Igreja do Espírito Santo e o testemunho do parente de Xavier quanto ao amor de marido e mulher, que eram "tão unidos como se fossem noivos", levam Evaristo, entre a ironia e o despeito, à conclusão de que Mariana era sincera: "Três vezes sincera, concluiu, passados alguns minutos de reflexão".

SUTIL ALEGORIA

Agora, além de realizar o estudo psicológico de Mariana, o conto encerra uma alegoria. Evaristo volta ao Brasil no intuito de matar a curiosidade sobre as transformações políticas e sociais ocorridas com o advento da república, mas, aparentemente, disso nada se diz, porque a curiosidade do protagonista se desloca, centrando-se na ex-amante.

Nada havia mudado na casa dela; a disposição dos antigos móveis era a mesma; de certo modo, ela também era a mesma do passado. É o que o sonho de Evaristo sugere, quando o retrato dela jovem se anima e dialoga com ele. Mesmo consideradas as mudanças exteriores de Mariana, ela permanecia sempre sincera no amor, embora devotado alternadamente a dois homens diferentes.

Ora, Mariana tem, praticamente, a mesma idade do Segundo Império (1840-1889), a diferença é de pouco mais de um ano, pois, no presente da ação, 1890, ela tem quarenta e oito anos ao menos. Seu envolvimento amoroso com Evaristo data de 1872, ano anterior à publicação do Manifesto Republicano de Quintino Bocaiúva e posterior à fundação do PRP (Partido Republicano Paulista).

Machado de Assis, sempre sutil, não faria coincidir exatamente datas históricas com as da ficção, para não tornar tão evidente a alegoria e para não dar a falsa impressão de que a ficção equivale de modo preciso à realidade. Contudo, a invenção artística, em última análise, permite estabelecer uma relação de analogia entre Mariana e o Brasil. Liberais e conservadores alternavam-se no poder e tudo permanecia essencialmente igual na monarquia, o próprio advento da república não transforma o país, a exemplo da confeitaria de Custódio, no romance *Esaú e Jacó*, que troca de tabuleta e permanece a mesma*. Assim também, a morte de Xavier, que aproximada e alegoricamente coincide com o fim da monarquia, em nada modifica a essência de Mariana.

---

* Machado de Assis, *Esaú e Jacó*. Estabelecimento do texto e notas de Adriano da Gama Kury, Rio de Janeiro, Garnier, 1988.

ꋪ Conto de Escola ꋬ

A escola era na rua do Costa, um sobradinho de grade de pau. O ano era de 1840. Naquele dia – uma segunda-feira, do mês de maio – deixei-me estar alguns instantes na rua da Princesa a ver onde iria brincar a manhã. Hesitava entre o morro de S. Diogo e o campo de Sant'Ana, que não era então esse parque atual, construção de *gentleman*[1], mas um espaço rústico, mais ou menos infinito, alastrado de lavadeiras, capim e burros soltos. Morro ou campo? Tal era o problema. De repente disse comigo que o melhor era a escola. E guiei para a escola. Aqui vai a razão.

Na semana anterior tinha feito dois suetos[2], e, descoberto o caso, recebi o pagamento das mãos de meu pai, que me deu uma sova de vara de marmeleiro. As sovas de meu pai doíam por muito tempo. Era um velho empregado do Arsenal de Guerra, ríspido e intolerante. Sonhava para mim uma grande posição comercial, e tinha ânsia de me ver com os elementos mercantis, ler, escrever e contar, para me meter de caixeiro[3]. Citava-me nomes de capitalistas que tinham começado ao balcão. Ora, foi a lembrança do último castigo que me levou naquela manhã para o colégio. Não era um menino de virtudes.

Subi as escadas com cautela, para não ser ouvido do mestre, e cheguei a tempo; ele entrou na sala três ou quatro minutos depois. Entrou com o andar manso do costume, em chinelas de cordovão[4], com a jaqueta de brim lavada e desbotada, calça branca e tesa e grande colarinho caído. Chamava-se Policarpo e tinha perto de cinquenta anos ou mais. Uma vez sentado, extraiu da jaqueta a boceta[5] de rapé e o lenço vermelho, pô-los na gaveta; depois relanceou os olhos pela sala. Os meninos, que se conservaram de pé durante a entrada dele, tornaram a sentar-se. Tudo estava em ordem; começaram os trabalhos.

– *Seu* Pilar, eu preciso falar com você, disse-me baixinho o filho do mestre.

Chamava-se Raimundo este pequeno, e era mole, aplicado, inteligência tarda. Raimundo gastava duas horas em reter aquilo que a outros levava apenas trinta ou cinquenta minutos; vencia com o tempo o que não podia fazer logo com o cérebro. Reunia a isso um grande medo ao pai. Era uma criança fina, pálida, cara doente; raramente estava alegre. Entrava na escola depois do pai e retirava-se antes. O mestre era mais severo com ele do que conosco.

– O que é que você quer?

– Logo, respondeu ele com voz trêmula.

Começou a lição de escrita. Custa-me dizer que eu era dos mais adiantados da escola; mas era. Não digo também que era dos mais inteligentes, por um escrúpulo fácil de entender e de excelente efeito no estilo, mas não tenho outra convicção. Note-se que não era pálido nem mofino[6]: tinha boas cores e músculos de ferro. Na lição de escrita, por exemplo, acabava sempre antes de todos, mas deixava-me estar a recortar narizes no papel ou na tábua, ocupação sem nobreza nem espiritualidade, mas

em todo caso ingênua. Naquele dia foi a mesma coisa; tão depressa acabei, como entrei a reproduzir o nariz do mestre, dando-lhe cinco ou seis atitudes diferentes, das quais recordo a interrogativa, a admirativa, a dubitativa[7] e a cogitativa[8]. Não lhes punha esses nomes, pobre estudante de primeiras letras que era; mas, instintivamente, dava-lhes essas expressões. Os outros foram acabando; não tive remédio senão acabar também, entregar a escrita, e voltar para o meu lugar.

Com franqueza, estava arrependido de ter vindo. Agora que ficava preso, ardia por andar lá fora, e recapitulava o campo e o morro, pensava nos outros meninos vadios, o Chico Telha, o Américo, o Carlos das Escadinhas, a fina flor do bairro e do gênero humano. Para cúmulo de desespero, vi através das vidraças da escola, no claro azul do céu, por cima do morro do Livramento, um papagaio de papel, alto e largo, preso de uma corda imensa, que bojava[9] no ar, uma coisa soberba. E eu na escola, sentado, pernas unidas, com o livro de leitura e a gramática nos joelhos.

– Fui um bobo em vir, disse eu ao Raimundo.

– Não diga isso, murmurou ele.

Olhei para ele; estava mais pálido. Então lembrou-me outra vez que queria pedir-me alguma coisa, e perguntei-lhe o que era. Raimundo estremeceu de novo, e, rápido, disse-me que esperasse um pouco; era uma coisa particular.

– *Seu* Pilar... murmurou ele daí a alguns minutos.

– Que é?

– Você...

– Você quê?

Ele deitou os olhos ao pai, e depois a alguns outros meninos. Um destes, o Curvelo, olhava para ele, desconfiado, e o Raimundo, notando-me essa circunstância, pediu alguns minutos mais de espera. Confesso que começava a arder de curiosidade. Olhei para o Curvelo, e vi que parecia atento; podia ser uma simples curiosidade vaga, natural indiscrição; mas podia ser também alguma coisa entre eles. Esse Curvelo era um pouco levado do diabo. Tinha onze anos, era mais velho que nós.

Que me quereria o Raimundo? Continuei inquieto, remexendo-me muito, falando-lhe baixo, com instância, que me dissesse o que era, que ninguém cuidava dele nem de mim. Ou então, de tarde...

– De tarde, não, interrompeu-me ele; não pode ser de tarde.
– Então agora...
– Papai está olhando.

Na verdade, o mestre fitava-nos. Como era mais severo para o filho, buscava-o muitas vezes com os olhos, para trazê-lo mais aperreado. Mas nós também éramos finos; metemos o nariz no livro, e continuamos a ler. Afinal cansou e tomou as folhas do dia, três ou quatro, que ele lia devagar, mastigando as ideias e as paixões. Não esqueçam que estávamos então no fim da Regência[10], e que era grande a agitação pública. Policarpo tinha decerto algum partido, mas nunca pude averiguar esse ponto. O pior que ele podia ter, para nós, era a palmatória[11]. E essa lá estava, pendurada do portal da janela, à direita, com os seus cinco olhos do diabo[12]. Era só levantar a mão, despendurá-la e brandi-la, com a força do costume, que não era pouca. E daí, pode ser que alguma vez as paixões políticas dominassem nele a ponto de poupar-nos uma ou outra correção. Naquele dia, ao menos, pareceu-me que lia as folhas com muito interesse; levantava os olhos de quando em quando, ou tomava uma pitada[13], mas tornava logo aos jornais, e lia a valer.

No fim de algum tempo – dez ou doze minutos – Raimundo meteu a mão no bolso das calças e olhou para mim.
– Sabe o que tenho aqui?

– Não.
– Uma pratinha[14] que mamãe me deu.
– Hoje?
– Não, no outro dia, quando fiz anos...
– Pratinha de verdade?
– De verdade.

Tirou-a vagarosamente, e mostrou-me de longe. Era uma moeda do tempo do rei[15], cuido que doze vinténs ou dois tostões[16], não me lembra; mas era uma moeda, e tal moeda que me fez pular o sangue no coração. Raimundo revolveu em mim o olhar pálido; depois perguntou-me se a queria para mim. Respondi-lhe que estava caçoando, mas ele jurou que não.

– Mas então você fica sem ela?
– Mamãe depois me arranja outra. Ela tem muitas que vovô lhe deixou, numa caixinha; algumas são de ouro. Você quer esta?

Minha resposta foi estender-lhe a mão disfarçadamente, depois de olhar para a mesa do mestre. Raimundo recuou a mão dele e deu à boca um gesto amarelo, que queria sorrir. Em seguida propôs-me um negócio, uma troca de serviços; ele me daria a moeda, eu lhe explicaria um ponto da lição de sintaxe. Não conseguira reter nada do livro, e estava com medo do pai. E concluía a proposta esfregando a pratinha nos joelhos...

Tive uma sensação esquisita. Não é que eu possuísse da virtude uma ideia antes própria de homem; não é também que não fosse fácil em pregar uma ou outra mentira de criança. Sabíamos ambos enganar ao mestre. A novidade estava nos termos da proposta, na troca de lição e dinheiro, compra franca, positiva, toma lá, dá cá; tal foi a causa da sensação. Fiquei a olhar para ele, à toa, sem poder dizer nada.

Compreende-se que o ponto da lição era difícil, e que o Raimundo, não o tendo aprendido, recorria a um meio que lhe pareceu útil para escapar ao castigo do pai. Se me tem pedido a coisa por favor, alcançá-la-ia do mesmo modo, como de outras vezes; mas parece que era a lembrança das outras vezes, o medo de achar a minha vontade frouxa ou cansada, e não aprender como queria, – e pode ser mesmo que em alguma ocasião lhe tivesse ensinado mal, – parece que tal foi a causa da proposta. O pobre-diabo contava com o favor, – mas queria assegurar-lhe a eficácia, e daí recorreu à moeda que a mãe lhe dera e que ele guardava como relíquia ou brinquedo; pegou dela e veio esfregá-la nos joelhos, à minha vista, como uma tentação... Realmente, era bonita, fina, branca, muito branca; e para mim, que só trazia cobre[17] no bolso, quando trazia alguma coisa, um cobre feio, grosso, azinhavrado...[18]

Não queria recebê-la, e custava-me recusá-la. Olhei para o mestre, que continuava a ler, com tal interesse, que lhe pingava o rapé do nariz. – Ande, tome, dizia-me baixinho o filho. E a pratinha fuzilava-lhe entre os dedos, como se fora diamante... Em verdade, se o mestre não visse nada, que mal havia? E ele não podia ver nada, estava agarrado aos jornais, lendo com fogo, com indignação...

– Tome, tome...

Relanceei os olhos pela sala, e dei com os do Curvelo em nós; disse ao Raimundo que esperasse. Pareceu-me que o outro nos observava, então dissimulei; mas daí a pouco, deitei-lhe outra vez o olho, e – tanto se ilude a vontade! – não lhe vi mais nada. Então cobrei ânimo.

– Dê cá...

Raimundo deu-me a pratinha, sorrateiramente; eu meti-a na algibeira das calças, com um alvoroço que não posso definir. Cá estava ela comigo, pegadinha à perna. Restava prestar o serviço, ensinar a lição, e não me demorei em fazê-lo, nem o fiz mal, ao menos conscientemente; passava-lhe a explicação em um retalho de papel que ele recebeu com cautela e cheio de atenção. Sentia-se que despendia um esforço cinco ou seis vezes maior para aprender um nada; mas contanto que ele escapasse ao castigo, tudo iria bem.

De repente, olhei para o Curvelo e estremeci; tinha os olhos em nós, com um riso que me pareceu mau. Disfarcei; mas daí a pouco, voltando-me outra vez para ele, achei-o do mesmo modo, com o mesmo ar, acrescendo que entrava a remexer-se no banco, impaciente. Sorri para ele e ele não sorriu; ao contrário, franziu a testa, o que lhe deu um aspecto ameaçador. O coração bateu-me muito.

– Precisamos muito cuidado, disse eu ao Raimundo.

– Diga-me isto só, murmurou ele.

Fiz-lhe sinal que se calasse; mas ele instava, e a moeda, cá no bolso, lembrava-me o contrato feito. Ensinei-lhe o que era, disfarçando muito; depois, tornei a olhar para o Curvelo, que me pareceu ainda mais inquieto, e o riso, dantes mau, estava agora pior. Não é preciso dizer que também eu ficara em brasas, ansioso que a aula acabasse; mas nem o relógio andava como das outras vezes, nem o mestre fazia caso da escola; este lia os jornais, artigo por artigo, pontuando-os com exclamações, com gestos de ombros, com uma ou duas pancadinhas na mesa. E lá fora, no céu azul, por cima do morro, o mesmo eterno papagaio, guinando a um lado e outro, como se me chamasse a ir ter com ele. Imaginei-me ali, com os livros e a pedra embaixo da mangueira, e a pratinha no bolso das calças, que eu não daria a ninguém, nem que me serrassem; guardá-la-ia em casa, dizendo a mamãe que a tinha achado na rua. Para que me não fugisse, ia-a apalpando, roçando-lhe os dedos pelo cunho[19], quase lendo pelo tato a inscrição, com uma grande vontade de espiá-la.

– Oh! *seu* Pilar! bradou o mestre com voz de trovão.

Estremeci como se acordasse de um sonho, e levantei-me às pressas. Dei com o mestre olhando para mim, cara fechada, jornais dispersos, e ao pé da mesa, em pé, o Curvelo. Pareceu-me adivinhar tudo.

– Venha cá! bradou o mestre.

Fui e parei diante dele. Ele enterrou-me pela consciência dentro um par de olhos pontudos; depois chamou o filho. Toda a escola tinha parado; ninguém mais lia, ninguém fazia um só movimento. Eu, conquanto não tirasse os olhos do mestre, sentia no ar a curiosidade e o pavor de todos.

– Então o senhor recebe dinheiro para ensinar as lições aos outros? disse-me o Policarpo.

– Eu...

– Dê cá a moeda que este seu colega lhe deu! clamou.

Não obedeci logo, mas não pude negar nada. Continuei a tremer muito. Policarpo bradou de novo que lhe desse a moeda, e eu não resisti mais, meti a mão no bolso, vagarosamente, saquei-a e entreguei-lha. Ele examinou-a de um e outro lado, bufando de raiva; depois estendeu o braço e atirou-a à rua. E então disse-nos uma porção de coisas duras, que tanto o filho como eu acabávamos de praticar uma ação feia, indigna, baixa, uma vilania, e para emenda e exemplo íamos ser castigados. Aqui pegou da palmatória.

– Perdão, *seu* mestre... solucei eu.

– Não há perdão! Dê cá a mão! dê cá! vamos! sem-vergonha! dê cá a mão!

– Mas, *seu* mestre...

– Olhe que é pior!

Estendi-lhe a mão direita, depois a esquerda, e fui recebendo os bolos[20] uns por cima dos outros, até completar doze, que me deixaram as palmas vermelhas e inchadas. Chegou a vez do filho, e foi a mesma coisa; não lhe poupou nada, dois, quatro, oito, doze bolos. Acabou, pregou-nos outro sermão. Chamou-nos sem-vergonhas, desaforados, e jurou que, se repetíssemos o negócio, apanharíamos tal castigo que nos havia de lembrar para todo o sempre. E exclamava: Porcalhões! tratantes! faltos de brio!

Eu, por mim, tinha a cara no chão. Não ousava fitar ninguém, sentia todos os olhos em nós. Recolhi-me ao banco, soluçando, fustigado pelos impropérios do mestre. Na sala arquejava o terror; posso dizer que naquele dia ninguém faria igual negócio. Creio que o próprio Curvelo enfiara de medo. Não olhei logo para ele, cá dentro de mim jurava quebrar-lhe a cara, na rua, logo que saíssemos, tão certo como três e dois serem cinco.

Daí a algum tempo olhei para ele; ele também olhava para mim, mas desviou a cara, e penso que empalideceu. Compôs-se e entrou a ler em voz alta; estava com medo. Começou a variar de atitude, agitando-se à toa, coçando os joelhos, o nariz. Pode ser até que se arrependesse de nos ter denunciado; e na verdade, por que denunciar-nos? Em que é que lhe tirávamos alguma coisa?

– Tu me pagas! tão duro como osso! dizia eu comigo.

Veio a hora de sair, e saímos; ele foi adiante, apressado, e eu não queria brigar ali mesmo, na rua do Costa, perto do colégio; havia de ser na rua larga de S. Joaquim. Quando, porém, cheguei à esquina, já o não vi; provavelmente escondera-se em algum corredor ou loja; entrei numa botica, espiei em outras casas, perguntei por ele a algumas pessoas, ninguém me deu notícia. De tarde faltou à escola.

Em casa não contei nada, é claro; mas para explicar as mãos inchadas, menti a minha mãe, disse-lhe que não tinha sabido a lição. Dormi nessa noite, mandando ao diabo os dois meninos, tanto o da denúncia como o da moeda. E sonhei com a moeda; sonhei que, ao tornar à escola, no dia seguinte, dera com ela na rua, e a apanhara, sem medo nem escrúpulos...[21]

De manhã, acordei cedo. A ideia de ir procurar a moeda fez-me vestir depressa. O dia estava esplêndido, um dia de maio, sol magnífico, ar brando, sem contar as calças novas que minha mãe me deu, por sinal que eram amarelas. Tudo isso, e a pratinha... Saí de casa, como se fosse trepar ao trono de Jerusalém. Piquei o passo para que ninguém chegasse antes de mim à escola; ainda assim não andei tão depressa que amarrotasse as calças. Não, que elas eram bonitas! Mirava-as, fugia aos encontros, ao lixo da rua...

Na rua encontrei uma companhia do batalhão de fuzileiros, tambor à frente, rufando. Não podia ouvir isto quieto. Os soldados vinham batendo o pé rápido, igual, direita, esquerda, ao som do rufo; vinham, passaram por mim, e foram andando. Eu senti uma comichão nos pés, e tive ímpeto de ir atrás deles. Já lhes disse: o dia estava lindo, e depois o tambor... Olhei para um e outro lado; afinal, não sei como foi, entrei a marchar também ao som do rufo, creio que cantarolando alguma coisa: *Rato na casaca...* Não fui à escola, acompanhei os fuzileiros, depois enfiei pela Saúde, e acabei a manhã na praia da Gamboa. Voltei para casa com as calças enxovalhadas, sem pratinha no bolso nem ressentimento na alma. E contudo a pratinha era bonita e foram eles, Raimundo e Curvelo, que me deram o primeiro conhecimento, um da corrupção, outro da delação; mas o diabo do tambor...

* * *

Síntese Crítica

Homem feito, Pilar é narrador de um acontecimento protagonizado por ele em 1840, quando tinha cerca de dez anos de idade. Na condição de narrador memorialista, Pilar reconstitui um episódio marcante para sua formação moral. O centro da enunciação é o recorte de um fato ocorrido com ele na escola de mestre Policarpo. Mas esse momento particular de sua vida articula-se discretamente a um momento histórico decisivo para o Brasil: a maioridade de dom Pedro II, que pôs fim ao período regencial e deu início ao Segundo Império.

A história do menino equivale ao relato de um rito de passagem para a idade adulta, quando se consolida a consciência moral e se define o caráter da pessoa. De fato, o conto narrado por Pilar termina com a tomada de consciência de que aquele episódio distante, reconstruído pela memória, constituíra o seu "primeiro conhecimento". Embora o narrador restrinja esse conhecimento às noções de corrupção e delação, é preciso ressaltar que a lição se estende à aprendizagem de outras coisas mais. Raimundo propiciara a Pilar a consciência da corrupção; Curvelo, a da delação; o mestre-escola ensinara a injustiça, o terror e a violência do poder autoritário, o mesmo terror infundido pelo próprio pai, funcionário do Arsenal de Guerra, que lhe aplicava surras. E o medo da violência ensinara Pilar a mentir, para poder gozar a vida em liberdade.

Nessa medida, o conto assume nítida dimensão alegórica, pois explicita a relação entre os elementos ficcionais e a realidade histórica. A maioridade moral de Pilar, representada pela consciência daquelas lições aprendidas na puberdade, é análoga à maioridade precoce de dom Pedro II. Esta pode ser compreendida como consolidação do poder que definiu a vida política nacional por cerca de meio século. Na esfera da ficção, as relações de poder são transfiguradas no conteúdo de violência dos maiores contra os menores, na injustiça dos primeiros, que não querem concorrência dos segundos, na dissimulação destes, para obtenção de uma ínfima parte do tesouro daqueles (a "pratinha"), na negação do desfrute daquilo que pertence aos menores (brincar e vadiar livremente), na corrupção, entendida como rebeldia furtiva perante as regras do poder oficial, na delação, compreendida como resultante da inveja que faz os menores desunidos, de modo que o semelhante trai o semelhante para alinhar-se ao opressor de ambos.

Nesse conto, as relações interpessoais, análogas às relações políticas do Segundo Império, são mediadas por aqueles valores e comportamentos mencionados, que correspondem a uma sociedade de cultura autoritária. Contudo, algo escapa a essa opressão e à correspondente deformação. É o que se dá quando o menino Pilar foge dos espaços fechados e formais (a escola e a casa da família) para gozar a meninice nos espaços abertos da cidade, onde a ostensiva demonstração de ordem, disciplina e poder do império – o batalhão de fuzileiros a marchar no compasso da banda marcial – transforma-se em seu contrário. A música da banda, como se fosse a do flautista de Hamellim, leva o garoto a uma experiência de liberdade feliz, longe do círculo de ferro do mundo dos adultos.

೮ Um Apólogo[1] ೪೦

Era uma vez uma agulha, que disse a um novelo de linha:
— Por que está você com esse ar, toda cheia de si, toda enrolada, para fingir que vale alguma coisa neste mundo?

— Deixe-me, senhora.

— Que a deixe? Que a deixe, por quê? Porque lhe digo que está com um ar insuportável? Repito que sim, e falarei sempre que me der na cabeça.

— Que cabeça, senhora? A senhora não é alfinete, é agulha. Agulha não tem cabeça. Que lhe importa o meu ar? Cada qual tem o ar que Deus lhe deu. Importe-se com a sua vida e deixe a dos outros.

— Mas você é orgulhosa.

— Decerto que sou.

— Mas por quê?

— É boa! Porque coso. Então os vestidos e enfeites de nossa ama, quem é que os cose, senão eu?

— Você? Esta agora é melhor. Você é que os cose? Você ignora que quem os cose sou eu, e muito eu?

— Você fura o pano, nada mais; eu é que coso, prendo um pedaço ao outro, dou feição aos babados...

— Sim, mas que vale isso? Eu é que furo o pano, vou adiante, puxando por você, que vem atrás, obedecendo ao que eu faço e mando...

— Também os batedores vão adiante do imperador.

— Você, imperador?

— Não digo isso. Mas a verdade é que você faz um papel subalterno, indo adiante; vai só mostrando o caminho, vai fazendo o trabalho obscuro e ínfimo. Eu é que prendo, ligo, ajunto...

Estavam nisto, quando a costureira chegou à casa da baronesa. Não sei se disse que isto se passava em casa de uma baronesa, que tinha a modista ao pé de si, para não andar atrás dela. Chegou a costureira, pegou do pano, pegou da agulha, pegou da linha, enfiou a linha na agulha, e entrou a coser. Uma e outra iam andando orgulhosas, pelo pano adiante, que era a melhor das sedas, entre os dedos da costureira, ágeis como os galgos de Diana[2] — para dar a isto uma cor poética. E dizia a agulha:

— Então, senhora linha, ainda teima no que dizia há pouco? Não repara que esta distinta costureira só se importa comigo; eu é que vou aqui entre os dados dela, unidinha a eles, furando abaixo e acima...

A linha não respondia nada; ia andando. Buraco aberto pela agulha era logo enchido por ela, silenciosa e ativa, como quem sabe o que faz, e não está para ouvir palavras loucas. A agulha, vendo que ela não lhe dava resposta, calou-se também, e foi andando. E era tudo silêncio na saleta de costura; não se ouvia mais que o *plic-plic-plic-plic* da agulha no pano. Caindo o sol, a costureira dobrou a costura, para o dia seguinte; continuou ainda nesse e no outro, até que no quarto acabou a obra, e ficou esperando o baile.

Veio a noite do baile, e a baronesa vestiu-se. A costureira, que a ajudou a vestir-se, levava a agulha espetada no corpinho, para dar algum ponto necessário. E enquanto compunha o vestido da bela dama, e puxava a um lado ou outro, arregaçava daqui ou dali, alisando, abotoando, acolchetando³, a linha, para mofar⁴ da agulha, perguntou-lhe:

– Ora agora, diga-me quem é que vai ao baile, no corpo da baronesa, fazendo parte do vestido e da elegância? Quem é que vai dançar com ministros e diplomatas, enquanto você volta para a caixinha da costureira, antes de ir para o balaio das mucamas? Vamos, diga lá.

Parece que a agulha não disse nada; mas um alfinete, de cabeça grande e não menor experiência, murmurou à pobre agulha: – Anda, aprende, tola. Cansas-te em abrir caminho para ela e ela é que vai gozar da vida, enquanto aí ficas na caixinha de costura. Faze como eu, que não abro caminho para ninguém. Onde me espetam, fico.

Contei esta história a um professor de melancolia, que me disse, abanando a cabeça: – Também eu tenho servido de agulha a muita linha ordinária!

* * *

Síntese Crítica

Apólogo é uma narrativa alegórica, entendida como um conjunto de metáforas que contém uma lição moral. No apólogo, seres inanimados dialogam, e esse diálogo é arrematado por uma sentença que encerra uma espécie de sabedoria popular. Trata-se de uma forma literária próxima da fábula. Num apólogo, o diálogo das coisas tem a função de revelar certas constantes do comportamento humano, transpostas para o universo maravilhoso.

Em nosso caso, agulha e linha travam uma disputa retórica sobre o valor intrínseco de cada uma. Com suas falas, cada qual representa ou, melhor, constrói sínteses psicológicas de certos comportamentos humanos, regulados pela inveja, pela prepotência, pela arrogância, pela autossuficiência, pela vaidade, pelo despeito e por outras paixões que agitam e deformam uma personalidade, seja ela fictícia ou real. Nem sequer o "professor de melancolia", a quem o narrador relata a história da agulha e da linha, escapa desses afetos, uma vez que seu comentário deixa entrever que ele se identifica com a personagem da agulha: "Também eu tenho servido de agulha a muita linha ordinária!"

Estabelecidas as possíveis conexões da alegoria com os referentes extraliterários, desmascaram-se comportamentos que fazem detestáveis e ridículos os homens em certas circunstâncias das relações sociais.

ᨒ D. Paula ᨓ

Não era possível chegar mais a ponto[1]. D. Paula entrou na sala, exatamente quando a sobrinha enxugava os olhos cansados de chorar. Compreende-se o assombro da tia. Entender-se-á também o da sobrinha, em se sabendo que d. Paula vive no alto da Tijuca, donde raras vezes desce; a última foi pelo Natal passado, e estamos em maio de 1882. Desceu ontem, à tarde, e foi para casa da irmã, rua do Lavradio. Hoje, tão depressa almoçou, vestiu-se e correu a visitar a sobrinha. A primeira escrava que a viu, quis ir avisar a senhora, mas d. Paula ordenou-lhe que não, e foi pé ante pé, muito devagar, para impedir o rumor das saias, abriu a porta da sala de visitas, e entrou.

– Que é isto? exclamou.

Venancinha atirou-se-lhe aos braços, as lágrimas vieram-lhe de novo. A tia beijou-a muito, abraçou-a, disse-lhe palavras de conforto, e pediu, e quis que lhe contasse o que era, se alguma doença, ou...

– Antes fosse uma doença! antes fosse a morte! interrompeu a moça.

– Não digas tolices; mas que foi? anda, que foi?

Venancinha enxugou os olhos e começou a falar. Não pôde ir além de cinco ou seis palavras; as lágrimas tornaram, tão abundantes e impetuosas, que d. Paula achou de bom aviso deixá-las correr primeiro. Entretanto, foi tirando a capa de rendas pretas que a envolvia, e descalçando as luvas. Era uma bonita velha, elegante, dona de um par de olhos grandes, que deviam ter sido infinitos. Enquanto a sobrinha chorava, ela foi cerrar cautelosamente a porta da sala, e voltou ao canapé. No fim de alguns minutos, Venancinha cessou de chorar, e confiou à tia o que era.

Era nada menos que uma briga com o marido, tão violenta, que chegaram a falar de separação. A causa eram ciúmes. Desde muito que o marido embirrava com um sujeito; mas na véspera à noite, em casa do C..., vendo-a dançar com ele duas vezes e conversar alguns minutos, concluiu que eram namorados. Voltou amuado para casa; de manhã, acabado o almoço, a cólera estourou, e ele disse-lhe coisas duras e amargas, que ela repeliu com outras.

– Onde está teu marido? perguntou a tia.

– Saiu; parece que foi para o escritório.

D. Paula perguntou-lhe se o escritório era ainda o mesmo, e disse-lhe que descansasse, que não era nada; dali a duas horas tudo estaria acabado. Calçava as luvas rapidamente.

– Titia vai lá?

– Vou... Pois então? Vou. Teu marido é bom; são arrufos[2]. 104? Vou lá; espera por mim, que as escravas não te vejam.

Tudo isso era dito com volubilidade, confiança e doçura. Calçadas as luvas, pôs o mantelete[3], e a sobrinha ajudou-a, falando também, jurando que, apesar de tudo, adorava o Conrado. Conrado era o marido, advogado desde 1874. D. Paula saiu, levando muitos beijos da moça. Na verdade, não podia chegar mais a ponto. De caminho, parece que ela encarou o incidente,

não digo desconfiada, mas curiosa, um pouco inquieta da realidade positiva; em todo caso ia resoluta a reconstruir a paz doméstica.

Chegou, não achou o sobrinho no escritório, mas ele veio logo, e, passado o primeiro espanto, não foi preciso que d. Paula lhe dissesse o objeto da visita; Conrado adivinhou tudo. Confessou que fora excessivo em algumas coisas, e, por outro lado, não atribuía à mulher nenhuma índole perversa ou viciosa. Só isso; no mais, era uma cabeça de vento, muito amiga de cortesias, de olhos ternos, de palavrinhas doces, e a leviandade também é uma das portas do vício. Em relação à pessoa de quem se tratava, não tinha dúvida de que eram namorados. Venancinha contara só o fato da véspera; não referiu outros, quatro ou cinco, o penúltimo no teatro, onde chegou a haver tal ou qual escândalo. Não estava disposto a cobrir com a sua responsabilidade os desazos[4] da mulher. Que namorasse, mas por conta própria.

D. Paula ouviu tudo, calada; depois falou também. Concordava que a sobrinha fosse leviana; era próprio da idade. Moça bonita não sai à rua sem atrair os olhos, e é natural que a admiração dos outros a lisonjeie. Também é natural que o que ela fizer de lisonjeada pareça aos outros e ao marido um princípio de namoro: a fatuidade[5] de uns e o ciúme do outro explicam tudo. Pela parte dela, acabava de ver a moça chorar lágrimas sinceras; deixou-a consternada, falando de morrer, abatida com o que ele lhe dissera. E se ele próprio só lhe atribuía leviandade, por que não proceder com cautela e doçura, por meio de conselho e de observação, poupando-lhe as ocasiões, apontando-lhe o mal que fazem à reputação de uma senhora as aparências de acordo, de simpatia, de boa vontade para os homens?

Não gastou menos de vinte minutos a boa senhora em dizer essas coisas mansas, com tão boa sombra, que o sobrinho sentiu apaziguar-se-lhe o coração. Resistia, é verdade; duas ou três vezes, para não resvalar na indulgência, declarou à tia que entre eles tudo estava acabado. E, para animar-se, evocava mentalmente as razões que tinha contra a mulher. A tia, porém, abaixava a cabeça para deixar passar a onda, e surgia outra vez com os seus grandes olhos sagazes e teimosos. Conrado ia cedendo aos poucos e mal. Foi então que d. Paula propôs um meio-termo.

– Você perdoa-lhe, fazem as pazes, e ela vai estar comigo, na Tijuca, um ou dois meses; uma espécie de desterro. Eu, durante este tempo, encarrego-me de lhe pôr ordem no espírito. Valeu?

Conrado aceitou. D. Paula, tão depressa obteve a palavra, despediu-se para levar a boa nova à outra; Conrado acompanhou-a até à escada. Apertaram as mãos; d. Paula não soltou a dele sem lhe repetir os conselhos de brandura e prudência; depois, fez esta reflexão natural:

– E vão ver que o homem de quem se trata nem merece um minuto dos nossos cuidados...

– É um tal Vasco Maria Portela...

D. Paula empalideceu. Que Vasco Maria Portela? Um velho, antigo diplomata, que... Não, esse estava na Europa desde alguns anos, aposentado, e acabava de receber um título de barão. Era um filho dele, chegado de pouco, um pelintra...[6] D. Paula apertou-lhe a mão, e desceu rapidamente. No corredor, sem ter necessidade de ajustar a capa, fê-lo durante alguns minutos, com a mão trêmula e um pouco de alvoroço na fisionomia. Chegou mesmo a olhar para o chão, refletindo. Saiu; foi ter com a sobrinha, levando a reconciliação e a cláusula. Venancinha aceitou tudo.

Dois dias depois foram para a Tijuca. Venancinha ia menos alegre do que prometera; provavelmente era o exílio, ou pode ser também que algumas saudades. Em todo caso, o nome de Vasco subiu a Tijuca, se não em ambas as cabeças, ao menos na da tia, onde era uma espécie de eco, um som remoto e brando, alguma coisa que parecia vir do tempo da Stoltz[7] e do ministério Paraná[8]. Cantora e ministério, coisas frágeis, não o eram menos que a ventura de ser moça, e onde iam essas três eternidades? Jaziam nas ruínas de trinta anos. Era tudo o que d. Paula tinha em si e diante de si.

Já se entende que o outro Vasco, o antigo, também foi moço e amou. Amaram-se, fartaram-se um do outro, à sombra do casamento, durante alguns anos, e, como o vento que passa não guarda a palestra dos homens, não há meio de escrever aqui o que então se disse da aventura. A aventura acabou; foi uma sucessão de horas doces e amargas, de delícias, de lágrimas, de cóleras, de arroubos, drogas várias com que encheram a esta senhora a taça das paixões. D. Paula esgotou-a inteira e emborcou-a depois para não mais beber. A saciedade trouxe-lhe a abstinência, e com o tempo foi esta última fase que fez a opinião. Morreu-lhe o marido e foram vindo os anos. D. Paula era agora uma pessoa austera e pia, cheia de prestígio e consideração.

A sobrinha é que lhe levou o pensamento ao passado. Foi a presença de uma situação análoga, de mistura com o nome e o sangue do mesmo homem, que lhe acordou algumas velhas lembranças. Não esqueçam que elas estavam na Tijuca, que iam viver juntas algumas semanas, e que uma obedecia à outra; era tentar e desafiar a memória.

– Mas nós deveras não voltamos à cidade tão cedo? perguntou Venancinha rindo, no outro dia de manhã.

– Já estás aborrecida?

– Não, não, isso nunca, mas pergunto...

D. Paula, rindo também, fez com o dedo um gesto negativo; depois, perguntou-lhe se tinha saudades cá de baixo. Venancinha respondeu que nenhumas; e para dar mais força à resposta, acompanhou-a de um descair dos cantos da boca, a modo de indiferença e desdém. Era pôr demais na carta. D. Paula tinha o bom costume de não ler às carreiras, como quem vai salvar o pai da forca, mas devagar, enfiando os olhos entre as sílabas e entre as letras, para ver tudo, e achou que o gesto da sobrinha era excessivo.

– Eles amam-se! pensou ela.

A descoberta avivou o espírito do passado. D. Paula forcejou por sacudir fora essas memórias importunas; elas, porém, voltavam, ou de manso ou de assalto, como raparigas que eram, cantando, rindo, fazendo o diabo. D. Paula tornou aos seus bailes de outro tempo, às suas eternas valsas que faziam pasmar a toda a gente, às mazurcas[9], que ela metia à cara da sobrinha como sendo a mais graciosa coisa do mundo, e aos teatros, e às cartas, e vagamente, aos beijos; mas tudo isso – e esta é a situação – tudo isso era como as frias crônicas, esqueleto da história, sem a alma da história. Passava-se tudo na cabeça. D. Paula tentava emparelhar o coração com o cérebro, a ver se sentia alguma coisa além da pura repetição mental, mas, por mais que evocasse as comoções extintas, não lhe voltava nenhuma. Coisas truncadas!

Se ela conseguisse espiar para dentro do coração da sobrinha, pode ser que achasse ali a sua imagem, e então... Desde que esta ideia penetrou no espírito de d. Paula, complicou-lhe um pouco a obra de reparação e cura. Era sincera, tratava da alma da outra, queria vê-la restituída ao marido. Na constância do pecado é que se pode desejar que outros pequem também, para descer de companhia ao purgatório; mas aqui o pecado já não existia. D. Paula mostrava à sobrinha a superioridade do marido, as suas virtudes e assim também as paixões, que podiam dar um mau desfecho ao casamento, pior que trágico, o repúdio[10].

Conrado, na primeira visita que lhes fez, nove dias depois, confirmou a advertência da tia; entrou frio e saiu frio. Venancinha ficou aterrada. Esperava que os nove dias de separação tivessem abrandado o marido, e, em verdade, assim era; mas ele mascarou-se à entrada e conteve-se para não capitular. E isto foi mais salutar que tudo o mais. O terror de perder o marido foi o principal elemento de restauração. O próprio desterro não pôde tanto.

Vai senão quando, dois dias depois daquela visita, estando ambas ao portão da chácara, prestes a sair para o passeio do costume, viram vir um cavaleiro. Venancinha fixou a vista, deu um pequeno grito, e correu a esconder-se atrás do muro. D. Paula compreendeu e ficou. Quis ver o cavaleiro de mais perto; viu-o dali a dois ou três minutos, um galhardo[11] rapaz, elegante, com as suas finas botas lustrosas, muito bem-posto no selim; tinha a mesma cara do outro Vasco, era o filho; o mesmo jeito da cabeça, um pouco à direita, os mesmos ombros largos, os mesmos olhos redondos e profundos.

Nessa mesma noite, Venancinha contou-lhe tudo, depois da primeira palavra que ela lhe arrancou. Tinham-se visto nas corridas, uma vez, logo que ele chegou da Europa. Quinze dias depois, foi-lhe apresentado em um baile, e pareceu-lhe tão bem, com um ar tão parisiense, que ela falou dele, na manhã seguinte, ao marido. Conrado franziu o sobrolho, e foi este gesto que lhe deu uma ideia que até então não tinha. Começou a vê-lo com prazer; daí a pouco com certa ansiedade. Ele falava-lhe respeitosamente, dizia-lhe coisas amigas, que ela era a mais bonita moça do Rio, e a mais elegante, que já em Paris ouvira elogiá-la muito, por algumas senhoras da família Alvarenga. Tinha graça em criticar os outros, e sabia dizer também umas palavras sentidas, como ninguém. Não falava de amor, mas perseguia-a com os olhos, e ela, por mais que afastasse os seus, não podia afastá-los de todo. Começou a pensar nele, amiudadamente, com interesse, e quando se encontravam, batia-lhe muito o coração; pode ser que ele lhe visse então, no rosto, a impressão que fazia.

D. Paula, inclinada para ela, ouvia essa narração, que aí fica apenas resumida e coordenada. Tinha toda a vida nos olhos; a boca, meia aberta, parecia beber as palavras da sobrinha, ansiosamente, como um cordial[12]. E pedia-lhe mais, que lhe contasse tudo, tudo. Venancinha criou confiança. O ar da tia era tão jovem, a exortação[13] tão meiga e cheia de um perdão antecipado, que ela achou ali uma confidente e amiga, não obstante algumas frases severas que lhe ouviu, mescladas às outras, por um motivo de inconsciente hipocrisia. Não digo cálculo; d. Paula enganava-se a si mesma. Podemos compará-la a um general inválido, que forceja por achar um pouco do antigo ardor na audiência de outras campanhas.

– Já vês que teu marido tinha razão, dizia ela; foste imprudente, muito imprudente...

Venancinha achou que sim, mas jurou que estava tudo acabado.

– Receio que não. Chegaste a amá-lo deveras?

– Titia.

– Tu ainda gostas dele!

– Juro que não. Não gosto; mas confesso... sim... confesso que gostei... Perdoe-me tudo; não diga nada a Conrado; estou arrependida... Repito que a princípio um pouco fascinada... Mas que quer a senhora?

– Ele declarou-te alguma coisa?

– Declarou; foi no teatro, uma noite, no teatro lírico, à saída. Tinha costume de ir buscar-me ao camarote e conduzir-me até o carro; e foi à saída... duas palavras...

D. Paula não perguntou, por pudor, as próprias palavras do namorado, mas imaginou as circunstâncias, o corredor, os pares que saíam, as luzes, a multidão, o rumor das vozes, e teve o poder de representar, com o quadro, um pouco das sensações dela; e pediu-lhas com interesse, astutamente.

– Não sei o que senti, acudiu a moça, cuja comoção crescente ia desatando a língua; não me lembro dos primeiros cinco minutos. Creio que fiquei séria; em todo o caso, não lhe disse nada. Pareceu-me que toda gente olhava para nós, que teriam ouvido, e quando alguém me cumprimentava sorrindo, dava-me ideia de estar caçoando. Desci as escadas não sei como, entrei no carro sem saber o que fazia; ao apertar-lhe a mão, afrouxei bem os dedos. Juro-lhe que não queria ter ouvido nada. Conrado disse-me que tinha sono, e encostou-se ao fundo do carro; foi melhor assim, porque eu não sei que diria, se tivéssemos de ir conversando. Encostei-me também, mas por pouco tempo; não podia estar na mesma posição. Olhava para fora através dos vidros, e via só o clarão dos lampiões, de quando em quando, e afinal nem isso mesmo; via os corredores do teatro, as escadas, as pessoas todas, e ele ao pé de mim, cochichando as palavras, duas palavras só, e não posso dizer o que pensei em todo esse tempo; tinha as ideias baralhadas, confusas, uma revolução em mim...

– Mas, em casa?

– Em casa, despindo-me, é que pude refletir um pouco, mas muito pouco. Dormi tarde, e mal. De manhã, tinha a cabeça aturdida. Não posso dizer que estava alegre nem triste; lembro-me que pensava muito nele, e para arredá-lo prometi a mim mesma revelar tudo ao Conrado; mas o pensamento voltava outra vez. De quando em quando, parecia-me escutar a voz dele, e estremecia. Cheguei a lembrar-me que, à despedida, lhe dera os dedos frouxos, e sentia, não sei como diga, uma espécie de arrependimento, um medo de o ter ofendido... e depois vinha o desejo de o ver outra vez... Perdoe-me, titia; a senhora é que quer que lhe conte tudo.

A resposta de d. Paula foi apertar-lhe muito a mão e fazer um gesto de cabeça. Afinal achava alguma coisa de outro tempo, ao contato daquelas sensações ingenuamente narradas. Tinha os olhos, ora meio cerrados, na sonolência da recordação, – ora aguçados de curiosidade e calor, e ouvia tudo, dia por dia, encontro por encontro, a própria cena do teatro, que a sobrinha a princípio lhe ocultara. E vinha tudo o mais, horas de ânsia, de saudade, de medo, de esperança, desalentos, dissimulações, ímpetos, toda a agitação de uma criatura em tais circunstâncias, nada dispensava a curiosidade insaciável da tia. Não era um livro, não era sequer um capítulo de adultério, mas um prólogo, – interessante e violento.

Venancinha acabou. A tia não lhe disse nada, deixou-se estar metida em si mesma; depois acordou, pegou-lhe na mão e puxou-a. Não lhe falou logo; fitou primeiro, e de perto, toda essa mocidade inquieta e palpitante, a boca fresca, os olhos ainda infinitos, e só voltou a si quando a sobrinha lhe pediu outra vez perdão. D. Paula disse-lhe tudo o que a ternura e austeridade da mãe lhe poderia dizer, falou-lhe de castidade, de amor ao marido, de respeito público; foi tão eloquente que Venancinha não pôde conter-se, e chorou.

Veio o chá, mas não há chá possível depois de certas confidências. Venancinha recolheu-se logo, e, como a luz era agora maior, saiu da sala com os olhos baixos, para que o criado lhe não visse a comoção. D. Paula ficou diante da mesa e do criado. Gastou vinte minutos, ou pouco menos, em beber uma xícara de chá e roer um biscoito, e apenas ficou só, foi encostar-se à janela, que dava para a chácara.

Ventava um pouco, as folhas moviam-se sussurrando, e, conquanto não fossem as mesmas do outro tempo, ainda assim perguntavam-lhe: "Paula, você lembra-se do outro tempo?" Que esta é a particularidade das folhas, as gerações que passam contam às que chegam as coisas que viram, e é assim que todas sabem tudo e perguntam por tudo. Você lembra-se do outro tempo?

Lembrar, lembrava; mas aquela sensação de há pouco, reflexo apenas, tinha agora cessado. Em vão repetia as palavras da sobrinha, farejando o ar agreste da noite: era só na cabeça que achava algum vestígio, reminiscências, coisas trancadas. O coração empacara de novo; o sangue ia outra vez com a andadura do costume. Faltava-lhe o contato moral da outra. E continuava, apesar de tudo, diante da noite, que era igual às outras noites de então, e nada tinha que se parecesse com as do tempo da Stoltz e do marquês de Paraná; mas continuava, e lá dentro as pretas espalhavam o sono contando anedotas, e diziam, uma ou outra vez, impacientes:

– Sinhá velha hoje deita tarde como diabo!

* * *

Síntese Crítica

Em "D. Paula", Machado de Assis faz nova incursão pelo território do universo feminino para construir dois perfis psicológicos de mulher, ambos emoldurados pela transfiguração artística da vida social e moral da alta sociedade carioca do Segundo Império.

As personagens principais ocupam posição de destaque na elite. Conrado é um dos mais bem-sucedidos advogados da corte; dona Paula é viúva rica, "pessoa austera e pia, cheia de prestígio e consideração"; Vasco Maria Portela, ex-amante de dona Paula, é diplomata que vive aposentado na Europa e ostenta o título de barão; Vasco, o filho, frequenta bailes elegantes da corte e é "um galhardo rapaz, elegante [...] com um ar tão parisiense".

As personagens masculinas têm participação secundária na narrativa, cujo foco incide sobre as duas mulheres, especialmente a personagem-título.

Venancinha é uma típica jovem senhora das rodas elegantes do Rio de Janeiro oitocentista. Conforme a opinião de Conrado, a mulher não tinha "índole perversa", a leviandade era o seu defeito, pois tinha "uma cabeça de vento". Dona Paula concorda com a opinião de Conrado e considera que o comportamento da sobrinha decorreria da vaidade tola e da inexperiência, que colocava em risco a reputação. As confissões de Venancinha à tia completam a configuração do temperamento romanesco e frágil da jovem aflita.

Venancinha mantivera breve aventura amorosa que não chegara a ser "um livro, [...] [nem] sequer um capítulo de adultério, mas um prólogo, – interessante e violento". Perante a pressão afetuosa, mas contundente, de dona Paula, Venancinha se afasta do jovem Vasco e restaura o casamento, aterrorizada com a ideia de ser repudiada pelo marido e com a consequência disso, consciente da rígida moralidade do círculo social em que vivia.

Dona Paula atua como pivô dessa restauração matrimonial. Na condição de senhora respeitável, ela representa a consciência da moralidade social oitocentista, inflexível e excludente em relação a uma mulher separada de marido, sabidamente adúltera.

No entanto, o comportamento terno e severo da velha senhora é uma máscara correspondente ao papel social que ela exerce em público. Atrás da máscara, escondem-se a sua vida íntima e o seu passado adúltero, ambos resguardados do conhecimento alheio. Todavia, a história da sobrinha faz renascer na tia a memória do amor clandestino com o pai do jovem Vasco, cujas emoções violentas tenta evocar. Para isso, induz a sobrinha a revelar minuciosamente o caso amoroso, com a descrição detalhada de situações, lugares, diálogos, sensações e sentimentos. A comoção de Venancinha contagia a tia, que, interiormente, consegue reviver as sensações do passado extinto. Enquanto dura o relato da jovem, dona Paula se embriaga com emoções de empréstimo, mas sente apenas reflexos de emoções, que cessam tão logo Venancinha se retira para o seu quarto. A sós, dona Paula se esforça, inutilmente, para reter aquela sensação, brasa adormecida que só pôde ser reavivada com "o contato moral da outra".

Dona Paula é uma personagem complexa, marcada pela duplicidade. Seu passado contrapõe-se ao seu presente, pois a imagem de jovem adúltera contrasta com a de viúva austera. Aqui é importante ressaltar que a aventura de outrora é desconhecida das demais personagens; a respeitável senhora mantém em fechado segredo o caso extraconjugal e o leitor só tem notícia dele mediante a enunciação onisciente do narrador.

Contudo, dona Paula mantém vida dupla mesmo depois de terminado seu caso clandestino. Em público, ostenta a máscara de senhora "austera e pia", mas, por meio da imaginação e da memória, revive secreta e prazerosamente as emoções adulterinas. Numa "inconsciente hipocrisia", dona Paula exerce o papel de freio moral que resgata o casamento de Venancinha, reconduzindo-o ao padrão patriarcal e de submissão das mulheres, mas esse mesmo padrão é subvertido por ela, quando, intimamente, se entrega ao gozo das sensações pretéritas na contemplação das emoções da sobrinha.

Não deixa de haver em dona Paula algo de Fortunato, de "A Causa Secreta"; não a mesma crueldade perversa, é claro, mas ambas as personagens se assemelham na medida em que se comprazem na fruição dos sentimentos e das emoções alheias.

ca Viver! ew

Fim dos tempos. Ahasverus[1], sentado em uma rocha, fita longamente o horizonte, onde passam duas águias, cruzando-se. Medita, depois sonha. Vai declinando o dia.

AHASVERUS. – Chego à cláusula[2] dos tempos; este é o limiar da eternidade. A terra está deserta; nenhum outro homem respira o ar da vida. Sou o último; posso morrer. Morrer! deliciosa ideia! Séculos de séculos vivi, cansado, mortificado, andando sempre, mas ei-los que acabam e vou morrer com eles. Velha natureza, adeus! Céu azul, nuvens renascentes, rosas de um dia e de todos os dias, águas perenes, terra inimiga, que me não comeste os ossos, adeus! O errante não errará mais. Deus me perdoará, se quiser, mas a morte consola-me. Aquela montanha é áspera como a minha dor; aquelas águias, que ali passam, devem ser famintas como o meu desespero. Morrereis também, águias divinas?

PROMETEU[3]. – Certo que os homens acabaram; a terra está nua deles.

AHASVERUS. – Ouço ainda uma voz... Voz de homem? Céus implacáveis, não sou então o último? Ei-lo que se aproxima... Quem és tu? Há em teus grandes olhos alguma coisa parecida com a luz misteriosa dos arcanjos de Israel; não és homem...
PROMETEU. – Não.
AHASVERUS. – Raça divina?
PROMETEU. – Tu o disseste.
AHASVERUS. – Não te conheço; mas que importa que te não conheça? Não és homem, posso então morrer; pois sou o último, e fecho a porta da vida.
PROMETEU. – A vida, como a antiga Tebas[4], tem cem portas. Fechas uma, outras se abrirão. És o último da tua espécie? Virá outra espécie melhor, não feita do mesmo barro, mas da mesma luz. Sim, homem derradeiro, toda a plebe dos espíritos perecerá para sempre; a flor deles é que voltará à terra para reger as coisas. Os tempos serão retificados. O mal acabará; os ventos não espalharão mais, nem os germens da morte, nem o clamor dos oprimidos, mas tão-somente a cantiga do amor perene e a bênção da universal justiça...
AHASVERUS. – Que importa à espécie que vai morrer comigo toda essa delícia póstuma? Crê-me, tu que és imortal, para os ossos que apodrecem na terra as púrpuras de Sidônia[5] não valem nada. O que tu me contas é ainda melhor que o sonho de Campanella[6]. Na cidade deste havia delitos e enfermidades; a tua exclui todas as lesões morais e físicas. O Senhor te ouça! Mas deixa-me ir morrer.
PROMETEU. – Vai, vai. Que pressa tens em acabar os teus dias?
AHASVERUS. – A pressa de um homem que tem vivido milheiros de anos. Sim, milheiros de anos. Homens que apenas respiraram por dezenas deles, inventaram um sentimento de enfado, *tedium vitae*[7], que eles nunca puderam conhecer, ao menos em toda a sua implacável e vasta realidade, porque é preciso ha-

ver calcado, como eu, todas as gerações e todas as ruínas, para experimentar esse profundo fastio da existência.

PROMETEU. – Milheiros de anos?

AHASVERUS. – Meu nome é Ahasverus: vivia em Jerusalém, ao tempo em que iam crucificar Jesus Cristo. Quando ele passou pela minha porta, afrouxou ao peso do madeiro que levava aos ombros, e eu empurrei-o, bradando-lhe que não parasse, que não descansasse, que fosse andando até à colina, onde tinha de ser crucificado... Então uma voz anunciou-me do céu que eu andaria sempre, continuamente, até o fim dos tempos. Tal é a minha culpa; não tive piedade para com aquele que ia morrer. Não sei mesmo como isto foi. Os fariseus diziam que o filho de Maria vinha destruir a lei, e que era preciso matá-lo; eu, pobre ignorante, quis realçar o meu zelo e daí a ação daquele dia. Que de vezes vi isto mesmo, depois, atravessando os tempos e as cidades! Onde quer que o zelo penetrou numa alma subalterna, fez-se cruel ou ridículo. Foi a minha culpa irremissível[8].

PROMETEU. – Grave culpa, em verdade, mas a pena foi benévola. Os outros homens leram da vida um capítulo, tu leste o livro inteiro. Que sabe um capítulo de outro capítulo? Nada; mas o que os leu a todos, liga-os e conclui. Há páginas melancólicas? Há outras joviais e felizes. A convulsão trágica precede a do riso, a vida brota da morte, cegonhas e andorinhas trocam de clima, sem jamais abandoná-lo inteiramente; é assim que tudo se concerta e restitui. Tu viste isso, não dez vezes, não mil vezes, mas todas as vezes; viste a magnificência da terra curando a aflição da alma, e a alegria da alma suprindo à desolação das coisas; dança alternada da natureza, que dá a mão esquerda a Jó e a direita a Sardanapalo[9].

AHASVERUS. – Que sabes tu da minha vida? Nada; ignoras a vida humana.

PROMETEU. – Ignoro a vida humana? deixa-me rir! Eia, homem perpétuo, explica-te. Conta-me tudo; saíste de Jerusalém...

Ahasverus. – Saí de Jerusalém. Comecei a peregrinação dos tempos. Ia a toda a parte, qualquer que fosse a raça, o culto ou a língua; sóis e neves, povos bárbaros e cultos, ilhas, continentes, onde quer que respirasse um homem, aí respirei eu. Nunca mais trabalhei. Trabalho é refúgio, e não tive esse refúgio. Cada manhã achava comigo a moeda do dia... Vede; cá está a última. Ide, que já não sois precisa (*atira a moeda ao longe*)[10]. Não trabalhava, andava apenas, sempre, sempre, sempre, um dia e outro dia, um ano e outro ano, e todos os anos, e todos os séculos. A eterna justiça soube o que fez: somou a eternidade com a ociosidade. As gerações legavam-me umas às outras. As línguas que morriam ficavam com o meu nome embutido na ossada. Com o volver dos tempos, esquecia-se tudo; os heróis dissipavam-se em mitos, na penumbra, ao longe; e a história ia caindo aos pedaços, não lhe ficando mais que duas ou três feições vagas e remotas. E eu via-as de um modo e de outro modo. Falaste em capítulo? Felizes os que só leram a vida em um capítulo. Os que se foram, à nascença dos impérios, levaram a impressão da perpetuidade deles; os que expiraram quando eles decaíam, enterraram-se com a esperança da recomposição; mas sabes tu o que é ver as mesmas coisas, sem parar, a mesma alternativa de prosperidade e desolação, desolação e prosperidade, eternas exéquias e eternas aleluias[11], auroras sobre auroras, ocasos sobre ocasos?

Prometeu. – Mas não padeceste, creio; é alguma coisa não padecer nada.

Ahasverus. – Sim, mas vi padecer os outros homens, e, para o fim, o espetáculo da alegria dava-me a mesma sensação que os discursos de um doido. Fatalidades do sangue e da carne, conflitos sem fim, tudo vi passar a meus olhos, a ponto que a noite me fez perder o gosto ao dia, e acabo não distinguindo as flores das urzes[12]. Tudo se me confunde na retina enfarada[13].

Prometeu. – Pessoalmente não te doeu nada, e eu que padeci por tempos inúmeros o efeito da cólera divina?

AHASVERUS. – Tu?
PROMETEU. – Prometeu é o meu nome.
AHASVERUS. – Tu Prometeu?
PROMETEU. – E qual foi meu crime? Fiz de lodo e água os primeiros homens, e depois, compadecido, roubei para eles o fogo do céu. Tal foi o meu crime. Júpiter, que então regia o Olimpo, condenou-me ao mais cruel suplício. Anda, sobe comigo a este rochedo.
AHASVERUS. – Contas-me uma fábula. Conheço esse sonho helênico[14].
PROMETEU. – Velho incrédulo! Anda ver as próprias correntes que me agrilhoaram; foi uma pena excessiva para nenhuma culpa; mas a divindade orgulhosa e terrível... Chegamos, olha, aqui estão elas...
AHASVERUS. – O tempo que tudo rói não as quis então?
PROMETEU. – Eram de mão divina; fabricou-as Vulcano[15]. Dois emissários do céu vieram atar-me ao rochedo, e uma águia, como aquela que lá corta o horizonte, comia-me o fígado, sem consumi-lo nunca. Durou isto tempos que não contei. Não, não podes imaginar este suplício...
AHASVERUS. – Não me iludes? Tu Prometeu? Não foi então um sonho da imaginação antiga?
PROMETEU. – Olha bem para mim, palpa estas mãos. Vê se existo.
AHASVERUS. – Moisés[16] mentiu-me. Tu Prometeu, criador dos primeiros homens?
PROMETEU. – Foi o meu crime.
AHASVERUS. – Sim, foi o teu crime, artífice do inferno; foi o teu crime inexpiável[17]. Aqui devias ter ficado por todos os tempos, agrilhoado e devorado, tu, origem dos males que me afligiram. Careci de piedade, é certo; mas tu, que me trouxeste à existência, divindade perversa, foste a causa original de tudo.
PROMETEU. – A morte próxima obscurece-te a razão.

Ahasverus. – Sim, és tu mesmo, tens a fronte olímpica, forte e belo titão[18]: és tu mesmo... São estas as cadeias? Não vejo o sinal das tuas lágrimas.

Prometeu. – Chorei-as pela tua raça.

Ahasverus. – Ela chorou muito mais por tua culpa.

Prometeu. – Ouve, último homem, último ingrato!

Ahasverus. – Para que quero eu palavras tuas? Quero os teus gemidos, divindade perversa. Aqui estão as cadeias. Vê como as levanto nas mãos; ouve o tinir dos ferros... Quem te desagrilhoou outrora?

Prometeu. – Hércules[19].

Ahasverus. – Hércules... Vê se ele te presta igual serviço, agora que vais ser novamente agrilhoado.

Prometeu. – Deliras.

Ahasverus. – O céu deu-te o primeiro castigo; agora a terra vai dar-te o segundo e derradeiro. Nem Hércules poderá mais romper estes ferros. Olha como os agito no ar, à maneira de plumas; é que eu represento a força dos desesperos milenários. Toda a humanidade está em mim. Antes de cair no abismo, escreverei nesta pedra o epitáfio de um mundo. Chamarei a águia, e ela virá; dir-lhe-ei que o derradeiro homem, ao partir da vida, deixa-lhe um regalo de deuses.

Prometeu. – Pobre ignorante, que rejeitas um trono! Não, não podes mesmo rejeitá-lo.

Ahasverus. – És tu agora que deliras. Eia, prostra-te, deixa-me ligar-te os braços. Assim, bem, não resistirás mais; arqueja para aí. Agora as pernas...

Prometeu. – Acaba, acaba. São as paixões da terra que se voltam contra mim; mas eu, que não sou homem, não conheço a ingratidão. Não arrancarás uma letra ao teu destino, ele se cumprirá inteiro. Tu mesmo serás o novo Hércules. Eu, que anunciei a glória do outro, anuncio a tua[20]; e não serás menos generoso que ele.

AHASVERUS. – Deliras tu?

PROMETEU. – A verdade ignota aos homens é o delírio de quem a anuncia. Anda, acaba.

AHASVERUS. – A glória não paga nada, e extingue-se.

PROMETEU. – Esta não se extinguirá. Acaba, acaba; ensina ao bico adunco da águia como me há de devorar a entranha; mas escuta... Não, não escutes nada; não podes entender-me.

AHASVERUS. – Fala, fala.

PROMETEU. – O mundo passageiro não pode entender o mundo eterno; mas tu serás o elo entre ambos.

AHASVERUS. – Dize tudo.

PROMETEU. – Não digo nada; anda, aperta bem estes pulsos, para que eu não fuja, para que me aches aqui à tua volta. Que te diga tudo? Já te disse que uma raça nova povoará a terra, feita dos melhores espíritos da raça extinta; a multidão dos outros perecerá. Nobre família, lúcida e poderosa, será a perfeita comunhão do divino com o humano. Outros serão os tempos, mas entre eles e estes um elo é preciso, e esse elo és tu.

AHASVERUS. – Eu?

PROMETEU. – Tu mesmo, tu, eleito, tu, rei. Sim, Ahasverus, tu serás rei. O errante pousará. O desprezado dos homens governará os homens.

AHASVERUS. – Titão artificioso, iludes-me... Rei, eu?

PROMETEU. – Tu rei. Que outro seria? O mundo novo precisa de uma tradição do mundo velho, e ninguém pode falar de um a outro como tu. Assim não haverá interrupção entre as duas humanidades. O perfeito procederá do imperfeito, e a tua boca dir-lhe-á as suas origens. Contarás aos novos homens todo o bem e todo o mal antigo. Reviverás assim como a árvore a que cortaram as folhas secas, e conserva tão-somente as viçosas; mas aqui o viço é eterno.

AHASVERUS. – Visão luminosa! Eu mesmo?

PROMETEU. – Tu mesmo.

AHASVERUS. – Estes olhos... estas mãos... vida nova e melhor... Visão excelsa! Titão, é justo. Justa foi a pena; mas igualmente justa é a remissão gloriosa do meu pecado. Viverei eu? eu mesmo? Vida nova e melhor? Não, tu mofas de mim.

PROMETEU. – Bem, deixa-me, voltarás um dia, quando este imenso céu for aberto para que desçam os espíritos da vida nova. Aqui me acharás tranquilo. Vai.

AHASVERUS. – Saudarei outra vez o sol?

PROMETEU. – Esse mesmo que ora vai a cair. Sol amigo, olho dos tempos, nunca mais se fechará a tua pálpebra. Fita-o, se podes.

AHASVERUS. – Não posso.

PROMETEU. – Podê-lo-ás depois, quando as condições da vida houverem mudado. Então a tua retina fitará o sol sem perigo, porque no homem futuro ficará concentrado tudo o que há melhor na natureza, enérgico ou sutil, cintilante ou puro.

AHASVERUS. – Jura que me não mentes.

PROMETEU. – Verás se minto.

AHASVERUS. – Fala, fala mais, conta-me tudo.

PROMETEU. – A descrição da vida não vale a sensação da vida; tê-la-ás prodigiosa. O seio de Abraão[21] das tuas velhas Escrituras não é senão esse mundo ulterior e perfeito. Lá verás Davi[22] e os profetas. Lá contarás à gente estupefata[23], não só as grandes ações do mundo extinto, como também os males que ela não há de conhecer, lesão ou velhice, dolo[24], egoísmo, hipocrisia, a aborrecida vaidade, a inopinável toleima[25] e o resto. A alma terá, como a terra, uma túnica incorruptível.

AHASVERUS. – Verei ainda este imenso céu azul!

PROMETEU. – Olha como é belo.

AHASVERUS. – Belo e sereno como a eterna justiça. Céu magnífico, melhor que as tendas de Cedar[26], ver-te-ei ainda e sempre; tu recolherás os meus pensamentos, como outrora; tu me darás os dias claros e as noites amigas...

PROMETEU. – Auroras sobre auroras.

AHASVERUS. – Eia, fala, fala mais. Conta-me tudo. Deixa-me desatar-te estas cadeias...

PROMETEU. – Desata-as, Hércules novo, homem derradeiro de um mundo, que vais ser o primeiro de outro. É o teu destino; nem tu nem eu, ninguém poderá mudá-lo. És mais ainda que o teu Moisés. Do alto do Nebo[27], viu ele, prestes a morrer, toda a terra de Jericó[28], que ia pertencer à sua posteridade; e o Senhor lhe disse: "Tu a viste com teus olhos, e não passarás a ela". Tu passarás a ela, Ahasverus; tu habitarás Jericó.

AHASVERUS. – Põe a mão sobre a minha cabeça, olha bem para mim, incute-me a tua realidade e a tua predição; deixa-me sentir um pouco da vida nova e plena... Rei disseste?

PROMETEU. – Rei eleito de uma raça eleita.

AHASVERUS. – Não é demais para resgatar o profundo desprezo em que vivi. Onde uma vida cuspiu lama, outra vida porá uma auréola. Anda, fala mais... fala mais... (*Continua sonhando. As duas águias aproximam-se.*)

UMA ÁGUIA – Ai, ai, ai deste último homem, está morrendo e ainda sonha com a vida.

A OUTRA. – Nem ele a odiou tanto, senão porque a amava muito.

* * *

Síntese Crítica

A ação de "Viver!" transcorre no "fim dos tempos" e num espaço onírico, em que uma personagem do imaginário cristão dialoga com uma divindade da mitologia grega: Ahasverus e Prometeu, respectivamente. Não há narrador nesse texto, que não é propriamente um conto, pois se apresenta na forma de monólogos e diálogos. Como numa peça de teatro, o leitor "assiste" a um espetáculo encenado nas falas dos atores, que representam personagens. Estas se caracterizam como arquétipos que encarnam ideias associadas a certas tradições da cultura ocidental. Essa condição confere ao texto o nítido caráter de uma alegoria, pois o discurso dialogal, além dos significados aparentes, constitui um conjunto de metáforas que remete a outros referentes, estabelecendo uma "moral da história". Assim, Ahasverus personifica a humanidade e a lenda do "judeu errante" é um discurso implícito que constitui o suporte dessa personificação. Ele não representa somente o último homem nesse texto fantástico, mas toda a humanidade é nele sintetizada.

Essa personagem pertencente à tradição cristã é deslocada de seu contexto original para ser aproveitada numa situação ficcional associada a outro discurso mítico, também cristão, que é a narrativa do apocalipse, ou seja, o mito do "fim dos tempos". Tal contexto cultural, no entanto, mescla-se com a tradição greco-latina do mito de Prometeu, da criação da humanidade e da condição humana. No encontro de ambas as tradições, encenam-se alegoricamente duas ideias de raízes míticas universais, as de princípio e fim.

Segundo a narrativa mítica implícita*, Prometeu, ao roubar o fogo de Júpiter** para dá-lo aos homens, torna-se responsável pelos males que afligem a humanidade. Por isso, na

---

* Hesíodo, *Teogonia – a Origem dos Deuses*, edição revisada e acrescida do original grego, estudo e tradução de Jaa Torrano, São Paulo, Iluminuras, 1991.
** Em vez de Zeus, nome grego da divindade, como ocorre nos poemas de Hesíodo (século VIII a.C.), valemo-nos do nome romano Júpiter, porque Machado o adota em seu texto.

invenção de Machado de Assis, Ahasverus se insurge contra o titã e o prende nas cadeias. Todavia, Prometeu não se abala; deixa-se prender porque conhece o futuro e sabe que o próprio Ahasverus o libertaria, quando se compenetrasse de que seria rei de uma nova raça de homens. A profecia de Prometeu feita a Ahasverus, por sua vez, retoma mais um mito greco-romano, o da idade de ouro, análogo à narrativa judaico-cristã do paraíso terrestre.

Nesse contexto, Ahasverus, que tanto desejara a morte, deixa-se vencer pela perspectiva de resgatar toda humilhação sofrida durante incontáveis séculos, mediante sua anunciada ascensão ao reinado de uma nova humanidade, caracterizada pela justiça e pela perfeição moral.

Contudo, trata-se de um sonho, ironizado pelo diálogo final das duas águias, que observam o enlevo com que o último homem, no momento da aniquilação final, ainda sonha com a vida e suas seduções. A frase final da águia encerra uma consideração sobre o homem arquetípico, que, até o último momento, abriga a esperança – alusão implícita a Pandora*, personagem associada ao mito de Prometeu e da condição humana – de que a vida fosse outra coisa, diferente do "legado da nossa miséria"**, de que fala o defunto-autor, Brás Cubas.

---

* Hesíodo, *Os Trabalhos e os Dias*, introdução, tradução e comentários de Mary de Camargo Neves Lafer, São Paulo, Iluminuras, 1990.
** Machado de Assis, *Memórias Póstumas de Brás Cubas*, apresentação e notas de Antônio Medina Rodrigues, Cotia (SP), Ateliê Editorial, 1998.

ঞ O Cônego ou Metafísica do Estilo¹ ফু

— "Vem do Líbano, esposa minha, vem do Líbano, vem..."² As mandrágoras deram o seu cheiro. Temos às nossas portas toda a casta de pomos..."³

– "Eu vos conjuro, filhas de Jerusalém, que se encontrardes o meu amado, lhe façais saber que estou enferma de amor..."⁴

Era assim, com essa melodia do velho drama de Judá⁵, que procuravam um ao outro na cabeça do cônego Matias um substantivo e um adjetivo... Não me interrompas, leitor precipitado; sei que não acreditas em nada do que vou dizer. Di-lo-ei, contudo, a despeito da tua pouca fé, porque o dia da conversão pública há de chegar.

Nesse dia, – cuido que por volta de 2222, – o paradoxo despirá as asas para vestir a japona de uma verdade comum⁶. Então esta página merecerá, mais que favor, apoteose⁷. Hão de traduzi-la em todas as línguas. As academias e institutos farão dela um pequeno livro, para uso dos séculos, papel de bronze, corte dourado, letras de opala embutidas, e capa de prata fosca. Os governos decretarão que ela seja ensinada nos ginásios e liceus. As filosofias queimarão todas as doutrinas anteriores, ainda as mais definitivas, e abraçarão esta psicologia nova, única, verdadeira[8], e tudo estará acabado. Até lá passarei por tonto, como se vai ver.

Matias, cônego honorário e pregador efetivo, estava compondo um sermão quando começou o idílio[9] psíquico. Tem quarenta anos de idade, e vive entre livros e livros para os lados da Gamboa[10]. Vieram encomendar-lhe o sermão para certa festa próxima; ele que se regalava então com uma grande obra espiritual, chegada no último paquete, recusou o encargo; mas instaram tanto, que aceitou.

– Vossa Reverendíssima faz isto brincando, disse o principal dos festeiros.

Matias sorriu manso e discreto, como devem sorrir os eclesiásticos e os diplomatas. Os festeiros despediram-se com grandes gestos de veneração, e foram anunciar a festa nos jornais, com a declaração de que pregava ao Evangelho o cônego Matias, "um dos ornamentos do clero brasileiro". Este "ornamento do clero" tirou ao cônego a vontade de almoçar[11], quando ele o leu agora de manhã; e só por estar ajustado, é que se meteu a escrever o sermão.

Começou de má vontade, mas no fim de alguns minutos já trabalhava com amor. A inspiração, com os olhos no céu, e a meditação, com os olhos no chão, ficam a um e outro lado do espaldar da cadeira, dizendo ao ouvido do cônego mil coisas místicas e graves. Matias vai escrevendo, ora devagar, ora depressa. As tiras saem-lhe das mãos, animadas e polidas. Algumas trazem poucas emendas ou nenhumas. De repente, indo escrever um adjetivo, suspende-se; escreve outro e risca-o; mais outro, que não tem melhor fortuna. Aqui é o centro do idílio. Subamos à cabeça do cônego.

Upa! Cá estamos. Custou-te, não, leitor amigo? É para que não acredites nas pessoas que vão ao Corcovado, e dizem que ali a impressão da altura é tal, que o homem fica sendo coisa nenhuma. Opinião pânica[12] e falsa, falsa como Judas[13] e outros diamantes. Não creias tu nisso, leitor amado. Nem Corcovados, nem Himalaias valem muita coisa ao pé da tua cabeça, que os mede. Cá estamos. Olha bem que é a cabeça do cônego. Temos à escolha um ou outro dos hemisférios cerebrais; mas vamos por este, que é onde nascem os substantivos. Os adjetivos nascem no da esquerda. Descoberta minha, que, ainda assim, não é a principal, mas a base dela, como se vai ver. Sim, meu senhor, os adjetivos nascem de um lado, e os substantivos de outro, e toda a sorte de vocábulos está assim dividida por motivo da diferença sexual...

– Sexual?

Sim, minha senhora, sexual. As palavras têm sexo. Estou acabando a minha grande memória[14] psicolexicológica, em que exponho e demonstro esta descoberta. Palavra tem sexo.

– Mas, então, amam-se umas às outras?

Amam-se umas às outras. E casam-se. O casamento delas é o que chamamos estilo. Senhora minha, confesse que não entendeu nada.

– Confesso que não.

Pois entre aqui também na cabeça do cônego. Estão justamente a suspirar deste lado. Sabe quem é que suspira? é o substantivo de há pouco, o tal que o cônego escreveu no papel, quando suspendeu a pena. Chama por certo adjetivo, que lhe não aparece: "Vem do Líbano, vem..." E fala assim, pois está em cabeça de padre; se fosse de qualquer pessoa do século, a linguagem seria a de Romeu: "Julieta é o sol... ergue-te, lindo sol"[15]. Mas em cérebro eclesiástico, a linguagem é a das Escrituras. Ao cabo, que importam fórmulas? Namorados de Verona[16] ou de Judá falam todos o mesmo idioma, como acontece com o táler ou o dólar, o florim ou a libra[17], que é tudo o mesmo dinheiro.

Portanto, vamos lá por essas circunvoluções do cérebro eclesiástico, atrás do substantivo que procura o adjetivo. Sílvio chama por Sílvia[18]. Escutai; ao longe parece que suspira também alguma pessoa; é Sílvia que chama por Sílvio.

Ouvem-se agora e procuram-se. Caminho difícil e intrincado que é este de um cérebro tão cheio de coisas velhas e novas! Há aqui um burburinho de ideias, que mal deixa ouvir os chamados de ambos; não percamos de vista o ardente Sílvio, que lá vai, que desce e sobe, escorrega e salta; aqui, para não cair, agarra-se a umas raízes latinas, ali abordoa-se a um salmo, acolá monta num pentâmetro[19], e vai sempre andando, levado de uma força íntima, a que não pode resistir.

De quando em quando, aparece-lhe alguma dama – adjetivo também – e oferece-lhe as suas graças antigas ou novas; mas, por Deus, não é a mesma, não é a única, a destinada *ab aeterno*[20] para este consórcio. E Sílvio vai andando, à procura da única. Passai, olhos de toda cor, formas de toda casta, cabelos cortados à cabeça do Sol ou da Noite; morrei sem eco, meigas cantilenas suspiradas no eterno violino; Sílvio não pede um amor qualquer, adventício[21] ou anônimo; pede um certo amor nomeado e predestinado.

Agora não te assustes, leitor, não é nada; é o cônego que se levanta, vai à janela, e encosta-se a espairecer do esforço. Lá olha, lá esquece o sermão e o resto. O papagaio em cima do poleiro, ao pé da janela, repete-lhe as palavras do costume; e, no terreiro, o pavão enfuna-se todo ao sol da manhã; o próprio sol, reconhecendo o cônego, manda-lhe um dos seus fiéis raios, a cumprimentá-lo. E o raio vem, e para diante da janela: "Cônego ilustre, aqui venho trazer os recados do sol, meu senhor e pai". Toda a natureza parece assim bater palmas ao regresso daquele galé[22] do espírito. Ele próprio alegra-se, entorna os olhos por esse ar puro, deixa-os ir fartarem-se de verdura e fresquidão, ao som de um passarinho e de um piano; depois fala ao papagaio, chama o jardineiro, assoa-se, esfrega as mãos, encosta-se. Não lhe lembra mais nem Sílvio nem Sílvia.

Mas Sílvio e Sílvia é que se lembram de si. Enquanto o cônego cuida em coisas estranhas, eles prosseguem em busca um do outro, sem que ele saiba nem suspeite nada. Agora, porém, o caminho é escuro. Passamos da consciência para a inconsciência, onde se faz a elaboração confusa das ideias, onde as reminiscências dormem ou cochilam. Aqui pulula a vida sem formas, os germens e os detritos, os rudimentos e os sedimentos; é o desvão imenso do espírito. Aqui caíram eles, à procura um do outro, chamando e suspirando. Dê-me a leitora a mão, agarre-se o leitor a mim, e escorreguemos também.

Vasto mundo incógnito. Sílvio e Sílvia rompem por entre embriões e ruínas. Grupos de ideias, deduzindo-se à maneira de silogismos, perdem-se do tumulto de reminiscências da infância e do seminário. Outras ideias, grávidas de ideias, arrastam-se pesadamente, amparadas por outras ideias virgens. Coisas e homens amalgamam-se; Platão[23] traz os óculos de um escrivão da câmara eclesiástica; mandarins[24] de todas as classes distribuem moedas etruscas[25] e chilenas, livros ingleses e rosas pálidas; tão pálidas, que não parecem as mesmas que a mãe do cônego plantou quando ele era criança. Memórias pias e familiares cruzam-se e confundem-se. Cá estão as vozes remotas da primeira missa; cá estão as cantigas da roça que ele ouvia cantar às pretas, em casa; farrapos de sensações esvaídas, aqui um medo, ali um gosto, acolá um fastio de coisas que vieram cada uma por sua vez, e que ora jazem na grande unidade impalpável e obscura.

– Vem do Líbano, esposa minha...
– Eu vos conjuro, filhas de Jerusalém...

Ouvem-se cada vez mais perto. Eis aí chegam eles às profundas camadas de teologia, de filosofia, de liturgia, de geografia e de história, lições antigas, noções modernas, tudo à mistura, dogma e sintaxe. Aqui passou a mão panteísta de Spinoza[26], às escondidas; ali ficou a unhada do Doutor Angélico[27]; mas nada disso é Sílvio nem Sílvia. E eles vão rasgando, levados de uma força íntima, afinidade secreta, através de todos os obstáculos e por cima de todos os abismos. Também os desgostos hão de vir. Pesares sombrios, que não ficaram no coração do cônego, cá estão, à laia[28] de manchas morais, e ao pé deles o reflexo amarelo ou roxo, ou o que quer que seja da dor alheia e universal. Tudo isso vão eles cortando, com a rapidez do amor e do desejo.

Cambaleias, leitor? Não é o mundo que desaba; é o cônego que se sentou agora mesmo. Espaireceu à vontade, tornou à mesa do trabalho, e relê o que escreveu, para continuar; pega da pena, molha-a, desce-a ao papel, a ver que adjetivo há de anexar ao substantivo.

Justamente agora é que os dois cobiçosos estão mais perto um do outro. As vozes crescem, o entusiasmo cresce, todo o *Cântico* passa pelos lábios deles, tocados de febre. Frases alegres, anedotas de sacristia, caricaturas, facécias[29], disparates, aspectos estúrdios, nada os retém, menos ainda os faz sorrir. Vão, vão, o espaço estreita-se. Ficai aí, perfis meio apagados de paspalhões que fizeram rir ao cônego, e que ele inteiramente esqueceu; ficai, rusgas extintas, velhas charadas, regras de voltarete, e vós também, células de ideias novas, debuxos[30] de concepções, pó que tens de ser pirâmide, ficai, abalroai, esperai, desesperai, que eles não têm nada convosco. Amam-se e procuram-se.

Procuram-se e acham-se. Enfim, Sílvio achou Sílvia. Viram-se, caíram nos braços um do outro, ofegantes de canseira, mas remidos com a paga. Unem-se, entrelaçam os braços, e regressam palpitando da inconsciência para a consciência. "Quem é esta que sobe do deserto, firmada sobre o seu amado?"[31] pergunta Sílvio, como no *Cântico*; e ela, com a mesma lábia erudita, responde-lhe que "é o selo do seu coração", e que "o amor é tão valente como a própria morte"[32].

Nisto, o cônego estremece. O rosto ilumina-se-lhe. A pena, cheia de comoção e respeito, completa o substantivo com o adjetivo. Sílvia caminhará agora ao pé de Sílvio, no sermão que o cônego vai pregar um dia destes, e irão juntinhos ao prelo[33], se ele coligir[34] os seus escritos, o que não se sabe.

* * *

Síntese Crítica

O cônego Matias fora convidado a pronunciar um "sermão para certa festa próxima". Empenhado na composição do texto, de repente, empaca num substantivo e se esforça para encontrar o adjetivo preciso, que melhor conviesse ao caso. Assim tem início o "idílio psíquico" do cônego. O narrador transpõe o relato para o interior da cabeça de Matias, convidando o leitor a contemplar os movimentos de Sílvio e Sílvia, nomes dados, respectivamente, ao substantivo e ao adjetivo que se buscam em meio à complexidade da vida psíquica do cônego. Esta é composta de fragmentos desconexos de memória, imagens confusas ou insólitas, emersas do inconsciente, e desordenadas "circunvoluções do cérebro eclesiástico, atrás do substantivo que procura o adjetivo".

O narrador onisciente comunica-se ora em primeira, ora em terceira pessoa. No primeiro caso, seu discurso interpela supostos interlocutores, leitores e leitoras, cujas vozes chegam a ser reproduzidas no relato, na forma de diálogo com o narrador.

Sim, meu senhor, os adjetivos nascem de um lado, e os substantivos de outro [lado do cérebro], e toda sorte de vocábulos está assim dividida por motivo de diferença sexual...

– Sexual?

Sim, minha senhora, sexual. As palavras têm sexo. Estou acabando a minha grande memória psicolexicológica, em que exponho e demonstro esta descoberta. Palavra tem sexo.

– Mas, então, amam-se umas às outras?

Amam-se umas às outras. E casam-se. O casamento delas é o que chamamos estilo. Senhora minha, confesse que não entendeu nada.

– Confesso que não.

Pois entre aqui também na cabeça do cônego.

Pelo fragmento transcrito, nota-se que o narrador formula uma teoria sobre a composição literária, isto é, uma poética, cujo fundamento é a convicção de que o amor é a força que unifica os díspares de modo harmonioso e permanente, tese de caráter geral, que encontraria validade no caso particular da composição literária. As palavras que se amam procuram-se mutuamente, ao som das vozes do *Cântico dos Cânticos*, no caso singular de um autor eclesiástico; fosse profano, o pano de fundo lírico seria dado pelas vozes dos amantes de Verona, Romeu e Julieta. O estilo resulta do casamento das palavras, que se eterniza na obra literária publicada.

Em primeira pessoa, o discurso tem caráter assertivo; em terceira, narrativo, consistindo este no relato da história de Sílvio e Sílvia. Tal história é classificada como um idílio, não exatamente no sentido de gênero bucólico da tradição lírica, mas no de poesia amorosa, ou produto de imaginação fantasiosa. No sentido amoroso, o idílio se realiza na enunciação das peripécias do substantivo e do adjetivo enamorados; no de fantasia, por meio da modulação fantástica da mesma narrativa, cujas peripécias transcorrem sobretudo na cabeça do cônego Matias, sendo que os leitores implícitos observam todos os movimentos delas, sentindo solavancos quando o cônego se levanta ou quando ele senta.

Todo o enunciado do narrador, tanto sua teoria como a sua narrativa, torna-se suspeito ao apresentar-se como a verdade definitiva e a sua respectiva demonstração. O narrador tem a convicção dos loucos formuladores de sistemas perfeitos. Ao dizer que o seu texto seria ensinado no futuro e que "as filosofias queimarão todas as doutrinas anteriores, ainda as mais definitivas, e abraçarão esta psicologia nova, única verdadeira", o narrador faz lembrar os delírios de grandeza de Quincas Borba com o seu Humanitismo. Mas, assim como a loucura de Quincas Borba ou o delírio de Brás Cubas contêm muito de verdade irônica sobre os homens e certas ideologias do século XIX, as aparentes tolices do narrador de que tratamos aqui têm o poder de compor a vida moral de um escritor inventado, o cônego Matias, e de analisar o seu processo de composição literária, que, consideradas as variações individuais, seria o mesmo para todos os escritores.

A "metafísica do estilo", referida no título do conto, corresponde a uma aguda análise e a uma magnífica síntese ficcional da invenção artística em sua dinâmica.

Notas

A CARTOMANTE

1. William Shakespeare (1564-1616), dramaturgo e poeta inglês. Na tragédia *Hamlet* (1603), o protagonista diz literalmente: "Há mais coisas no céu e na terra, Horácio, do que pode sonhar tua filosofia". *Obra Completa*, Rio de Janeiro, Nova Aguilar, 1995, vol. I, p. 550.
2. *Odor di femmina*: italiano, "aroma de mulher".
3. "Caleça de praça": carruagem de aluguel.
4. *Apolo*: divindade grega.
5. Sequência metafórica para significar o processo de sedução de Rita, associado à ideia de selvageria, ou pulsão psicofisiológica ditada pelo instinto, e à imagem bíblica do pecado.
6. Comportamento hipócrita, dissimulado, de Camilo.
7. *Obséquio*: favor. *Aleivosia*: traição. Antítese entre o comportamento desinteressado de Vilela e a atitude aproveitadora de Camilo.
8. *Pródigo*: no sentido de "abundante".
9. *Vexado*: envergonhado.
10. *Picar*: apressar.

11. *Tílburi*: carruagem puxada por um só animal.
12. *Entestar*: enfrentar.
13. *Safar*: livrar.
14. *Reboar*: ecoar; retumbar.
15. *Enxovalhado*: sujo.
16. *Sonso*: que simula inocência e ingenuidade.
17. *Ragazzo innamorato*: italiano, rapaz enamorado.
18. Gesto premonitório do que haveria de suceder no desenlace do caso.
19. *Sibila*: profetisa.
20. *Algibeira*: bolso.
21. *Barcarola*: cantiga tradicional em que a mulher se queixa da ausência do amado, que partiu embarcado em viagem, geralmente, para a guerra.
22. *Glória*: bairro do Rio de Janeiro, situado à beira-mar.
23. *Canapé*: tipo de sofá.

ENTRE SANTOS

1. *Ao pé*: próximo.
2. *Lobrigar*: enxergar com dificuldade.
3. *Ronda*: polícia.
4. *Adro*: pátio de uma igreja.
5. Referência intertextual à obra *Diálogos dos Mortos*, de Luciano de Samósata (século II a.C.), exemplo de sátira menipeia.
6. *Nicho*: cavidade na parede onde se abrigam imagens.
7. *Orago*: padroeiro da igreja.
8. O exame minucioso do comportamento dos fiéis é reiterado através dos verbos *penetrar, desfibrar* e *escalpelar*. Como os três verbos referem-se, em outros contextos, ao corpo físico, neste sugere-se o caráter avassalador da análise do comportamento humano feita pelos santos,

o que ironiza as teses realistas-naturalistas em voga. Essa busca da verdade cria interessante contraste com o tom fantasista do conto.
9. *Asceta*: religioso que se dedica exclusivamente à vida espiritual.
10. *Indulgência*: tolerância.
11. *Castiça*: pura.
12. *Anojado*: aborrecido.
13. Mateus, 22:14. In: *A Bíblia de Jerusalém*, São Paulo, Edições Paulinas, 1981, p. 1311.
14. Na doutrina cristã, a luxúria, comportamento sexual desregrado, é um dos sete pecados capitais.
15. "A oração era morna, depois fria, depois inconsciente": gradação indicadora de fervor decrescente.
16. O "outro" é o namorado.
17. *Erisipela*: doença infecciosa da pele.
18. Metáfora hiperbólica: "desabou em todo o bairro um aguaceiro de motes e dichotes". *Motes*: comentários maliciosos. *Dichotes*: sentenças zombeteiras.
19. *Usurário*: agiota. *Avaro*: avarento.
20. *Amuar*: guardar.
21. *Sórdido*: indigno; miserável.
22. A lei Eusébio de Queiroz, de 1850, proibia o tráfico negreiro.
23. Ironia. Sales libertou o cadáver da escrava para não arcar com as despesas do funeral. A suposta liberalidade é, de fato, uma atitude de avarento.
24. "Com pingos d'água é que se alagam as ruas": adágio metafórico que expressa o princípio da acumulação de riqueza. Outro ditado popular equivalente: "De grão em grão que a galinha enche o papo".
25. *Representação*: cargo público.
26. *Gosto nobiliário*: aspiração a título de nobreza.
27. *Pouca sociedade*: escasso convívio social.
28. *Caseira eminente*: notável dona de casa.
29. *Desastre próximo*: eufemismo para a possível morte iminente da mulher de Sales.

30. *Ordem terceira*: irmandade; congregação religiosa.
31. *Valo*: fosso.
32. *Rebolcar*: rolar.
33. *Excelso*: sublime.
34. *Homero* (século VIII a.C.): poeta grego, autor da *Ilíada* e da *Odisseia*.
35. *Vulcano*: divindade romana, portador de deficiência em uma perna, chamado Hefesto na religião grega antiga.

UNS BRAÇOS

1. *Solicitador*: procurador, agenciador de negócios ou de causas jurídicas, além de despachante.
2. "[...] malandro, cabeça de vento, estúpido, maluco": exemplo de discurso indireto livre, em que o narrador imita o discurso da personagem.
3. O parágrafo todo é exemplo de discurso direto, em que o narrador suspende a narração para reproduzir exatamente o discurso da personagem. Na narrativa de ficção, o discurso direto suprime por momentos a narração para dar lugar à ação direta das personagens, por meio de seus monólogos ou diálogos, como ocorre no teatro.
4. *Espeitorar*: o mesmo que expectorar, no sentido de falar com raiva.
5. *Impropérios*: ofensas.
6. "Um corpo não destituído de graça": exemplo de lítotes, figura de linguagem que consiste numa forma abrandada e um tanto irônica de dizer algo. No caso, em vez de dizer "um corpo gracioso", o narrador relativiza a graciosidade, reduzindo essa qualidade ao seu patamar inferior.
7. *Foro*: fórum; tribunal.
8. "Borges abarrotava-se de alface e vaca." No texto, "abarrotar-se" é hipérbole, com o sentido de comer demasiadamente; na expressão "abarrotava-se [...] de vaca", este último vocábulo é metonímia para "carne de vaca". Um efeito de sentido dessa metonímia, intensificado pela hipér-

bole que se lhe associa, é o de configurar uma imagem do caráter grosseiro do procurador Borges, por meio de seus modos à mesa.
9. Salvo hipótese de um erro de imprensa, a seleção vocabular do narrador, em vez de optar pelo previsível "gole de vinho", prefere o inusitado "golpe de vinho", expressão metafórica que sugere e acentua o caráter violento de Borges.
10. *Faceira*: vaidosa.
11. *Abotoar*: fazer-se botão. Em sentido figurado: surgir, despontar, irromper.
12. *Negro*: metonímia para "escravo".
13. *Parola*: conversa fiada.
14. *Côvado e meio*: a polícia.
15. *Caiporismo*: azar; má sorte.
16. *Avoaçavam*: esvoaçavam.
17. Pode-se entender por "domingo cristão" um dia consagrado ao Deus da fé católica; por "domingo universal", um dia propício a todos os afazeres não só sagrados, mas também profanos.
18. *Passadiço*: corredor de passagem ou passeio.
19. O fato de atribuir as feições de d. Severina às heroínas ficcionais é sinal da obsessão de Inácio por ela.
20. *Abrochar*: unir; apertar.
21. *Aturdida*: perturbada; assombrada.
22. *Imputação*: responsabilidade.

UM HOMEM CÉLEBRE

1. *Sarau*: reunião festiva.
2. *Patusca*: brincalhona.
3. *Diligência*: cuidado; zelo.
4. *Quadrilha*: espécie de música, de origem francesa, para dança coreográfica de casais.

5. *Polca*: espécie de música dançante. Originária da antiga Boêmia (região da atual República Tcheca), a polca foi muito difundida internacionalmente. No Brasil, adaptou-se à cultura e à sensibilidade nacional oitocentista e adquiriu grande popularidade nos meios urbanos.
6. *Cuidosos*: pensativos.
7. *Enfadado*: entediado.
8. *Estugar*: apressar.
9. *Motete*: mesmo que "moteto", composição musical para várias vozes.
10. Compositores de música erudita: Domenico Cimarosa (1749-1801); Wolfgang Amadeus Mozart (1756-1791); Ludwig van Beethoven (1770-1827); Christoph Willibald Gluck (1714-1787); Johann Sebastian Bach (1685-1750); Robert Schumann (1810-1856).
11. *Alhures*: em outro lugar.
12. Franz Joseph Haydn (1732-1809): compositor austríaco de música erudita.
13. *Aventar*: fazer vir à mente.
14. *Ventura*: acaso.
15. *Buliçosa*: agitada; movimentada.
16. *Menear*: oscilar; balançar.
17. *Donzel*: jovem puro; inocente.
18. Machado de Assis denuncia a sobreposição do interesse comercial ao artístico.
19. *Espavento*: espanto.
20. O rio Jordão é, no contexto, metáfora da música erudita. Pestana se esforçava inutilmente para tornar-se compositor erudito.
21. *Tísica*: tuberculosa.
22. *Bálsamo*: consolo.
23. *Petimetre*: peralta; pessoa frívola e ociosa.
24. *Balbuciar*: gaguejar.
25. Frédéric Chopin (1810-1849), compositor romântico polonês.
26. *Lúbrico*: sensual.

27. *Réquiem*: composição musical erudita de celebração aos mortos.
28. *Célere*: rápida. Entenda-se: Pestana compunha rapidamente o início de seu *Réquiem*.
29. Luiz Alves de Lima e Silva (1803-1880), Duque de Caxias, marechal e patrono do exército brasileiro.
30. Pestana preferia um lugar modesto entre os grandes compositores universais em vez do primeiro entre os de sua província.
31. *Clarineta*: metonímia que toma o instrumento em lugar do músico.
32. *Instar*: insistir.
33. Os partidos Liberal e Conservador revezaram-se nos governos parlamentaristas do Segundo Império.
34. *Pilhéria*: chiste; piada.

A DESEJADA DAS GENTES

1. *Conselheiro*: título honorífico do Império.
2. Metáfora. Propriamente, o conselheiro não estaria a falar em versos, mas expressava-se poeticamente.
3. *Ter uma lira*: "ser poeta". Literalmente: "Todo homem deve ter algo de poeta".
4. *Ordenação do Reino*: no caso, trata-se da distinção recebida pela personagem, que fora nomeada "conselheiro" pelo imperador.
5. *Secretaria de Estrangeiros*: instituição equivalente ao atual Ministério das Relações Exteriores.
6. *Outeiro*: colina. Trata-se do Outeiro da Glória.
7. *Chefe de esquadra reformado*: oficial da marinha aposentado.
8. *Cosme Velho*: bairro do Rio de Janeiro.
9. Insinuação irônica. O fato de a amiga de Quintília diminuir a própria idade seria evidência de uma certa fragilidade de caráter que a diminuiria a si mesma.
10. *Fortuna*: acaso ou destino.

11. *Sentencioso*: que se expressa por sentenças solenes.
12. Período construído por meio de metáforas que evocam o medievalismo romântico.
13. *Galarim*: auge.
14. *Primeira roda*: elite da sociedade.
15. *Os Puritanos* (1835): ópera de Vincenzo Bellini (1801-1835). Estreou no Rio de Janeiro em 1845, com a soprano Candiani, citada com frequência na obra de Machado de Assis.
16. *Chalacear*: gracejar.
17. *Presunção*: opinião favorável sobre si mesmo.
18. *Sarcasmo*: ironia corrosiva.
19. *Estouvado*: leviano; brincalhão.
20. *Banca*: escritório de advocacia.
21. *Inculcado*: aparente.
22. *Werther*: protagonista do famoso romance *Os Sofrimentos do Jovem Werther* (1774), de Johann Wolfgang von Goethe (1749-1832). Em virtude de um amor impossível, Werther comete suicídio. O romance é uma das obras inaugurais do Romantismo.
23. *Cálix*: cálice.
24. *Lhano*: afável.
25. *Argueiro*: insignificância. A expressão "fazer de um argueiro um cavaleiro" significa "dar muita importância ao que é insignificante".
26. "Dentro da luva das amigas": expressão metafórica para indicar os rapazes que eram recomendados a Quintília por suas amigas.
27. *Itaboraí*: município do Estado do Rio de Janeiro.
28. *Óbolo*: esmola.
29. *Fidalgo*: nobre; aristocrata.
30. *Legação*: missão diplomática; embaixada.
31. *Profano*: no sentido de "leigo".
32. "Monstro divino": oxímoro, figura que consiste numa expressão em que os termos são contraditórios.

A CAUSA SECRETA

1. *Catumbi*: bairro do Rio de Janeiro.
2. *Rebuço*: disfarce.
3. *Intrépido*: corajoso.
4. *Imprecação*: maldição.
5. *Malta de capoeiras*: bando de malandros, lutadores de rua.
6. *Capitalista*: que vive de rendimentos financeiros; rentista.
7. *Obsequiar*: favorecer.
8. *Borlas do chambre*: franjas do roupão.
9. *Gérmen*: estágio inicial de desenvolvimento.
10. *Regalo*: prazer.
11. *Gôndola*: veículo de transporte coletivo, movido a burros; ônibus.
12. *Obséquio*: gentileza.
13. *Airosa*: delicada.
14. *Estúrdio*: esquisito.
15. *Dobrez*: hipocrisia; fingimento.
16. *Curar*: cuidar; ocupar-se de algo.
17. *Fâmulo*: criado; empregado.
18. *Cáustico*: cauterizante.
19. *Compleição*: no sentido de "temperamento".
20. *Gabinete*: lugar de trabalho; escritório.
21. *Sonata*: composição musical erudita.
22. *Sensação estética*: sensação de prazer perante a beleza. Note-se que essa sensação de Fortunato é causada por um espetáculo de horror.
23. O vocábulo "sadismo", que designa o comportamento de quem sente prazer com a dor alheia, não era usado no tempo de Machado de Assis.
24. *Diletantismo*: comportamento que visa ao prazer desinteressado.
25. *Sui generis*: latim. Estritamente, significa "de seu próprio gênero", no sentido de algo único, sem par ou peculiar.
26. Gaius Caesar Augustus Germanicus (12-41), conhecido como Calí-

gula, foi imperador romano entre os anos 37 e 41 d.C., famoso pela megalomania e pela crueldade brutal.
27. *Aturdido*: atordoado; tonto.

TRIO EM LÁ MENOR

1. *Adagio cantabile*: expressão italiana; notação musical que indica andamento lento.
2. *Mucama*: escrava encarregada de serviços domésticos junto aos senhores.
3. *Nhanhã*: mesmo que iaiá. Tratamento dispensado às jovens senhoras no tempo da escravidão.
4. *Adusta*: melancólica.
5. *Cobiçosa*: ambiciosa.
6. *Norma* (1831): ópera de Vincenzo Bellini. Estreou no Rio de Janeiro em 1844.
7. *Allegro ma non troppo*: expressão italiana usada para indicar andamento musical rápido e vivo, mas moderado.
8. *Tijuca*: bairro do Rio de Janeiro.
9. *Derribou*: derrubou.
10. *Engenho Velho*: bairro do Rio de Janeiro.
11. Notação irônica do narrador para caracterizar a vaidade frívola de Maciel.
12. Maria Regina idealiza Maciel.
13. *Allegro appassionato*: andamento musical mais rápido e animado que o "Allegro ma non troppo".
14. *Très répandu*: expressão francesa para indicar alguém bem relacionado socialmente.
15. *Canhoto*: crendice antiga considerava os canhotos como pessoas desajeitadas.
16. *Fazendas*: no sentido de "tecidos".

17. *Toilettes*: vestimenta feminina, em francês.
18. *Très pschutt*: expressão idiomática francesa, com o significado de "muito vistosa".
19. *Adorable*: adorável, em francês.
20. *Axioma etnológico*: consideração de valor supostamente universal e verdadeiro sobre a cultura dos povos.
21. *Voltarete*: jogo de baralho.
22. *Trunfo*: naipe que prevalece sobre os outros. *Espadilha*: ás de espadas. *Manilha*: no voltarete, sete de ouros ou de copas, ou, ainda, o dois de paus.
23. *Sobrolho*: sobrancelha.
24. *Centelhavam*: brilhavam; cintilavam.
25. *Encarecimento*: elogio.
26. *Sardônico*: sarcástico; com ironia maliciosa.
27. Titânia é a rainha das fadas, em *Sonhos de uma Noite de Verão*, comédia de William Shakespeare. A alusão intertextual aproxima ironicamente a visão fantasiosa de Maria Regina à de Titânia, que, por força de magia, se apaixona por um tecelão com cabeça de burro.
28. *Menuetto*: música de andamento solene e gracioso.
29. Entenda-se, os namorados ficaram aborrecidos com a indecisão da moça.
30. Caso semelhante ao anterior: a lua deixava Maria Regina aborrecida.
31. *Baldado*: inútil.

ADÃO E EVA

1. *Lambareiro*: guloso.
2. *Pentateuco*: os cinco primeiros livros da Bíblia.
3. *Apócrifo*: de autoria duvidosa ou falsa.
4. *Pulha*: mentira brincalhona.
5. *Curial*: apropriado.

6. *Cicuta*: planta de veneno poderoso.
7. *Néscio*: ignorante.
8. *Cleópatra* (69-30 a.C.), rainha do Egito. *Dido*, personagem da *Eneida*, de Virgílio, rainha de Cartago. *Semíramis*, rainha lendária da Babilônia. *Cornélia*, dama da Roma antiga, mãe dos irmãos Graco. *Débora*, personagem bíblica. *Safo* (século VI a.C.), poeta grega. *Maria de Nazaré*, mãe de Jesus Cristo.
9. *De porfia*: em disputa.
10. *Elmo*: capacete.
11. *Babujar*: babar.
12. *Egressos*: que se afastaram.
13. *Itapagipe*: município da Bahia.

O ENFERMEIRO

1. Período metafórico que, aproximadamente, tem o seguinte significado: não farei o relato de coisas grandiosas ("o império do Grão-Mogol", ou "a fotografia dos Macabeus"), mas a modesto depoimento em que cabe a minha experiência pessoal ("meus sapatos").
2. *Niterói*: município do atual Estado do Rio de Janeiro.
3. Metonímias. *Casa*: abrigo; *cama*: repouso; *mesa*: alimento.
4. *Enfarado*: entediado.
5. O vocábulo "valongo" era comumente utilizado para designar locais onde havia comércio de escravos.
6. *Fomentação*: massagem com medicamento.
7. *Coibir*: fazer cessar; refrear.
8. *Instar*: solicitar insistentemente.
9. *Melindrosas*: perigosas.
10. Visconde d'Arlincourt (1789-1856), romancista francês.
11. *Espórtula*: donativo.
12. *Embair*: iludir.

13. *Probidade*: honestidade.
14. *Esbirro*: policial ou funcionário subalterno em tribunais.
15. *Legados pios*: parte de herança destinada à caridade.
16. *Coletor*: funcionário encarregado do recolhimento de impostos. *Boticário*: farmacêutico. *Escrivão*: oficial de cartório.
17. *Títulos*: aplicações financeiras.
18. *Epitáfio*: inscrição tumular.
19. Paródia irônica de sentenças inscritas no "Sermão da Montanha". Mateus, 5.

O DIPLOMÁTICO

1. Machado de Assis grafa o pronome "lhe" em itálico para ressaltar o uso coloquial da língua, diverso da norma culta, que prescreve o uso da forma pronominal de segunda pessoa: "te" ou "vos".
2. Ver nota anterior. Em discurso direto, João Viegas reproduz a incorreção no uso do pronome. A norma culta, nessa fala, prescreve a forma: "...se alguém a ama..."
3. *Espevitadamente*: animadamente.
4. *Bogari*: tipo de flor.
5. Machado de Assis grafa "seu" em itálico para destacar o uso popular da forma de tratamento "senhor".
6. *Paço*: palácio.
7. *Palma*: prêmio.
8. *Fogo*: referência a fogos de artifícios, usados em festas públicas no bairro carioca da Lapa.
9. *Áugure*: profeta.
10. *Dragonas*: adorno de ombros em uniformes militares, que indica o posto ocupado na hierarquia.
11. *Arlequinadas*: brincadeiras.
12. *Libré*: uniforme de luxo, usado por criados da aristocracia.

13. *Tejadilho*: capota.
14. *Comendas*: condecorações.
15. *Metáfora*: "abriu todas as velas" tem o significado de "expandiu-se", isto é, acolheu receptivamente os visitantes.
16. *Casta Diva*: ária da ópera *Norma*, de Bellini.
17. *Farandolagem*: ninharias; coisas sem importância.
18. *Especiosa*: gentil.
19. *Escrutar*: investigar.
20. *Víspora*: jogo de loto ou bingo.
21. *Quimera*: ilusão.
22. *Energúmeno*: possesso.
23. *Otelo e Desdêmona*: personagens da tragédia *Otelo, o Mouro de Veneza*, de Shakespeare.
24. Ironia que sublinha o caráter fantasioso e irresoluto de Rangel.

MARIANA

1. Sem acento e em itálico, a palavra *reporter* indica que se trata de vocábulo estrangeiro, francês no caso. Não era comum, na época, a forma "repórter", que a língua portuguesa acabou por adotar e que se tornou habitual para designar uma das funções dos profissionais do jornalismo.
2. *Odéon*: teatro parisiense.
3. *Paquete*: espécie de navio a vapor.
4. *Bordéus* (*Bordeaux*): cidade portuária francesa, situada na margem sul do rio Garona (*Garonne*).
5. *Roseiras* e *cedros*: metáforas, respectivamente, das belas mulheres do presente da narrativa (1889) e as de épocas anteriores. Pelas ideias inerentes às duas imagens, a beleza das primeiras se associa à noção de fragilidade e efemeridade; a das segundas, de solidez e permanência.

6. O cedro é a árvore-símbolo do Líbano. Evaristo entra no jogo metafórico de seu interlocutor, insinuando que este, porque já não é jovem, vê diferença onde não há. A incapacidade do interlocutor "subir ao Líbano" tem esse efeito de sentido, em que se pode notar certa malícia.
7. *Retorquir*: responder de modo a manifestar objeção.
8. *Cartão*: cartão de visita.
9. *Vetusto*: antigo; velho.
10. *Ridente*: risonha.
11. Alphonse de Lamartine (1790-1869): poeta romântico francês, autor do poema "Le lac" ("O Lago"), recolhido no livro *Les méditations poétiques* (*Meditações Poéticas*), publicado em 1820.
12. *Oceano dos tempos*: expressão contida no terceiro verso do poema "O Lago", de Lamartine.
13. *Parricídio*: assassínio de progenitores. No texto, com o sentido metafórico e hiperbólico.
14. *Pungente*: dolorosamente comovente.
15. *Alquebrar*: abater; prostrar; cansar.
16. *Desgrenhada*: descabelada; descomposta.
17. A observação se refere aos acasos da fortuna, que determinam a permanência ou esquecimento de uma peça de teatro. Aplicada ao caso de Evaristo, a frase tem sentido metafórico e auto-irônico.

CONTO DE ESCOLA

1. *Gentleman*: cavalheiro, em inglês.
2. *Sueto*: feriado escolar. Entenda-se, a personagem havia cabulado dois dias de aulas.
3. *Caixeiro*: balconista.
4. *Cordovão*: couro de cabra curtido.
5. *Boceta*: caixinha.

6. *Mofino*: enfermiço; adoentado.
7. *Dubitativa*: que expressa dúvida.
8. *Cogitativa*: pensativa; reflexiva.
9. *Bojar*: ser inflado pelo vento.
10. O período histórico da Regência vigorou durante a menoridade de d. Pedro II, entre os anos de 1831 e 1840. Ao completar quatorze anos de idade, o imperador foi emancipado e assumiu o trono do Brasil.
11. *Palmatória*: peça de madeira constituída de um cabo terminado por uma forma larga e arredondada, provida de furos. Instrumento de castigo com o qual batia-se na palma da mão de alguém.
12. *Cinco olhos*: metáfora dos cinco furos da palmatória ("diabo").
13. *Pitada*: pequena porção de rapé.
14. *Pratinha*: metonímia em que a matéria-prima "prata" é nomeada em vez do produto "moeda".
15. *Tempo do rei*: época em que o rei d. João VI (1767-1826), vigésimo sétimo rei de Portugal, viveu no Brasil, de 1808 a 1821.
16. *Vinténs* e *tostões*: moedas antigas.
17. *Cobre*: metonímia para "moedas de cobre", de valor inferior ao da "pratinha".
18. *Azinhavrado*: coberto de azinhavre, camada esverdeada resultante da reação do cobre com a umidade do ar.
19. *Cunho*: forma gravada em relevo nas moedas.
20. *Bolos*: pancadas.
21. *Escrúpulo*: hesitação moral.

UM APÓLOGO

1. *Apólogo*: narrativa alegórica em que seres inanimados dialogam e que contém um ensinamento moral.
2. *Galgos*: cães. *Diana*: deusa romana da caça.

3. *Acolchetando*: aplicando colchetes.
4. *Mofar*: zombar.

D. PAULA

1. *Chegar a ponto*: chegar no momento oportuno.
2. *Arrufo*: mau humor.
3. *Mantelete*: capa curta.
4. *Desazo*: negligência; descuido.
5. *Fatuidade*: presunção.
6. *Pelintra*: sem-vergonha; descarado.
7. Rosina Stoltz: cantora lírica de grande sucesso no Rio de Janeiro, em torno de 1852.
8. *Ministério Paraná*: governo da monarquia parlamentarista, o gabinete, ou ministério Paraná, vigorou entre 1853 e 1857.
9. *Mazurca*: música dançante, de origem polonesa.
10. *Repúdio*: rejeição; separação.
11. *Galhardo*: fino; elegante.
12. *Cordial*: bebida que ativa a circulação sanguínea.
13. *Exortação*: estímulo; encorajamento.

VIVER!

1. *Ahasverus*: chamado "o judeu errante"; figura lendária que teria ofendido Jesus Cristo a caminho do Calvário, sendo, por isso, condenado a vagar pelo mundo, rejeitado por todos, até o fim dos tempos, sem poder morrer.
2. *Cláusula*: fim.
3. *Prometeu*: divindade da mitologia grega. No mito grego, Prometeu, o criador do homem, roubou o fogo sagrado de Zeus (Júpiter, para

os romanos) para dá-lo às suas criaturas, sendo por isso acorrentado num penhasco, onde todos os dias uma águia aparecia para devorar-lhe o fígado.

4. *Tebas*: cidade grega, ilustre nos mitos antigos. "Cem portas" é hipérbole. Segundo a fama, Tebas possuía sete portas.
5. *Sidônia*: cidade citada na Bíblia, localizada na antiga Fenícia, hoje no Líbano. "Púrpuras de Sidônia" é metáfora para "grande riqueza".
6. Tommaso Campanella (1568-1639): pensador italiano, pertencente à ordem dominicana, precursor do empirismo de Bacon e de certas ideias de Descartes. A convicção de que todo o universo era animado por um espírito inteligente e próprio (imanente) levou Campanella a sofrer perseguições da Inquisição. Sua obra principal, *A Cidade do Sol*, é uma espécie de ficção filosófica em que se delineia uma cidade utópica, onde o bem seria promovido entre os homens.
7. *Tedium vitae*: tédio da vida, em latim.
8. *Irremissível*: sem remissão, isto é, imperdoável.
9. *Jó*: personagem bíblica, símbolo da paciência e da resignação perante os infortúnios da vida. *Sardanapalo*: mais conhecido como Assurbanipal (668-626 a.C.), último grande rei da Assíria, símbolo da volúpia sem freio e da depravação moral. No texto de Machado de Assis, Jó e Sardanapalo formam uma antítese em que o primeiro representa a ideia de resignação e o segundo, a fúria.
10. Este conto de Machado é construído, sobretudo, por meio de um diálogo entre personagens, como numa peça de teatro. Assim como na dramaturgia, o autor se vale de rubricas, ou seja, indicações que orientam e indicam gestos e outras atitudes das personagens, registradas à parte do diálogo, como nesta nota colocada entre parênteses.
11. Antítese. *Exéquias*: cerimônias fúnebres, tristes; *aleluias*: expressões de alegria.
12. *Urze*: espécie de arbusto.
13. *Enfarada*: entediada.

14. Ahasverus duvida do que ouve. Num primeiro momento, toma Prometeu por uma figura de ficção. Notável efeito de sentido em que a ficção duvida de si mesma.
15. *Vulcano*: divindade romana; o deus ferreiro.
16. *Moisés*: líder espiritual do povo judeu, que teria recebido de Deus as tábuas da lei, isto é, os dez mandamentos.
17. *Inexpiável*: imperdoável.
18. *Fronte olímpica*: traço facial grego; *titão* ou titã: nome dado a certas divindades da mitologia grega.
19. *Hércules*: filho de Júpiter (Zeus) com uma mortal, é o maior herói mítico greco-romano, libertador de Prometeu.
20. O nome "Prometeu" tem o significado de previdente ou profeta. No mito greco, Prometeu havia predito que seria libertado de suas cadeias por um herói, filho de Zeus (Júpiter), no caso, Hércules. Assim como fizera antes, Prometeu prediz que seria libertado outra vez, agora por aquele que o acorrentava novamente, ou seja, pelo próprio Ahasverus.
21. *Abraão*: patriarca do povo judeu.
22. *Davi*: segundo rei do povo judeu.
23. *Estupefata*: perplexa; admirada.
24. *Dolo*: fraude.
25. *Inopinável*: inimaginável; *toleima*: tolice.
26. *Cedar*: filho de Ismael, personagem bíblica. No *Cântico dos Cânticos*, atribuído a Salomão, as "tendas de Cedar" são qualificadas como graciosas, ou seja, encantadoras.
27. *Nebo*: monte de onde Moisés viu a terra prometida e onde morreu.
28. *Jericó*: cidade bíblica. No texto, tem o significado de "terra prometida".

O CÔNEGO OU METAFÍSICA DO ESTILO

1. *Cônego*: padre secular, agraciado com uma distinção eclesiástica. *Metafísica*: investigação filosófica das determinações e dos princí-

pios universais do "ser". O título do conto indica que ele contém uma espécie de reflexão sobre o processo de composição de uma obra de arte. Para isso, o conto, embora por meio da narrativa de ficção, desenha uma psicologia ou fenomenologia (no sentido de descrição de uma experiência vivenciada na interioridade do psiquismo humano) aplicada a um caso particular (do cônego Matias), como ilustração que possibilitaria um certo conhecimento da natureza íntima (metafísica) da obra de arte literária.

2. *Cântico dos Cânticos*, 4:8. In: *A Bíblia de Jerusalém*, São Paulo, Edições Paulinas, 1981, p. 853.
3. *Idem*, 7:14, p. 858.
4. *Idem*, 5:8, p. 855.
5. *Judá*: tribo, cidade e reino do antigo povo judeu. No texto de Machado de Assis, é metonímia para o sábio Salomão, rei de Judá, a quem se atribui o *Cântico dos Cânticos*, que é um poema dialogado, razão pela qual o narrador se refere a ele por meio da perífrase "o velho drama de Judá", sendo o vocábulo "drama" utilizado no sentido de poema dramático, como uma peça de teatro em versos.
6. O paradoxo (figura de linguagem que consiste numa formulação com aparência de absurdo) a que se refere o narrador consiste no fato de um substantivo e um adjetivo dialogarem usando as falas do "Amado" (Salomão) e da "Amada" (Sulamita), personagens do *Cântico dos Cânticos*. O sintagma "o paradoxo despirá as asas para vestir a japona de uma verdade comum" é expressão metafórica, cujo significado é o de que uma alta verdade, só acessível a poucos, tornar-se-ia acessível a todos.
7. *Apoteose*: no sentido de celebração magnífica.
8. Ao apresentar sua "psicologia nova" como a "única verdadeira", o narrador do conto assume, ironicamente, postura semelhante à de Quincas Borba, personagem do romance homônimo e de *Memórias Póstumas de Brás Cubas*, filósofo louco que postula para sua teoria chamada "humanitismo" a condição de única verdade definitiva.

9. *Idílio*: no sentido de diálogo amoroso.
10. *Gamboa*: bairro da cidade do Rio de Janeiro.
11. O cônego Matias sentiu desgosto por ver-se qualificado como "ornamento", ou seja, algo que serve para fins decorativos, um mero enfeite.
12. *Pânica*: no sentido de "medrosa".
13. *Judas*: apóstolo traidor, que, fingindo inocência e fidelidade, foi responsável pela prisão de Jesus Cristo, segundo a narrativa bíblica.
14. *Memória*: no sentido de obra de divulgação científica.
15. William Shakespeare, *Romeu e Julieta*, segundo ato, cena II.
16. *Verona*: cidade italiana onde se passa a ação de *Romeu e Julieta*.
17. "Táler ou o dólar, o florim ou a libra": moedas, respectivamente, alemã (antiga), norte-americana, florentina (antiga, de Florença, Itália) e inglesa.
18. Sílvio e Sílvia: nomes que o narrador atribui, respectivamente, ao substantivo e ao adjetivo que se procuram na cabeça do cônego Matias.
19. *Pentâmetro*: verso grego ou latino composto de cinco medidas, chamadas de "pés".
20. *Ab aeterno*: latim, "desde a eternidade".
21. *Adventício*: casual.
22. *Galé*: antiga embarcação onde condenados realizavam trabalho forçado.
23. Platão (428-347 a.C.): filósofo grego.
24. *Mandarim*: intelectual; funcionário letrado na corte dos antigos imperadores da China.
25. *Etruscos*: povo da antiga Etrúria, reino conquistado pelos romanos, que o tornaram província do seu império; região hoje conhecida como Toscana, na Itália.
26. Baruch Spinoza (1632-1677): filósofo, filho de judeus portugueses exilados na Holanda. Uma simplificação grosseira de sua doutrina pode ser expressa pela ideia de que tudo o que existe é Deus (panteísmo).

27. *Doutor Angélico*: título conferido a S. Tomás de Aquino (1225-1274), pensador e teólogo italiano, cuja obra é considerada como o apogeu da Escolástica (filosofia católica medieval).
28. *Laia*: feitio.
29. *Facécia*: gracejo.
30. *Debuxo*: esboço; rascunho.
31. *Cântico dos Cânticos*, 8:5, *op. cit.*, p. 858.
32. *Idem*, 8:6, p. 859.
33. *Prelo*: prensa; máquina para imprimir.
34. *Coligir*: reunir; juntar.

✥ Bibliografia ✥

Assis, Machado de. *Várias Histórias*. 1. ed. Rio de Janeiro, Laemmert, 1896.
_____. *Várias Histórias*. Estabelecimento do texto e notas de Adriano da Gama Kury. Rio de Janeiro, Garnier, 1989.
_____. *Dom Casmurro*. Prefácio de Ivan Teixeira. São Paulo, Martins Fontes, 1988.
_____. *Esaú e Jacó*. Estabelecimento do texto e notas de Adriano da Gama Kury. Rio de Janeiro, Garnier, 1988.
_____. *Memórias Póstumas de Brás Cubas*. Apresentação e notas de Antônio Medina Rodrigues. Cotia (SP), Ateliê Editorial, 1998.
Bloom, Harold. *Genius: A Mosaic of One Hundred Exemplary Creative Minds*. New York, Warner Books, 2002.
Forster, E. M. *Aspects of the Novel*. London, Penguin Books, 1990.
Gobineau, Arthur de. *The Inequalit of Human Races*. New York, Howard Fertig, 1999.
Goethe, J. W. *Os Sofrimentos do Jovem Werther*. Tradução de Leonardo César Lack. São Paulo, Nova Alexandria, 1999.
Harewood, Conde de (ed.). *Kobbé – O Livro Completo da Ópera*. Tradução de Clóvis Marques. Rio de Janeiro, Zahar, 1991.

Hesíodo. *Teogonia: A Origem dos Deuses*. Edição revisada e acrescida do original grego. Estudo e tradução de Jaa Torrano. São Paulo, Iluminuras, 1991.

_____. *Os Trabalhos e os Dias*. Introdução, tradução e comentários de Mary de Camargo Neves Lafer. São Paulo, Iluminuras, 1990.

Houaiss, Antônio. *Dicionário Eletrônico Houaiss de Língua Portuguesa*. Versão 1.0. Editora Objetiva, 2001.

Jolles, André. *Formas Simples*. São Paulo, Cultrix, 1976.

Luciano. *Diálogos dos Mortos*. Tradução, introdução e notas de Henrique G. Murachco. São Paulo, Edusp/Palas Athena, 1996.

Lukács, Georg. *La Teoría de la Novela*. Barcelona; Buenos Aires/México, D.F., Ediciones Grijalbo, 1975.

Magalhães Junior, R. *Vida e Obra de Machado de Assis*. Rio de Janeiro, Civilização Brasileira; Brasília/INL, 1981, 4 vols.

Mostequieu. *As Cartas Persas*. Versão portuguesa e anotações de Mário Barreto. Rio de Janeiro, Garnier, 1923.

Shakespeare, William. *Hamlet. In: Obra Completa*. Rio de Janeiro, Nova Aguilar, 1995.

Stendhal. *A Cartuxa de Parma*. Tradução de José Geraldo Vieira. São Paulo, Difel, 1961, 2 vols.

Teixeira, Ivan. *Apresentação de Machado de Assis*. São Paulo, Martins Fontes, 1987.

Tomachevski, B. "Temática". *Teoria da Literatura – Formalistas Russos*. Porto Alegre, Globo, 1976.

Título	*Várias Histórias*
Autor	Machado de Assis
Apresentação e Notas	José De Paula Ramos Jr.
Editor	Plinio Martins Filho
Revisão	Geraldo Gerson de Souza
Ilustrações	Sérgio Kon
Capa	Tomás B. Martins
	Plinio Martins Filho
Produção Editorial	Millena Machado
Editoração Eletrônica	Camyle Cosentino
Formato	12 x 18 cm
Tipologia	Minion Pro
Número de Páginas	288
Papel do Miolo	Chambril Avena 80 g/m²
Papel da Capa	Cartão Supremo 250 g/m²
Impressão e acabamento	Graphium